SOMBRIO PERDÃO

Série Wicked Lovely

Terrível Encanto
Tinta Perigosa
Frágil Eternidade
Sombras Radiantes

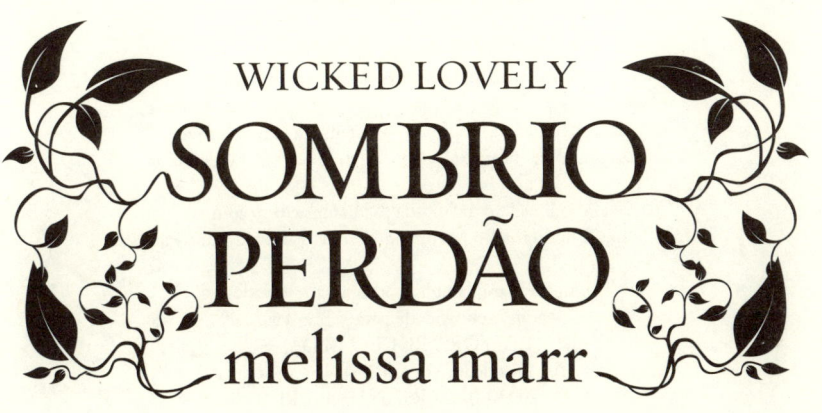

WICKED LOVELY
SOMBRIO PERDÃO
melissa marr

Tradução
Cláudia Mello Belhassof

Título original
DARKEST MERCY

Copyright © 2011 *by* Melissa Marr

Todos os direitos reservados.
Nenhuma parte desta obra pode ser reproduzida, ou
transmitida por qualquer forma ou meio eletrônico ou mecânico,
inclusive fotocópia, gravação ou sistema de armazenagem
e recuperação de informação, sem a permissão escrita do editor.

Edição brasileira publicada mediante acordo com a
HarperCollins Children´s Books, uma divisão da HarperCollins Publishers.

Direitos para a língua portuguesa reservados
com exclusividade para o Brasil à
EDITORA ROCCO LTDA.
Av. Presidente Wilson, 231 – 8º andar
20030-021 – Rio de Janeiro, RJ
Tel.: (21) 3525-2000 – Fax: (21) 3525-2001
rocco@rocco.com.br | www.rocco.com.br

Printed in Brazil/Impresso no Brasil

preparação de originais
MARIANA MOURA

CIP-Brasil. Catalogação na publicação.
Sindicato Nacional dos Editores de Livros, RJ.

Marr, Melissa
M322s   Sombrio perdão / Melissa Marr; tradução de Cláudia Mello
Belhassof. – Primeira edição. – Rio de Janeiro: Rocco Jovens
Leitores, 2014.
(Wicked Lovely; 5)

Tradução de: Darkest Mercy
ISBN 978-85-7980-190-7

1. Ficção americana. I. Belhassof, Cláudia Mello. II. Título.
III. Série.

13-07992
CDD: 813
CDU: 821.111(73)-3

Este livro obedece às normas do
Novo Acordo Ortográfico da Língua Portuguesa.

*Para Anne Hoppe,
por amar Donia ainda mais do que eu,
por ter asas de fada e tatuagens temporárias,
por deixar a "melhor parte" para o fim da carta,
por discutir e por não discutir,
e por abrir mão do chá numa manhã de sábado
para se apaixonar por estes personagens.*

AGRADECIMENTOS

Certa vez, entrei no que era conhecido como "o pior bar da cidade" para ouvir um blues. Eu disse "gostei daqui", e uma mulher me ofereceu um emprego. Eu não estava procurando por um, mas aceitei. Anos depois, o Scramble Dog continua nas minhas lembranças e no meu coração. Se vocês estiverem por aí – Richard, Debbie, Rob, Taz, Swift, Kyote, Andy, Johnny, Becky, Sarge, Little Dave, Thumper, Grandpa, J.W., August e muitos outros –, obrigada por seus sorrisos, histórias, danças, músicas, emoções e caronas. Vocês não são personagens dos meus livros, mas às vezes vejo suas sombras nas minhas cortes de seres encantados. Espero que todos estejam felizes, não importa onde.

Ao longo dos anos, várias pessoas tocaram minha vida de maneiras maravilhosas; então agradeço a Cheryl, Dave e Dawn por estarem aqui em todos os momentos; Gene por várias coisas; Alison, Kara, Jeep, Adrian, Janice e Scott pelas partidas de sinuca, pelas festas e pelas danças; Scott K. por ser tão real; Byron C. pelos maus hábitos e pela boa poesia; Ingrid e Robin pela conversa, pela música e pelos bares;

Jeanette, Richard e Erica pela fé e por serem incríveis; Hunter pelas videiras e pela intensidade; Matt, Harm, Brian e Stacy (de Raleigh-Durham) e Derrick e Ken (de Seattle) pelas danças em cima da mesa, pelo exibicionismo e pelo inesperado. Sou grata por ter a impressão digital de vocês na minha vida.

Desta vez, não vou listar nenhum de vocês que estão no meu *hoje*. Vocês sabem quem são e sabem que a minha vida é melhor por estarem nela.

Mas, como sempre foi e sempre será, a dívida diária de gratidão é para com Loch. Nunca vou descobrir como você resiste à vontade de me trancar no sótão quando me perco na história ou quando estou de mau humor, nem como você sabe do que preciso antes que eu mesma saiba. Amo você.

Prólogo

Niall caminhou pelas ruínas do estúdio de tatuagem. Fragmentos de vidro colorido eram esmagados sob suas botas. O chão estava repleto de frascos de tinta, agulhas em embalagens fechadas, aparatos elétricos que ele não identificou e outras coisas que preferia *não* identificar. O Rei Sombrio conhecera a ira, conhecera a tristeza; tinha se sentido impotente, despreparado, mas nunca acontecera de todas essas emoções convergirem nele ao mesmo tempo.

Ele parou e pegou do chão um pedaço deformado de metal e fios. Girou o objeto na mão. Apenas um ano antes, uma máquina de tatuagem – talvez esta – havia ligado Irial ao mortal que unira o antigo Rei Sombrio e Niall outra vez depois de um milênio. Irial era a constante, a criatura que fora parte da vida de Niall – para o bem e para o mal – por mais de mil anos.

Niall golpeou a máquina de tatuagem quebrada com a mão ensanguentada. O próprio sangue se acumulou e se misturou ao sangue seco de suas mãos. *O sangue dele. O sangue de Irial está nas minhas mãos porque não consegui impedir*

Bananach. Niall levantou a máquina quebrada, mas, antes que pudesse golpear a si mesmo outra vez, uma Hound pegou seu pulso.

– Não. – A Hound, companheira de Gabriel, Chela, pegou a máquina. – A maca está aqui e...

– Ele está acordado?

Em silêncio, Chela balançou a cabeça e o conduziu até a sala de estar, onde Irial estava deitado.

– Ele vai se curar – disse Niall, experimentando as palavras, testando a reação da Hound a essa opinião.

– Espero que sim – falou ela, apesar de ele perceber sua dúvida.

Irial estava imóvel na maca. O subir e o descer do peito provavam que ainda estava vivo, mas o olhar espremido no rosto deixava claro que estava sofrendo. Os olhos estavam fechados, e o sorriso provocante, ausente.

A curandeira estava terminando de colocar umas plantas malcheirosas na ferida, e Niall não tinha certeza se era pior olhar para Irial ou para os curativos ensanguentados no chão.

A Hound, imediata de Gabriel, baixou a voz:

– A Caçada está ao seu lado, Niall. Gabriel deixou isso claro. Vamos lutar ao seu lado. *Não* vamos deixar Bananach se aproximar de você.

Niall ficou ao lado de Irial e perguntou à curandeira:

– Então?

– Ele se mantém tão estável quanto se poderia esperar. – A curandeira virou-se para encarar Niall. – Podemos deixá-lo confortável enquanto o veneno toma o corpo ou podemos acabar com o sofrimento...

– Não! – Os guardiões do abismo de Niall, compartilhando a mesma raiva, explodiram para a vida. – Você vai *salvá-lo*.

– Bananach o feriu com uma faca esculpida *envenenada*. Ele está quase m... – O restante das palavras se perdeu sob o rugido de frustração do Rei Sombrio.

Irial abriu os olhos, agarrou a mão de Niall e disse numa voz rascante:

– Não mate o mensageiro, querido.

– Cale a boca, Irial – disse Niall, mas não afastou a mão. Com a mão livre, fez sinal para os seres encantados que estavam a postos se aproximarem. – Sejam cuidadosos com ele.

Niall soltou a mão de Irial para que os seres encantados levantassem a maca.

Quando saíram do estúdio de tatuagem, os Hounds fizeram uma formação ao redor de Niall e do rei machucado, andando na frente, ao lado e atrás.

Os olhos do antigo Rei Sombrio se fecharam de novo; o peito não parecia se mover.

Niall estendeu a mão e a colocou sobre o peito do ser encantado machucado.

– Irial!

– Ainda estou aqui. – Irial não abriu os olhos, mas deu um sorrisinho.

– Você é um babaca – disse Niall, mas manteve a mão sobre o peito de Irial para sentir a respiração.

– Você também, Gancanagh – murmurou Irial.

A muitos quilômetros de distância de Huntsdale, Keenan se recostou na parede úmida da caverna. Do lado de fora, estrelas brilhavam no céu do deserto, mas ele queria estar em casa, desejava estar em casa quase desde o instante em que partira. *Em breve.* Precisava estar longe, precisava encontrar respostas e, até conseguir isso, não podia voltar. Estar sozinho era algo desconhecido, mas, apesar dos desafios, tinha certeza de que estava fazendo a coisa certa. Evidentemente, ele tinha certeza de muitas coisas. A certeza não era um traço que lhe faltava, mas nem sempre levava a escolhas inteligentes.

Ele fechou os olhos e deixou o sono tomar conta.

– *É isto que você escolhe livremente: colocar em risco o frio do inverno? – A luz do sol tremulou sob sua pele, e ele se alegrou com a esperança de que desta vez não iria terminar, de que, desta vez, essa garota era a escolhida que ele buscava havia tanto tempo.*

Ela não afastou o olhar.

– É o que você quer.

– Você sabe que, se não for a escolhida, vai carregar o frio da Rainha do Inverno até a próxima mortal se arriscar a fazer isso? E concorda em avisar a ela para não confiar em mim? – Ele fez uma pausa, e ela assentiu. – Se ela me recusar, você vai repetir isso à próxima garota e à próxima. – Ele se aproximou. – E só estará livre do frio quando uma delas aceitar.

– Entendi. – Ela foi até o arbusto de espinheiro. As folhas roçaram em seus braços quando ela se abaixou e colocou a mão sob o arbusto. Então parou.

Ela se empertigou e se afastou do bastão.

– Eu entendi e quero ajudar você... mas não posso. Talvez se eu o amasse, mas... eu não amo. Sinto muito, Keenan.

As trepadeiras envolveram o corpo da garota, tornaram-se parte dela, e, quando se estenderam em direção a ele, a luz do sol esmaeceu.

Ele caiu de joelhos... e mais uma vez ficou diante de outra garota. Tinha feito isso durante séculos: perguntado as mesmas palavras, garota após garota. Não podia parar até encontrar a garota. No entanto, ele a vira e sabia que essa era diferente.

– É isto que você escolhe livremente: colocar em risco o frio do inverno? – perguntou.

Furiosa, ela olhou para ele.

– Não é o que eu quero.

– Você entende que, se não for a escolhida, vai carregar o frio da Rainha do Inverno até a próxima mortal se arriscar a fazer isso? E concorda em avisar a ela para não confiar em mim? – Ele prendeu a respiração por um instante, sentindo a luz do sol reluzir em seu corpo.

– Eu não amo você – disse ela.

– Se ela me recusar, você vai repetir isso à próxima garota e à próxima. – Ele se aproximou. – E só estará livre do frio quando uma delas aceitar.

– Entendi, mas não quero ficar com você pela eternidade. Não quero ser sua rainha. Eu nunca vou amar você, Keenan. Eu amo Seth. – Ela sorriu para alguém que estava nas sombras e depois caminhou em direção ao arbusto de espinheiro. E continuou andando.

– Não! Espere! – Ele se abaixou, e seus dedos envolveram o bastão da Rainha do Inverno. O farfalhar das árvores se tornou quase ensurdecedor quando ele correu atrás dela.

A sombra da garota caiu no chão a sua frente quando ele parou atrás dela.

– Por favor, Aislinn. Eu sei que você é a escolhida...

Ele segurou o bastão da Rainha do Inverno – e manteve as esperanças. Por um instante, até acreditou, mas, quando ela se virou e o pegou de suas mãos, o gelo a tomou. Os olhos azuis como o verão se encheram de um frio que rastejou pelo corpo dela.

Aislinn gritou o nome dele:

– Keenan!

Tropeçou em direção a ele, que correu para longe dela até não conseguir respirar em meio ao ar congelante de seus gritos contínuos.

Ele caiu de joelhos, cercado pelo inverno.

– Keenan?

Ele olhou para cima.

– Não. Você não pode. Diga não. Por favor, diga não – implorou ele.

– Mas estou aqui. Você me disse para vir até você, e estou aqui. – Ela riu. – Você disse que precisava de mim.

– Donia, corra. Por favor, corra – insistiu ele. Mas, em seguida, teve vontade de perguntar: "É isso que você escolhe livremente? Colocar em risco o frio do inverno?"

Ela o encarou.

– É o que eu quero. É o que eu sempre quis.

– Você entende que, se não for a escolhida, vai carregar o frio da Rainha do Inverno até a próxima mortal se arriscar a fazer isso? E concorda em avisar a ela para não confiar em mim? – Ele fez uma pausa, esperando que ela dissesse não antes que fosse tarde demais.

Ela assentiu.

– Se ela me recusar, você vai dizer à próxima garota e à próxima. – Ele se aproximou. – E só estará livre do frio quando uma delas aceitar.

– Entendo. – Ela sorriu de um jeito reconfortante e, em seguida, foi até o arbusto de espinheiro. As folhas roçaram seus braços quando ela se abaixou e colocou a mão sob o arbusto.

– Sinto muito – sussurrou ele.

Ela sorriu de novo quando os dedos envolveram o bastão da Rainha do Inverno. Era liso e gasto, como se inúmeras mãos tivessem apertado a madeira.

Ele se aproximou ainda mais. O farfalhar das árvores era quase ensurdecedor. O brilho da pele dela, até mesmo de seu cabelo, se intensificou.

Ela segurou o bastão da Rainha do Inverno – e o gelo não a tomou, e sim a luz do sol.

Ela sussurrou o nome dele num suspiro:

– Keenan.

– Minha rainha, minha Donia, eu queria que fosse você. – A luz do sol dele pareceu desbotar sob o brilho dela. – É você... É você mesma. Amo você, Don.

Estendeu o braço para ela, mas Donia recuou.

A luz do sol dela se tornou ofuscante quando ela riu.

– Mas eu nunca amei você, Keenan. Como poderia? Como qualquer um poderia?

Ele tropeçou atrás de Donia, mas ela se afastou, deixando-o, levando a luz do sol consigo.

Keenan ainda estendia a mão para ela quando abriu os olhos. A caverna onde dormia estava cheia de vapor. *Não frio. Não gelo.* Deixou a luz do sol dentro de si reluzir com mais brilho, tentando afastar a escuridão onde seus medos e esperanças brincavam em sonhos distorcidos.

Não é muito diferente da realidade.

A criatura que ele amava havia décadas e a rainha que buscara por séculos estavam com raiva dele.

Porque fracassei com ambas.

Capítulo 1

Donia andava sem rumo, satisfazendo-se com o ar revigorante. A promessa de senti-lo lhe dava vontade de inspirá-lo profundamente para os pulmões. E assim fez, liberando o frio a cada exalação, deixando o hálito prolongado do inverno correr livremente. O equinócio se aproximava com rapidez. O inverno ia terminar, deixando de lado o gelo, e a neve a acalmava como poucas coisas ultimamente.

Evan, o rowan que chefiava a guarda de Donia, se aproximou. Sua pele marrom-acinzentada e o cabelo verde-escuro o tornavam uma sombra no dia que ainda não amanhecera.

– Donia? Você saiu sem guardas.

– Eu precisava de espaço.

– Devia pelo menos ter me acordado. Existem muitas ameaças... – Suas palavras enfraqueceram, e ele ergueu os dedos de casca de árvore como se quisesse acariciar o rosto dela. – Ele é um tolo.

Donia desviou o olhar.

– Keenan não me deve nada. O que tivemos...

– Ele lhe deve tudo – corrigiu Evan. – Você encarou a última rainha e arriscou tudo por ele.

– A corte deve vir em primeiro lugar. – A Rainha do Inverno ergueu os ombros em um leve sinal de descaso, mas Evan sem dúvida sabia que ela estava caminhando porque sentia cada vez mais saudade de Keenan. Eles não discutiram o assunto, e ela não caiu numa melancolia insensata. Ela amava o ausente Rei do Verão, mas simplesmente não era o tipo de pessoa que se entregava ao sofrimento por amor.

Mas por raiva... é outra história.

Forçou o pensamento para longe. Seu temperamento era exatamente o motivo por que não podia aceitar apenas metade da atenção de Keenan.

Ou de seu coração.

Evan fez sinal para os outros guardas que tinha levado consigo, e eles se afastaram mais, todos menos três deles desaparecendo na noite sob seu comando. As três que ficaram, Garotas do Espinheiro de asas brancas, nunca se afastavam muito dela se fosse possível. *Exceto quando eu saio sem avisar a ninguém.* Os olhos vermelhos delas brilhavam como faróis na rua mal-iluminada, e Donia sentiu algum conforto em sua presença.

– Eu seria negligente se não lembrasse a você que é muito perigoso ficar sozinha – disse Evan.

– E eu seria uma rainha fraca se não conseguisse cuidar de mim mesma por alguns instantes – lembrou Donia a seu conselheiro.

– Eu nunca a achei fraca, mesmo quando não era rainha. – Ele balançou a cabeça. – A Corte do Verão pode não ser poderosa o suficiente para machucá-la, mas Bananach está ficando cada dia mais forte.

– Eu sei. – Donia sentiu um rubor de culpa.

As criaturas de todas as cortes estavam escapando, e Donia sabia que estavam se unindo a Bananach. *Será que ela consegue formar a própria corte?* A mortalidade dos monarcas mais novos gerava mais do que um pequeno desconforto, e a Guerra tinha assegurado o incômodo para aumentar a tensão. Da mesma forma, as preocupações com as inter-relações entre as cortes faziam com que os tradicionalistas se agrupassem em torno de Bananach. Niall não era abertamente favorável à Corte do Verão, mas os séculos que passara aconselhando-os deixavam seus seres encantados nervosos. Seu "o que quer que fosse" com Keenan tinha um efeito semelhante em parte da corte dela, e as tentativas do Verão de impor ordem sobre sua corte irritavam os seres encantados acostumados à liberdade.

Donia desejava que Bananach buscasse apenas uma nova corte, mas a criatura-corvo era a personificação da guerra e da discórdia. As chances de ela aceitar uma corte criada pacificamente – se é que era possível – não eram altas. Rebelião e assassinato eram objetivos muito mais prováveis para Bananach e seu crescente número de aliados.

A guerra está chegando.

Quando os outros estavam fora de alcance, Evan anunciou:

– Ouvi falar de confusão na Corte Sombria.

– Mais conflitos? – perguntou ela enquanto Evan a conduzia contornando um grupo de drogados nos degraus de um prédio de apartamentos abandonado. Quando ela caminhara com Keenan ao longo dos anos, ele sempre enviava uma nuvem de ar quente a esses mortais. Diferentemente dele, ela não podia oferecer nenhum conforto às pessoas.

Keenan. Sentiu-se tola por não conseguir parar de pensar nele. *Mesmo agora*. Quase todos os pensamentos ainda pareciam levar a Keenan, apesar de ele ter ido embora havia quase seis meses. *Nenhum contato*.

Ela exalou um pequeno turbilhão de neve. Em quase um século, nunca tinha passado muito tempo sem vê-lo ou ter notícias, mesmo que fosse apenas uma carta.

– Bananach atacou os Hounds dois dias atrás – disse Evan, atraindo a atenção de Donia de volta para ele.

– Um ataque direto?

O guarda e conselheiro balançou a cabeça.

– Inicialmente, não. Um dos semimortais do Rei Sombrio foi capturado e assassinado, e, enquanto o Rei Sombrio e o restante estavam lamentando, Bananach os atacou com seus aliados. A Caçada não está reagindo bem.

Donia parou no meio de um passo.

– Niall tem *filhos?* Bananach matou o *filho* dele?

Os lábios de Evan se curvaram num pequeno sorriso.

– Não. Nem Niall nem o último rei tem filhos, mas o *antigo* Rei Sombrio sempre abrigou os semimortais de sua corte. Seus seres mágicos, agora seres mágicos *de Niall*, são criaturas amorosas, e os Hounds cruzam muito mais com mortais do que com qualquer outro ser mágico. É uma antiga tradição. – Evan fez uma pausa e deu um olhar falsamente sério para ela. – Eu me esqueço de como você é jovem.

Ela revirou os olhos.

– Esquece nada. Você me conhece por quase toda a minha vida. Só não sou tão velha quanto você.

– Verdade.

Ela aguardou, sabendo que Evan não tinha terminado. Os padrões dele tinham um ritmo conhecido agora.

– A Corte Sombria tem pelas famílias uma consideração incomum nas outras cortes. – Com um leve farfalhar de folhas, ele se aproximou. – Se Bananach está matando os que importam para Irial... a corte ficará instável. A morte da nossa espécie nunca é fácil, e os Hounds, em particular, não aceitam assassinatos inúteis. Se fosse numa batalha, eles aceitariam com mais facilidade. Isso foi antes da batalha.

– Assassinato? Por que ela mataria um semimortal? – Donia deixou um rastro de gelo no caminho, cedendo à crescente pressão interna. Ainda não era primavera, então podia justificar o congelamento das flores que brotavam.

Os olhos vermelhos de Evan escureceram até quase incandescerem, como a última chama de carvões em uma fogueira cheia de cinzas. Estava alerta enquanto os dois se movimentavam, sem olhar para ela, mas para as ruas e becos escuros por onde passavam.

– Para provocar Irial? Para provocar a Caçada? Suas tramoias nem sempre são claras.

– O semimortal...

– Uma menina. Mais mortal do que um ser mágico. – Ele conduziu Donia por outra rua, fazendo sinal para ela contornar diversos outros mendigos que dormiam.

Ela parou na entrada do beco. Cinco dos seres encantados cobertos de espinhos de Niall tinham capturado um Ly Erg.

Quando Donia entrou em seu campo de visão, um dos seres mágicos cobertos de espinhos cortou a garganta do Ly Erg. Os outros quatro seres encantados viraram-se para encará-la.

Ela formou uma faca com o próprio gelo.

Um dos seres mágicos cobertos de espinhos deu um risinho irônico.

– Não é da sua conta.

– Por acaso seu rei sabe...

– Também não é da sua conta – disse o mesmo ser encantado.

Donia encarou o cadáver no chão. O Ly Erg, de palmas vermelhas, era um daqueles que costumava andar na companhia da Guerra. Eram todos membros da Corte Sombria, mas os Ly Ergs gravitavam em direção a quem oferecia acesso ao sangue mais fresco.

Por que estão matando uns aos outros? Ou será que isso é resultado de facções na Corte Sombria?

Os seres encantados assassinos viraram-se de costas para irem embora.

– Parem. – Ela congelou a cerca de metal que estavam prestes a escalar. – Vocês vão levar a casca.

Um dos seres mágicos cobertos de espinhos olhou por sobre o ombro para ela. O ser encantado mostrou os dentes.

– Não é da sua conta – repetiu mais uma vez.

A Rainha do Inverno avançou sobre ele, a lâmina de gelo ao lado. Era uma verdade triste que os seres mágicos, especialmente os da Corte Sombria, reagiam melhor à agressão. Ergueu a lâmina e a pressionou contra a garganta do ser encantado dominante.

– Posso não ser *sua* regente, mas sou uma regente. Está me questionando?

O ser encantado se inclinou sobre a lâmina, testando a determinação de Donia. Uma ameaça residual de mortalidade a levou a querer afastar a lâmina antes que estivesse ensanguentada, mas um ser encantado forte – especialmente uma rainha – não se rendia a desafios. Desejou que pontas serrilhadas se formassem ao longo da lâmina e a pressionou com força na pele do ser encantado. O sangue escorreu para o gelo.

– Peguem o corpo – disse o ser encantado aos outros.

Ela baixou a lâmina, e ele inclinou a cabeça para ela. Os seres mágicos com espinhos levantaram as mãos num gesto conciliador e, em seguida, um após o outro, escalaram uma parte não congelada da cerca de metal. O crepitar do metal se uniu ao crescente ruído do tráfego quando a manhã surgiu.

O último ser encantado ergueu o cadáver sobre a cerca, e depois eles seguiram devagar com o corpo nas mãos.

Ao lado dela, Evan disse baixinho:

– A violência está aqui, e o conflito está aumentando. Bananach não vai parar até que todos nós sejamos destruídos. Sugiro que você fale com a Rainha do Verão e com os Reis Sombrios. A divisão será ruim para nós. Precisamos nos preparar.

Donia assentiu. Estava cansada – cansada de tentar levar ordem a uma corte que não se lembrava da vida antes do reinado cruel de Beira, cansada de tentar encontrar o equilíbrio entre a disciplina e a compaixão com eles.

– Devo me encontrar com Aislinn em breve. Sem Keenan... *entre nós* a comunicação é melhor.

– E Niall? – perguntou Evan.

– Se Bananach estiver derrubando a família de Irial, ou ela está testando suas fraquezas, ou já encontrou uma. – Donia assoviou, e Sasha veio em direção a ela, o lobo aparecendo das sombras onde estivera a postos. – Precisamos descobrir quem era a garota antes de eu procurar o Rei Sombrio. Invoque um dos Hounds.

Evan assentiu, mas sua expressão escureceu.

– É o caminho certo – disse ela.

– É.

– A Caçada não é de todo ruim.

Evan resfolegou. O rowan tinha uma longa história de discórdia com os Hounds. O conselheiro, no entanto, não fez objeções ao plano. Ela se animou com isso. A tranquilidade do Inverno era generalizada entre seus seres mágicos. Normalmente, eles poderiam considerar a situação, avaliar as possibilidades e enterrar a sua má índole sob o frio. *A maioria das vezes*. Quando esse impulso vinha à tona aos berros, os seres mágicos do inverno se tornavam uma força assustadora.

Minha força assustadora.

Por mais reconfortante que fosse ter uma corte tão forte, a pressão era assombrosa. Nunca pensara em ser a única monarca de uma corte. Certa vez, quando ainda era mortal, sonhou em se unir a Keenan, governar a seu lado. Mais ou menos um ano e meio antes, ela esperara morrer nas mãos de Beira. Agora, estava tentando se encaixar no papel que lhe confiaram.

– Às vezes eu não me sinto preparada para o que está por vir.

– Ninguém nunca está preparado para a Guerra – disse Evan.

– Eu sei.

– *Você* tem a corte mais poderosa. *Só* você. Pode conduzir o caminho para conter Bananach.

– E se eu não conseguir? – Deixou as defesas caírem por um instante, deixou os medos transparecerem na voz.

– Você consegue.

Ela assentiu. Conseguiria se não deixasse suas dúvidas atrapalharem. Endireitou os ombros e olhou para Evan.

– Se eu permitir outra primavera, o Verão vai ficar mais forte, mais próximo de um equilíbrio com a nossa corte. Vou falar com Aislinn. Descubra o que puder sobre a Corte Sombria e avise os Hounds. Sasha e as Garotas do Espinheiro me levarão para casa.

– Como quiser. – Com um olhar de intenso orgulho, Evan assentiu e se afastou, deixando-a com o lobo e o trio de Garotas do Espinheiro, que estava em silêncio, exceto pelo zumbido de suas asas.

Capítulo 2

Quando saiu de Huntsdale, Keenan passou o primeiro mês perambulando, mas, depois de séculos liderando sua corte, ele só ficava desocupado por tempo suficiente para sua posição como Rei do Verão se tornar urgente. A violência parecia mais inevitável a cada dia, e a Corte do Verão ainda não estava forte o suficiente para enfrentar o conflito. Então Keenan tinha passado os últimos cinco meses buscando alianças – ainda sem sucesso.

Suas reuniões com diversos solitários, especialmente os do deserto, não tiveram muito sucesso, mas Keenan mantinha as esperanças em relação aos do oceano. Ao longo de vários meses, tinha aparecido no oceano e depois recuado. Desta vez, ia ficar até falarem com ele.

Instigar e recuar. Aparecer e recuar. Aproximar-se dos solitários não era, de várias maneiras, diferente da sedução que usara com inúmeras meninas mortais ao longo dos séculos: elas exigiam estratégias que combinavam com suas personalidades. Com os seres encantados da corte, ele tinha que observar o protocolo. Com diversos solitários que funcionavam com a mentalidade de grupo, ele tinha que apresentar os traços que eles valorizavam. No deserto, isso significava força e negociação manipuladora; no oceano, significava tentação e desinteresse fingido.

Um merrow de pele verde e bigodudo abriu a boca em um bocejo falso, mostrando os dentes serrilhados para Keenan, e depois voltou a encarar em silêncio. Os seres mágicos da água não eram muito de fazer perguntas, sem grande interesse pelos dramas dos moradores da terra, mas, com paciência, sua curiosidade podia ser atiçada. Keenan contava com isso.

Com sua volatilidade, eles eram mais próximos do temperamento de sua corte do que quaisquer outros, mas as criaturas da água eram imprevisíveis de um jeito que confundia até mesmo o regente da corte mais impetuosa. Fossem eles seres mágicos dos rios, dos lagos ou do oceano, tinham um humor tão fluido quanto a água na qual existiam.

Keenan andou pela praia. *Esperando.* A água se erguia em ondas bem-formadas; o céu estava no mais puro azul; e o ar estava fresco neste ponto do sul. Se olhasse para a água apenas com o olhar de um mortal, veria peixes coloridos se lançando na água clara como cristal. Conchas se deslocavam e se agitavam sobre a areia, empurradas e puxadas pelas ondas, e o Rei do Verão apreciou a beleza do mar. Era uma pausa bem-vinda: em nove séculos, nunca teve tempo para ser nada além do Rei do Verão. Quando não estava tentando cuidar de uma corte enfraquecida, buscava ou namorava as mortais que esperava virem a ser sua rainha perdida. Quando encontrou Aislinn, precisou ficar lá enquanto ela se ajustava, depois precisou estar lá enquanto ela sofria com o abandono de Seth – para ajudá-la e para estimular sua afeição pelo rei e pela corte.

Era isso que qualquer monarca faria.

A Corte do Verão precisava de uma rainha que fosse ligada à corte e ao rei em primeiro lugar. Suas afeições divididas os tinham enfraquecido numa época em que deveriam estar se fortalecendo. Se Seth tivesse ficado no Mundo Encantado, Keenan não tinha dúvida de que sua corte seria forte, com dois monarcas que, se não estivessem apaixonados como ele esperava que estivessem, ao menos gostavam um do outro.

Poderia ter sido suficiente.

Em vez disso, estavam enfrentando um dilema cada vez mais complicado. Ele era atraído pela rainha – e ela por ele – a um ponto que ignorar sua ligação era impossível. Estava agradecido de um jeito culpado por ela estar apegada ao amante mortal. Isso dera a Keenan uma noite com o ser encantado que *ele* amava e não podia ter, mas, quando o solstício terminou, também se foi o sonho de estar com Donia. O segundo Solstício de Inverno desde que Donia se tornara rainha acontecera quando ele estava distante, e a incapacidade de correr para ela naquele dia o deixara deprimido. *Ela não é minha... nem a minha rainha.* O menino que Keenan achara que seria uma breve distração para sua recém-descoberta rainha – uma distração que permitia a Keenan um tempo com Donia – tinha se tornado um ser encantado. Pior ainda, agora estava protegido por um irado Rei Sombrio e pela perigosa Rainha da Alta Corte. Keenan não tinha certeza de como um menino previamente mortal se tornara um problema tão grande.

Entre Seth e as ameaças externas que a corte enfrentava, Keenan tinha mais medo do futuro agora do que quando seus poderes ainda estavam amarrados. Antes, tivera uma única ameaça: Beira. Agora, sua corte estava indo em direção a perigos de muitas direções. Bananach tinha ficado mais forte, assim como a Corte Sombria de Niall. Mesmo a Alta Corte de Sorcha, que ficava escondida no Mundo Encantado, ainda conseguia causar complicações. Keenan sabia o suficiente para conhecer a recente instabilidade de Sorcha.

Por causa de Seth.

A água se aproximou um pouco conforme a maré subia, e Keenan se afastou das ondas que marulhavam. Ao fazer isso, foi em direção a um afloramento rochoso. A areia sob seus pés descalços não era tão suave agora, mas ainda não estava coberta com os mexilhões pretos afiados.

– O que está procurando aqui?

Embora esperasse conversar com os seres mágicos da água, a surpresa da aparição do ser encantado o assustou. Ergueu o olhar para um recuo na alcova rochosa ao lado, onde um esguio ser encantado de sal se escondia. O cabelo pesado de sal se pendurava em cordas grossas até as coxas, cobrindo grande parte de seu corpo translúcido; a pele exposta reluzia com os cristais que se acumulavam ali quando ela saía da água por pouco mais do que alguns instantes. Uma das mãos, parcialmente ligada por membranas, estava achatada na rocha, como se servisse para deixá-la ereta.

Ela não chegou mais perto, mas a proximidade já era suficiente para desconcertá-lo. O toque de tal ser mágico deixaria até Keenan enfraquecido. Para muitos, o abraço de um ser encantado de sal era fatal. Para regentes, era apenas debilitante. A posição dela o colocava em segurança entre ela e a água, onde outros seres encantados igualmente desagradáveis espreitavam.

– Estou buscando aliados – disse ele. – Minha corte, a Corte do Verão...

– Por quê? – O olhar dela foi depressa até a água e voltou abruptamente para ele. – A preocupação da terra não é nossa.

– A Guerra está se fortalecendo, e ela...

– A *bestia?* – O ser encantado de sal estremeceu delicadamente, e o movimento lançou um jorro reluzente para a areia e a rocha ao redor dela. – Não gostamos da alada. Ela não é bem-vinda nas nossas ondas.

– Sim – disse Keenan. – A *bestia...* ela reencontrou suas asas. São sólidas agora. Ela voa bem e vai longe.

Depois de jogar o cabelo incrustado de sal por cima do ombro, ela se aproximou dele.

– Você hesita.

Keenan lembrou a si mesmo que recuar neste ponto seria um erro. Até o ser mágico da água percebia. *E correr me jogaria na água.* Deixou a luz do sol que morava em sua pele se erguer. Preferia não golpeá-la, mas, se ela se aproximasse, ele não tinha certeza se conseguiria resistir.

– Você é forte – ele fez um gesto para a direita, onde as ondas batiam muito perto de seus pés – e sua espécie é desconcertante.

O ser encantado sorriu, revelando dentes afiados.

– Não queremos matá-lo neste momento.

O medo que ele sentia o atingiu quando uma onda explodiu em suas pernas, molhando-o até as coxas.

– E depois?

Em vez de responder, ela apontou para a alcova onde estivera esperando.

– Você fica aqui enquanto eu digo a eles, a menos que confie em mim para levá-lo pelas ondas.

– Não. – Keenan foi até a fissura e se recostou na rocha. Sua objeção não era apenas uma questão de confiança: o povo da água não gostava dos habitantes da terra. Ela provavelmente não esquecia que os habitantes da terra precisavam de ar, e ele não conseguiria convencer ninguém a se aliar a sua corte se estivesse inconsciente.

– Ficarei aqui na margem – acrescentou.

O ser encantado de sal entrou na água e se dissolveu. A espuma que ficou onde ela havia estado de pé se dissipou quando a próxima onda recuou. A transição entre sólido e líquido era instantânea e total. O ser encantado de sal tinha sumido.

Ele subiu mais alto na rocha. Estar ao alcance da água parecia imprudente, especialmente enquanto a maré estava subindo. Conforme escalava, ele se revestiu do usual glamour mortal, clareando o cabelo cor de cobre a uma tonalidade mortal quase comum, embotando os olhos para um tom de verde levemente sobrenatural, escondendo a luz do sol que irradiava de sua pele. A imagem ilusória lhe dava um sentimento estranhamente confortável, como vestir sua jaqueta preferida. Os olhares das garotas mortais na praia eram um bálsamo bem-vindo para seu orgulho ainda ferido.

Em frente a ele, uma onda sobrenatural se ergueu. Os mortais apontaram, e Keenan reprimiu um franzido na testa. Coexistir com mortais significava aprender o que era extremo demais para eles explicarem. Uma onda de seis metros em um mar normalmente tranquilo era, sem dúvida, extremo demais.

Acima da onda havia uma figura. Ele a chamaria de ser encantado, mas, além dessa, não conhecia nenhuma palavra que se encaixasse. Pedaços de pele cinzenta e olhos de um negro sólido eram evidentes, mas o corpo do ser encantado estava disfarçado sob fiapos de algas marinhas cruzados de modo a formar camadas em uma grande massa fibrosa. Os mortais não viam o ser encantado, Keenan tinha certeza. *Não há gritos*. Nos dois lados da onda que se erguia alta, um kelpie se empinava. As feras em forma de cavalos cortavam as águas com os cascos. Ao toque delas, o mar espumava. Se ele pudesse ser intimidado com facilidade, a entrada das feras seria impressionante, mas tinha crescido sob o olhar de uma mãe excessivamente dramática – que empunhava o Inverno – e era a personificação do Verão. Isso o tornava difícil de impressionar.

Esperou o mar se acalmar e os kelpies irem embora. A onda central levou a criatura à rocha onde Keenan estava sentado. Em um piscar de olhos, o ser mágico amorfo virou um ser encantado ágil com forma de mortal. Keenan não sabia dizer ao certo se era macho ou fêmea, só que o fazia pensar em dançarinos e guerreiros ao mesmo tempo. O ser encantado dobrou as pernas e se sentou ao lado dele.

– Não falamos com sua espécie. Não aqui fora. Não com frequência. Não assim – disse. A voz se elevou e diminuiu como se o som da água se transformasse em palavras. – Por que você pede para falar?

– A Guerra está vindo. Bananach... a *bestia*. – Keenan lutou contra uma ânsia inesperada de bater na perna nua da criatura, que tremulava como a água no horizonte quando o sol parece desvanecer no fim do dia.

O ser encantado virou a cabeça, de modo que Keenan fitava seus olhos diretamente. As profundezas do oceano estavam naqueles olhos, as águas, mais profundas, onde tudo era frio e perigoso e tranquilo e... *sem tentações*. Forçou-se para afastar o olhar.

– Se ela vencer, seus seres encantados também morrerão.

– Meus?

Keenan entrelaçou as mãos para evitar se encostar no ser encantado.

– Você não é apenas mais um ser encantado. Você é um regente, um alfa, alguém que comanda.

– Pode me chamar de Innis – disse, como se isso respondesse à pergunta implícita na declaração. Talvez, para Innis, realmente respondesse. – Vou falar pelo povo da água.

As palavras de Innis pareciam cair sobre a pele de Keenan, pingando em seu antebraço como se fossem tangíveis. Sua pele parecia ressecada, quente demais, quase dolorida.

Um calor desses precisa ser afogado, precisa de água.

– Conheci um de seus pais – falou Innis.

– Um de meus... pais? – Keenan fechou as mãos em punhos, esperando que esse movimento o impedisse de tocar em Innis. – Qual? A última Rainha do Inverno ou o Rei do Verão? Beira ou Miach?

– Não me lembro. – Innis deu de ombros. – Suas formas são todas iguais. Foi agradável.

Keenan encarou as ondas que se desenrolavam diante dele. A superfície tremeluzente se espelhava na carne do ser encantado ao seu lado. Era uma semelhança esquisita. Tinha luz do sol dentro dele, mas também tinha outros traços além da luz. Innis era como se a água tivesse tomado forma.

Deu uma olhada para o ser encantado e, ao fazer isso, percebeu que Innis agora o encarava. Tinham estado lado a lado na beirada da rocha um instante antes.

– Você se mexeu... ou algo assim. – Keenan se esforçou para não se afastar do ser encantado da água. – Como?

– Você olhou para a água. Sou a água, então agora você está olhando para mim. – Innis o encarou enquanto falava, e a proximidade do ser encantado fez o ar ficar com gosto de salmoura. – Não queremos ser mortos.

– Certo. – Keenan deixou a luz do sol preenchê-lo, lembrá-lo do que era. – Nós também não.

– As criaturas de carne?

– Sim. Seres encantados que vivem na terra.

– Está falando por todos vocês? – Innis agora tinha pegado sua mão. – Sobre não quererem ser mortos?

– Acho que sim. – Keenan forçou as palavras a chegarem aos lábios. – Sou o rei de uma corte. A Corte do Verão. Quero ser seu aliado.

Durante o período de não mais do que seis ondas batendo, Innis ficou em silêncio. Depois disse:

– Nós engolimos o sol. Ele não brilha depois de um tempo, e o deixamos na areia. – Innis suspirou. – Ele enfraqueceu.

– Meu pai? – Keenan tentou esclarecer.

– Não. Houve outros verões. – Innis deu de ombros de novo. – Não queremos a alada por aqui. Sua Guerra. Ela polui.

– Então, quer ser um aliado? Quer ajudar a impedi-la? – provocou Keenan.

– Não creio que afogar a *bestia* seria um prazer. – Innis alisou a perna de Keenan com os dedos molhados. – Mas acredito que eu gostaria de ver você se afogar.

– Ah. – Keenan sentiu um conflito decisivo entre um estímulo de orgulho e um surto de pavor. – Não quero morrer. – Forçou mais luz do sol para dentro da pele, tentando perseguir a umidade viscosa e arrancá-la. – Se algum dia eu quiser me afogar, posso... vir para cá. Está bem assim?

Innis riu, e as ondas subiram na rocha, cobrindo os dois, tirando o fôlego de Keenan e enchendo sua garganta de água salgada. Tentou não se apavorar, mas, quando tentou se levantar para tirar a cabeça da água, mãos agarraram seu pescoço.

Lábios se pressionaram contra os dele, e algas entraram na boca aberta. O peito doía, e os olhos não conseguiam se concentrar.

Eu poderia achá-lo prazeroso, criatura de carne. As palavras de Innis estavam na mente de Keenan com a mesma certeza de que os braços estavam ao redor de seu pescoço e a língua na sua boca. *Serei sua aliada. Levarei a* bestia *para o seu mundo se ela tocar nas ondas. Lutaremos por você em troca de um juramento aberto. Que tal?*

Um juramento aberto, pensou ele. A mutabilidade desse juramento era motivo suficiente para recusar, mas a Corte do Verão precisava de aliados poderosos, e ele não teve sorte nas outras tentativas de negociar com seres mágicos solitários. Ele fez que sim com a cabeça.

A água então recuou, deixando-o estendido na rocha, sufocado e ofegando.

Innis estava sobre ele. Seu corpo não era sólido nem fluido. Tinha uma forma, mas era como uma onda acima do oceano: água com ilusão temporária de solidez.

Depois que Keenan cuspiu a água da garganta e da boca e parou de ofegar, olhou para cima.

Innis tinha se inclinado mais para perto.

— Vou ficar de olho na *bestia,* criatura de carne. Se ela matar você antes de eu poder afogá-lo de verdade, ficarei com raiva. Não permita que isso aconteça. Você falará meu nome para a água quando precisar de ajuda. Em troca...

— Em troca, minha palavra de que vou pagar pelo serviço que você oferece em igual medida. — Keenan se forçou a não pensar nos perigos de um juramento desse tipo. *Minha corte não é forte o suficiente para derrotar Bananach. Alguns perigos são inevitáveis.*

O ser encantado da água assentiu.

– Os termos são obrigatórios e estão aceitos. Aceito um sinal de fé para selar o juramento.

Uma parede de água se ergueu sobre os dois.

– Não quero me afogar hoje – disse Keenan.

– Só um pouquinho – sugeriu Innis.

Por um instante, Keenan refletiu sobre a possibilidade de não viver. *Não deveria me atrair.* Tinha roubado grandes quantidades de mortalidade das meninas. Ele as tinha transformado em seres encantados enquanto todo mundo e tudo o que elas conheciam desbotavam; convencera-as a arriscar tudo por ele. *Para ser minha rainha. Para me libertar.* Não podia ter feito nada diferente. Tinha de encontrá-la, a mortal que salvaria todos eles de morrerem sob a raiva congelante de sua mãe. Agora, precisava encontrar um jeito de fortalecer a corte sem afastar ainda mais a sua rainha, conseguir aliados entre seres encantados que tinham todos os motivos para odiá-lo, encontrar um jeito de amar Donia sem estar com ela e mais uma vez tentar o impossível.

Uma segunda onda se ergueu sobre eles, e a forma de Innis o envolveu. Sabia que não escolheria morrer ali, mas saber disso não anulava a dor em seus pulmões. Não lutou contra as ondas. *Seria tão mais fácil.* Enquanto a água enchia seus pulmões, ele se perguntou – não pela primeira vez nem pela quinquagésima primeira vez – se todos estariam melhor sem ele.

Chutou em direção à superfície.

É um prazer afogá-lo, meu aliado. A voz de Innis preenchia a água ao redor dele. *Chame-me, e nós iremos até você.*

Capítulo 3

Donia exalou uma rajada de vento gelado quando viu Aislinn se aproximar. Os guardas da Rainha do Verão tinham parado a uma distância segura, e a própria rainha tinha se aproximado com cautela. As mãos estavam enfiadas nos bolsos de um pesado casaco de lã, e seu cabelo quase negro estava escondido sob o capuz.

– Devemos caminhar? – perguntou Donia.

Aislinn apontou para um caminho que levava para longe da mesma fonte onde uma vez se sentaram e conversaram. Naquela época, Aislinn era uma mortal ocultando sua Visão. E Donia era mais fraca. Essas coisas tinham mudado em tão pouco tempo. O que não tinha mudado era que as ações de um ser encantado, Keenan, ao mesmo tempo as aproximavam e as mantinham em conflito.

– Achei que ele iria... – As palavras de Aislinn se desvaneceram, mas ela olhou para Donia.

– Não. Ele não fez contato comigo. Nem com você, pelo que vejo. Se ele tivesse *ido embora*, você sentiria, Ash. – Com esforço, Donia afastou da voz uma pontada de inveja. – O restante da força da corte o deixaria se ele... morresse.

– Mas se ele estivesse machucado...

– Não está – soltou Donia. – Ele nos avisaria. Está de mau humor ou num lugar mais quente ou... quem pode adivinhar quando se trata dele?

– *Você* sabe. Se quisesse encontrá-lo, tenho certeza de que *você* conseguiria.

Donia preferiu não falar desse fato específico. Ela *realmente* o conhecia e tinha ouvido rumores de suas atividades por aqueles que queriam bajulá-la. No entanto, isso não significava que ela o perseguiria como uma adolescente apaixonada. Ele tinha ido embora por conta própria e voltaria por conta própria.

Ou não.

Por vários instantes, as duas não disseram nada enquanto caminhavam. Pontas de gelo se formavam nas árvores pelas quais passavam. O solo embranquecia com uma fina camada de gelo. Não era nada parecido com o que a Rainha do Inverno poderia fazer, mas a terra estivera congelada por tempo demais durante o reinado de sua antecessora.

Se quisermos sobreviver, precisamos de equilíbrio.

O Verão deveria ser alegre, mas nem o Rei nem a Rainha do Verão estavam alegres. Isso enfraquecia a corte deles. *Algo que não deveria me incomodar.* Mas incomodava: Donia queria um equilíbrio real. Queria que eles fossem fortes o suficiente para enfrentar Bananach e suas crescentes tropas. *Que ficassem do meu lado.* Ela quebrou o silêncio:

– Vou permitir que a primavera chegue mais cedo este ano. Minha corte é forte o suficiente para fazer diferente, mas vejo necessidade de pressionar a sua até a submissão.

– Minha corte não é o que deveria ser – admitiu Aislinn.
– Eu sei. – Donia suspirou. Uma nuvem de ar congelante saiu de seus lábios. – Não posso enfraquecer minha corte demais, mas posso tentar um equilíbrio mais real.
A Rainha do Verão estremeceu.
– E quando ele retornar?
– Isso não muda nada, Ash. – Donia manteve o rosto inexpressivo. – Ele fez uma escolha.
– Ele ama você.
– Por favor. Não. – Donia virou-se de costas para o ser encantado que Keenan escolheu no lugar dela.
Mesmo de pé sobre o solo ainda coberto de neve, a Rainha do Verão tinha a impulsividade de sua corte. Insistiu:
– Ele *ama* você. O único motivo para me querer é porque ele foi *amaldiçoado*. Se não fosse isso, teria escolhido você. Você sabe disso. *Todos* nós sabemos.
Donia parou, mas não se virou.
– Donia?
A Rainha do Inverno olhou por sobre o ombro.
– Você torna difícil odiá-la, Ash.
Aislinn sorriu.
– Ótimo... mas não foi por isso que eu falei. É verdade. Ele...
– Eu sei – interrompeu Donia antes que a Rainha do Verão começasse outra explosão apaixonada. – Preciso viajar hoje à noite. A neve suave que espalho aqui determina o que acontece em outros lugares. Se não tiver mais nada para falar...
– Tenho sim, na verdade – começou Aislinn.
– Chega de falar dele.

– Não, não é sobre ele. – Aislinn mordeu o lábio, parecendo a mortal nervosa que tinha sido.

Donia olhou-a cheia de expectativas.

– Então?

– Não sei se sua corte já... perdeu alguém, mas alguns dos meus seres encantados *partiram*. Não muitos, mas alguns. – A voz de Aislinn hesitou um pouco. – Estou tentando acertar, mas de repente sou a única regente, e eles foram enfraquecidos durante nove séculos, tão acostumados a fazer... *tudo o que querem*.

Apesar de tudo, ela se compadeceu de Aislinn pela situação em que estavam. Donia se abrandou com a evidente preocupação na voz da Rainha do Verão. Sabia tão bem quanto Aislinn que nenhuma das questões das duas era por escolha própria. *Nem de Keenan, para dizer a verdade.* Donia suspirou.

– Minha corte também perdeu seres encantados. Não é pessoal, Ash.

– Ótimo. Quero dizer, *não* é ótimo, mas... achei que talvez fosse comigo. – A Rainha do Verão corou. – Estou tentando, mas não tenho certeza se às vezes eu erro. Ele prometeu me ajudar a entender isso, mas não sei onde ele está, e nem tenho certeza se eles são *meus* para liderar.

– Eles são seus. – Donia estreitou o olhar ao perceber a dúvida na voz de Aislinn. – Você é a Rainha do Verão; com ou sem rei, essa é a *sua corte*, Ash. Eles não fazem tanto sentido para mim quanto a Corte do Inverno ou a Corte Sombria... nem mesmo a Alta Corte, mas entendo de seres encantados. Não deixe que eles percebam suas dúvidas. Amedronte-os, se precisar. Use a máscara necessária para convencê-los de que você tem certeza, mesmo quando não tiver... Na verdade, *especialmente* quando não tiver. Bananach está atraindo nossos seres encantados para si, e não podemos ser fracas.

Enquanto Donia falava, lascas de gelo se estenderam em pequenas adagas nas duas mãos. Era instintivo, mas provava ainda mais suas ideias.

– Certo. – A expressão de Aislinn tornou-se algo mais régio. – Fica mais fácil em algum momento, não é?

Donia bufou.

– Ainda não, mas deveria... ou talvez a gente se acostume.

– Como ele fazia isso sem a força que temos? – perguntou Aislinn, hesitante, trazendo-*o* de volta à conversa.

Para isso, a Rainha do Inverno não tinha resposta. Balançou a cabeça. Era uma pergunta que tinha feito durante a maior parte da vida. Não conseguia imaginar lidar com a própria corte se estivesse com os poderes amarrados.

– Conselheiros. Amigos. Teimosia.

– Pessoas que acreditavam nele – acrescentou Aislinn com um olhar corajoso. – Você acreditou o suficiente para morrer por ele, Donia. Não pense que nos esqueceremos disso algum dia. Se não fosse você, eu não seria rainha deles, e ele não seria libertado.

Ao ouvir isso, Donia parou e fez a pergunta que estava se fazendo em silêncio:

– Você se arrepende?

– Às vezes – respondeu Aislinn. – Quando penso em lutar contra a personificação da guerra? É, eu me arrependo um pouco. A vida era bem mais fácil quando eu pensava que todos os seres encantados eram "malignos". Agora me preocupo em não deixá-los morrer, em governá-los, em tentar ser uma rainha e em lidar com os impulsos que não são *meus*, mas do Verão. Às vezes é como se fosse *eu* e mais alguém ao mesmo tempo... se é que isso faz sentido. Não sou impulsiva, nem, hum... tão preocupada com o prazer, mas o Verão é; e eu sou o Verão. É como encaixar partes de uma estação em *mim*. Entende?

– Entendo. – Donia assentiu enquanto o gelo em sua mão derretia. – Achei que o gelo ia me matar quando eu era a Garota do Inverno, por isso me tornar rainha foi *bem* mais fácil. Gosto da calma, da sensação de tranquilidade. Antes, não era fácil. Eu carregava a dor do frio sem estar em paz durante décadas. Então ser completada pelo inverno e ter o poder para lidar com ele... não me arrependo disso, nem das escolhas que eu fiz. *Nenhuma* delas.

Ficaram em silêncio por um instante, e depois Aislinn fez que sim com a cabeça.

– Posso fazer isso. *Nós* podemos... mesmo com a nossa "mancha" mortal.

Donia sorriu.

– É verdade. Vou falar com Niall e Sorcha. Niall tem certa simpatia pelos mortais... e pela sua corte, por mais que tente negar... ele se aflige com o mesmo tipo de agitação que Bananach provocou nas nossas cortes. Podemos fazer isso, Ash, sem Keenan, sem fracassar com as nossas cortes nem nos dobrarmos à nossa natureza.

E naquele minuto Donia acreditava nisso.

Capítulo 4

Aislinn andou em direção à fronteira do parque onde os guardas esperavam. Tinha pensado em mantê-los próximos, mas queria mostrar a Donia que as duas estavam reconstruindo a confiança. Aislinn ainda desconfiava da Rainha do Inverno – e não entendia totalmente por que Donia tinha achado que fora necessário *esfaqueá-la* no último ano –, mas sabia o suficiente sobre o amor entre a Rainha do Inverno e o Rei do Verão para decidir que o esfaqueamento tinha sido um ato de paixão. Aislinn entendia de paixão. Havia muitas coisas que ainda não compreendia, mas, como personificação da estação do prazer, não tinha dificuldade em aceitar que a paixão poderia tornar um ser encantado impulsivo, desesperado e, às vezes, completamente irracional.

Parou e olhou para as árvores que se alinhavam na calçada. Ainda estavam cobertas de neve, mas a primavera chegaria em apenas poucas semanas. Então exalou e derreteu os galhos congelados. Nas próximas duas semanas, ela ficaria cada vez mais forte, e, como Donia não ia prolongar o inverno, não havia motivo para começar a aquecer a terra agora.

Sua pele pinicou com a percepção de que o verão estava próximo.

Havia uma força nisso se fosse aproveitada; ela agora entendia isso. Nos últimos seis meses em que Keenan estivera afastado – e Seth recusara seus melhores esforços para ficarem juntos –, ela aprendera muitas coisas sobre ser a Rainha do Verão. Aceitar sua natureza estava ficando mais fácil, e aceitar que as naturezas de outros seres encantados eram estranhas a ela estava se tornando um reflexo disso. Na verdade, aprendera mais em metade do ano sem o rei do que esperava.

Infelizmente, ainda não tinha a confiança que ecoava na voz de Donia – ainda. *Terei. Seja confiante. Acredite.* Sorriu para si mesma. Às vezes, ser rainha não era muito diferente de ser uma mortal com Visão: regras, lembretes, fingir sentir diferente do que se sentia por dentro. *E um custo terrível se eu fracassasse.*

Tinha acabado de pisar na calçada e ainda não estava ao lado de seus guardas quando um ser encantado que ela não conhecia surgiu aparentemente do nada.

– Precisa de um acompanhante? – perguntou ele.

À primeira vista, ela pensou que era um dos seres mágicos de Donia, pois parecia pálido como a neve ao redor, mas, quando olhou de novo, ele parecia escuro como o céu na lua nova. Luz e trevas entravam e saíam de sua pele, e seus olhos cintilavam no tom oposto que a pele assumia naquele instante. Franziu a testa ao tentar analisá-lo.

Seu olhar escapava para a camisa vermelha gritante do ser. Era difícil não vê-la. Além de ser um tom agressivamente claro de vermelho, a camisa estava tão grudada no peito e nos braços que pareceria ridícula na maioria das pessoas. Nele, parecia natural. Apesar do frio, ele não usava casaco por cima da camisa fina. Ela tentou erguer o olhar para os olhos dele e, mais uma vez, teve que desviar o olhar.

– Você vai se acostumar em um instante – disse ele.

– A quê?

– Às mudanças. Vou fixar numa para nossa visita. – Ele deu de ombros e, enquanto dizia as palavras, fez exatamente isso: sua pele ficou no tom escuro de todas as cores combinadas, e seus olhos clarearam para uma ausência completa de cor.

– Ah. – De alguma forma, ela acreditava que tinha parado de se surpreender com os seres encantados, mas não sabia o que dizer. Tentou pensar em qualquer coisa que soubesse para explicá-lo, mas ele era diferente de qualquer outro ser encantado que ela já encontrara: o que não era nem um pouco reconfortante. Fez uma expressão falsa, uma certeza que desejava sentir, a confiança que a Rainha do Verão *deveria* sentir.

– Você está em segurança. Vim à sua – ele fez um gesto amplo – vila por motivos diferentes de encontrá-la, mas estou intrigado. – O ser encantado sorriu para Aislinn em seguida, como se ela tivesse feito algo do qual deveria se orgulhar. – Não lhe desejo nenhum mal neste dia, Rainha do Verão. Se eu tivesse modos mais educados, teria dito isso antes.

Nenhum mal neste *dia?*

A essa distância de seu parque, quando ainda não era primavera e estava frio, Aislinn não estava com força total, mas se concentrou em invocar a luz do sol para a mão caso precisasse se defender.

– Sinto dizer que estou em desvantagem. Não tenho certeza de quem você é ou por que está aqui.

— Está me perguntando, Aislinn? — O ser encantado captou o olhar dela. — Poucos fazem perguntas sobre mim.

— Há um custo para fazer perguntas? — Os nervos dela estavam cada vez mais alterados. Como monarca dos seres encantados, estava em segurança contra a maioria das ameaças, mas tinha sido ferida por dois outros regentes, seres encantados em que ela confiava, então sabia muito bem que não era insuscetível a danos. Seu primeiro ano como ser encantado tinha deixado essa verdade bem clara.

O segundo ano também não está indo muito bem.

O ser encantado esquisito em frente a ela estendeu uma das mãos como se fosse tocar seu rosto.

— Eu aceitaria a permissão para acariciar seu rosto.

— Em troca de uma resposta? — Aislinn revirou os olhos. — Acho que não.

— Os seres recentemente mortais são tão insolentes. — Ele sacudiu a cabeça. — Você recusaria minha oferta se soubesse quem eu sou?

— Não há como saber, não é? — Aislinn virou-se e voltou a caminhar em direção a seus guardas. Sentiu um arrepio na nuca, mas não gostava de brincar de adivinhar.

E estou com medo.

— Se me permitir envolver seu rosto com minhas mãos, isso não vai machucá-la, e lhe permito duas perguntas ou um presente pelo privilégio — ofereceu ele.

Ela parou de andar. Um dos problemas de ser tão nova no governo era que não tinha favores para cobrar, nenhum ano de barganha para usar e — ultimamente — nenhum rei com tais conexões para ajudá-la. *Se formos lutar com Bananach, não tenho um arsenal secreto.* Olhou para ele por sobre o ombro e perguntou:

– Por quê?

– Seria essa uma das suas perguntas, Rainha do Verão? – Os lábios dele se encurvaram ligeiramente, de modo que parecia que ele ia começar a rir a qualquer momento.

– Não. – Ela cruzou os braços. – Sabe, sou um ser mágico há algum tempo, mas jogos de palavras de seres mágicos não me agradam. Imagino que vou entender isso posteriormente, mas, neste momento, estou irritada.

– E curiosa – acrescentou ele com uma risada. – Vou lhe permitir uma resposta gratuita. Por quê? Porque os seres recentemente mortais me fascinam. Seu rei assegurou que eu não tivesse contato com as outras meninas quando elas se tornaram seres mágicos. Você está aqui; ele não está... e estou curioso.

– Não tenho certeza se é prudente barganhar quando você parece *desejar* tanto. – Aislinn ficou onde estava, admitindo em ações, se não em palavras, que estava pensando em negociar.

Não deixe que isso seja um erro. Por favor, que não seja um erro.

O ser encantado deu vários passos em direção a ela.

– Uma pergunta agora e outra em reserva. E se eu souber coisas que você vai querer saber mais tarde? E se uma pergunta devida pudesse ser uma vantagem para sua corte?

– Uma pergunta agora e uma pergunta *ou* favor depois. – Ela se afastou mais um passo. – E sua garantia de que não sofrerei nenhum mal ao seu toque... que pode durar no máximo um minuto.

Ele parou a alguns passos de distância.

– Concordo com os termos *se* me permitir acompanhá-la até seu loft.

– Até a porta, mas sem entrar, e iremos diretamente até lá, sem desvios, e meus guardas vão conosco.

– Combinado. – Ele se aproximou.

– Combinado – ecoou ela.

Ele aninhou o rosto de Aislinn entre as mãos, e o mundo ficou totalmente silencioso ao redor dela. Nenhuma visão nem som. Só havia escuridão, completa e absoluta. Se não tivesse a promessa de que nenhum mal aconteceria a ela, Aislinn teria certeza de que tinha saído do corpo e caído num vazio.

O que eu fiz?

Para sua mente, parecia que dias tinham se passado enquanto os dois estavam ali juntos. Ele se inclinou em direção a ela. No vazio onde, de alguma forma, estava agora, ela sentia os movimentos dele. Nada existia antes nem depois dele. A voz era de casca de milho sussurrando em campos estéreis quando ele disse:

– Meu nome é Far Docha. O Homem Sombrio.

Aislinn sabia que estava no vazio havia apenas alguns instantes, mas, quando Far Docha afastou as mãos de seu rosto, ela cambaleou. O mundo estava com uma iluminação cruel demais; o gelo que se pendurava nas árvores ao longe reluzia com tanta clareza que ela teve que desviar o olhar. Só ele, o Homem Sombrio, não provocava dor ao olhar.

– Você é... um ser mágico da morte. – Ela já havia encontrado alguns dessa espécie, e, embora não fossem uma corte propriamente dita, estavam sob o domínio dele. Os seres encantados da morte não tinham necessidade de uma corte: não tinham inimigos. As criaturas imortais não eram imprudentes o suficiente para entrar em conflito com aqueles que poderiam matá-los usando o esforço mínimo de uma respiração. Aislinn deu vários passos atrás. Tinha permitido de bom grado a carícia de um ser encantado equivalente à Morte. *O que eu estava pensando?* Se não fossem as coisas que Keenan e Niall lhe ensinaram sobre as barganhas dos seres encantados, a situação teria sido muito pior.

Ainda pode ser.

– Eles não me disseram que você poderia estar tão perto do meu alcance. Quase morta. Quase minha. – Far Docha franziu ligeiramente a testa enquanto analisava o rosto dela como se quisesse ler palavras escritas em sua carne. – O Inverno a golpeou.

Ao ouvir isso, as preocupações de Aislinn em relação à barganha foram substituídas. *Perto da morte?* Ela sabia que tinha se machucado, teve dúvida se ia sobreviver, mas acreditava que simplesmente doía mais do que deveria. Antes que encontrasse as palavras para responder, ele exalou o hálito de uma doçura nauseante.

Ela cambaleou conforme a dor, e as emoções da ferida chegaram até ela com a mesma clareza daquele dia. O aroma de flores funéreas fizera seu corpo se lembrar daquilo que sua mente desejava negar. *Será que Donia tinha a intenção de me ferir tanto?* Era um assunto que as duas não tinham discutido: o gelo da Rainha do Inverno poderia facilmente ser fatal. *Se não fosse por Keenan.* Ele a salvara e, ao fazer isso, a empurrara – e empurrara Seth – para confrontar a ligação inegável entre o Rei e a Rainha do Verão.

No entanto, não era o prazer da cura de seu rei que sentia agora: era a dor do gelo fluindo por seu corpo que a tomava novamente enquanto ela respirava o hálito doce do ser encantado da morte. Colocou a mão no estômago.

– O quê... como...

– Você não estava completamente ao meu alcance antes de seu rei interferir – disse Far Docha.

O Homem Sombrio suspirou de novo, e Aislinn sentiu as lembranças puxando-a para trás. Sentia lascas do inverno enterradas em seu corpo; percebia a terrível sensação de que *essa* ferida era a que encerraria sua recém-descoberta imortalidade. *Essa ferida será fatal.* Aislinn sentiu os joelhos enfraquecerem.

– Chega. – Ela agarrou a grama, buscando a fecundidade submersa da terra para firmá-la. *Isso não é uma ferida; é uma lembrança.*

A dor ainda era intensa o suficiente para ela ficar no chão por um instante a mais, deixando o calor da vida do verão fluir por sob o gelo através do solo e chegar a ela.

Em seguida, seus guardas apareceram. Um rowan pegou seu braço, como se quisesse estabilizá-la, mas ela se sacudiu para afastá-lo e ficou de pé. Deu um passo em direção a Far Docha.

Seja confiante. Aislinn quase riu do fato de aceitar o conselho do ser encantado cuja ferida estava revivendo agora. *Eu sou a Rainha do Verão. Posso fazer isso.*

– Você não pode vir aqui e atacar uma regente – disse ela.

– Atacar? – O Homem Sombrio riu. – Tínhamos uma barganha, pequena rainha. Não é culpa minha você estar desconfortável com os resultados.

Com a luz do sol pulsando no corpo como se Keenan estivesse a seu lado, compartilhando com ela a luz, Aislinn empurrou a luz do sol para o peito de Far Docha, não como um golpe, mas como um lembrete do que – *quem* – ela era.

– Não sei o que você está fazendo, mas já *basta*.

Nenhum dos guardas tocou Far Docha, mas um deles se aproximou dela.

– Minha Rainha? Talvez...

Aislinn ergueu a mão.

– Não concordei com isso... o que quer que seja.

– Lembrando – disse Far Docha. – Só estou lembrando.

– Não é *sua* memória. – Aislinn fez sinal para os guardas ficarem onde estavam mesmo quando ficaram tensos. Uma rainha mantinha a própria corte em segurança, e ela estava bem certa de que atacar o líder dos seres mágicos da morte não ia dar muito certo.

– Deveria ser minha memória – disse ele. – Se ele não a tivesse encontrado naquele momento, você teria morrido pouco tempo depois.

Far Docha exalou mais uma vez, enviando o hálito de açúcar em direção a ela num longo suspiro.

Aislinn virou a cabeça para evitar inalá-lo.

Com a expressão pensativa, Far Docha olhou para além dela. Depois disse:

– Algumas feridas levam mais tempo para matar. Eu deveria ter sido invocado. Seu rei tem algumas perguntas a responder, Rainha do Verão.

– Bem, farei questão de dizer isso a ele. – Ela fez sinal para a rua. – Concordei que você me acompanharia até minha porta...

– Outro dia – disse Far Docha, distraído e, com o mesmo som baixinho que fizera ao chegar, ele partiu.

A raiva que não conseguiu reprimir totalmente veio à tona quando Aislinn passou a passos largos pelo grupo de guardas, fazendo-os correr para se reorganizarem enquanto a acompanhavam.

Quando chegou ao loft que agora era seu lar, a raiva tinha diminuído e a clareza a tomou: devia haver um motivo para o líder dos seres mágicos da morte estar em Huntsdale – e ela não conseguia pensar em nenhum motivo que não a preocupasse.

Quem morreu? Quem vai morrer? Sua mente girava pensando em Seth e Keenan, na sua corte, nos seres encantados que não eram *dela,* mas por quem ela ficaria de luto mesmo assim. *Seth e Keenan estão longe. Não são eles. Certo? Onde estão?*

Ela se apressou escada acima, abriu a porta com força e gritou:

– Tavish! Preciso de conselhos. *Agora.*

Em vez de seu conselheiro de confiança, Quinn veio à sala principal.

– Tavish está com as Garotas do Verão, mas eu estou aqui.

Os pássaros que costumavam ser de Keenan desceram como doidos enquanto a raiva de Aislinn aumentava de novo.

– Preciso de respostas.

Quinn se abaixou quando uma das calopsitas voou perigosamente perto de sua orelha. Era sensato o suficiente para não atacar o pássaro, mas a cara feia com que o encarou não foi efêmera o suficiente para que ela não visse.

– Posso ajudar?

Aislinn estendeu o braço para o pássaro irritado. Ele pousou sobre o pulso dela e andou de lado até seu ombro. Não ia contar a Quinn sobre seu encontro com a Morte, mas havia outros assuntos dos quais ele poderia cuidar. *Seja confiante.* Ela tinha sido paciente por quase seis meses, esperando o Rei do Verão retornar à sua corte. Tinha esperado por Seth enquanto ele estava no Mundo Encantado. *Será que Keenan estava se escondendo no Mundo Encantado agora? É lá que Seth está de novo?* Seth tinha desaparecido vários dias antes, e, visto que ele tinha sido considerado filho da Rainha da Alta Corte, Aislinn suspeitava que seu desaparecimento estava ligado a *ela.* Keenan podia não ser próximo de Sorcha, mas lidava com ela havia séculos. *Será que ele também foi ao Mundo Encantado para fazer alguma coisa?* A Rainha da Alta Corte tinha respostas e estava em conflito com sua irmã gêmea maluca, Bananach, havia mais séculos do que Aislinn estava viva, mas não ia oferecer ajuda a alguém que agora lidava com a Guerra fortalecida – e Aislinn não esperava que ela fizesse isso. De acordo com Keenan, a Rainha da Alta Corte tinha se mantido afastada dos séculos de conflito entre o Inverno e o Verão. *E não posso pedir a opinião dela porque não posso ir até ela. Não posso nem sair para descobrir se meu rei ou meu... Seth... está com ela.*

– Como é que eu não sei como entrar no Mundo Encantado? – Aislinn deixou a raiva ferver na voz e na pele. – Onde ficam os portões para o Mundo Encantado?

– Minha rainha...

– Não – interrompeu antes que ele começasse outra ladainha sobre os perigos de entrar no Mundo Encantado sem o consentimento da Rainha da Alta Corte. – Parece que todo mundo sabe como entrar no Mundo Encantado. Seth sabe. Niall sabe. Keenan sabe. Por que eu não sei?

– Se me perdoa a impertinência, minha rainha, os outros não são novatos em serem seres mágicos, exceto Seth, que é... A Rainha Imutável gosta dele.

Ao piscar da luz que fritava a pele da Rainha do Verão, Quinn acrescentou rapidamente:

– Mas de um jeito diferente de você, minha rainha. Ela sabe que ele é seu... – As palavras de Quinn enfraqueceram, e ele baixou a cabeça em vez de terminar *aquela* frase.

O que é Seth?

Tinha sido amigo dela, depois fora tudo para ela. Em seguida, tornou-se um ser encantado, e ela cometeu alguns erros estúpidos. Agora não tinha certeza do que ele era. *O que não quer dizer que Seth pode ir embora sem falar comigo.* Aislinn fez uma cara feia. *Keenan também não.* Seu rei tinha ido embora sem ela, deixando-a no comando de uma corte com apenas metade da força dos regentes, e ela estava tentando ao máximo não errar demais.

Seja confiante, lembrou a si mesma. *Talvez eu devesse fazer o mesmo com Keenan e Seth também.*

– Aislinn? – Quinn disse seu nome com cuidado.

– O quê? – Ela olhou para ele, apenas para perceber que a sala estava repleta de arco-íris formados pela chuvinha fraca e pelos raios de sol que escapavam por entre as nuvens, que tinham começado enquanto ela estava pensando. – Ah.

As plantas e os pássaros e as diversas criaturas que viviam na corrente de água que eles colocaram na sala se desenvolviam nessas condições, mas Quinn pareceu meio perturbado por suas roupas encharcadas.

Um ser encantado psicopata que prospera na violência já percebeu Seth e o levou ao Mundo Encantado uma vez. Meu rei fugiu. Ah, e a Morte *está nos visitando.*

Ela sacudiu a cabeça.

– Envie Tavish até mim.

Quinn tentou, sorrateiro, secar a chuva do rosto.
– Para quê?
A Rainha do Verão parou a meio caminho de se afastar de Quinn e virou-se para olhá-lo.
– *Como é?*
– Há uma mensagem? – A expressão de Quinn era cuidadosamente fria, que ela logo aprendera a identificar como uma máscara.
– A mensagem, Quinn, é que a rainha dele, *sua* rainha, o está chamando. – Ela sorriu, não de um jeito agradável, mas com uma crueldade que teve que aprender quando Keenan a deixou para governar a Corte do Verão sozinha. Com uma voz falsamente suave, perguntou: – Há um motivo para você querer saber o que eu digo a outro ser encantado? Um motivo para questionar sua rainha?
Quinn baixou o olhar para o piso enlameado.
– Não tive a intenção de insultá-la.
Por um instante, pensou em dizer que tinha notado que ele evitara sua pergunta. Enganações, omissões e opiniões eram os recursos dos seres encantados para contornar a limitação de "não mentir". Quinn e inúmeros outros seres encantados pareciam pensar que a recente imortalidade da rainha e sua idade a tornavam mais fácil de enganar. *E às vezes era mesmo. Nem sempre, no entanto.* Manteve a própria expressão tão fria quanto a dele, parecendo uma máscara.
– Encontre Tavish. Ache algumas respostas sobre onde, diabos, estão Seth e Keenan. Estou cansada de desculpas... e quero instruções sobre como entrar no Mundo Encantado – disse ela.
Depois, antes que a máscara de confiança caísse, ela se virou.

Capítulo 5

– Minha estadia aqui no Mundo Encantado não é uma opção – repetiu Seth para sua rainha. – Você sabe disso tanto quanto eu.

Sorcha deu as costas para ele, como se o movimento escondesse as lágrimas prateadas que escorriam por seu rosto, e se afastou.

– Mãe. – Ele a seguiu até o jardim que tinha substituído a parede de seu quarto quando ela se aproximou. – Você precisou de mim, e eu vim.

Ela fez que sim, mas não o encarou. Insetos minúsculos, que não eram libélulas nem borboletas, voaram em direção a ela, agitaram-se por um instante e foram embora rapidamente. O cintilar metálico de suas asas fez o ar ao redor parecer reluzir.

– Não vou reagir bem se for enjaulado. Você sabia disso quando escolheu ser minha mãe. – Colocou a mão no ombro dela, que se virou para ele.

– Não posso *ver* você, e o mundo deles é... traiçoeiro. – Apertou os lábios, formando um bico que a fez parecer infantil.

– Se eu fosse do tipo de abandonar quem amo, não teria voltado para casa e para você – observou Seth. Durante todos os seus séculos de vida, ser mãe era novidade para Sorcha. A emoção era estranha para ela. Precisava de certo ajuste.

Seu ajuste praticamente acabou com o mundo. Colocou o braço ao redor dela e a conduziu até um banco de pedra. *Se ela estivesse irritada...* A ideia de uma rainha quase onipotente furiosa fez a pele dele ficar gelada. Devlin tinha acertado ao fechar o portal para o mundo mortal, prendendo Sorcha aqui no Mundo Encantado.

Sorcha apertou o braço de Seth com tanta força que ele precisou esconder uma contração de dor.

– E se ela matar você?

– Acho que Bananach não vai fazer isso. – Seth a puxou para si, e ela deixou a cabeça repousar no ombro dele.

– Não posso ir atrás dela. – Sorcha, a personificação da razão, pareceu petulante. – Já tentei o portal.

– Tenho certeza que sim. – Ele reprimiu um sorriso, mas ela ainda assim levantou a cabeça e olhou para ele.

– Você parece se divertir, Seth.

– Você teve poder absoluto desde que começou a existir, e agora há restrições... e emoções... e... – Ele a abraçou rapidamente. – Você queria mudar, mas não é tão fácil quanto esperava.

– Verdade... mas... – Ela franziu a testa. – De que maneira isso é engraçado?

Ele beijou a bochecha dela.

– Sua preocupação e seu desejo de ficar perto daqueles que ama são muito humanos. Para alguém que não é minha mãe biológica, você tem traços parecidos comigo. Volto ao mundo mortal para ficar com aqueles que *eu* amo.

Ela recostou a cabeça no ombro dele de novo.

– Eu preferia que você ficasse aqui no Mundo Encantado, onde posso mantê-lo em segurança.

– Mas entende por que não vou ficar? – perguntou ele.

Por vários instantes, ela não respondeu. Ficou perto dele, e, juntos, se mantiveram em silêncio. Depois ela se empertigou e se virou para encará-lo.

– Não gosto disso.

– Mas entende? – Pegou as duas mãos de Sorcha, de modo que ela não pudesse se afastar. – Mãe?

Ela suspirou.

– Se você for morto, serei humilhada.

– E se eu matar sua irmã?

– Eu ficaria feliz. – A voz de Sorcha ficou mais suave.

– Era esse seu plano quando me transformou em um ser encantado?

Sorcha não se acovardou diante do olhar dele.

– Eu precisava que você estivesse ligado à minha corte ainda mais do que estava ligado às outras. Ao lhe dar uma parte de mim, eu sabia que não seria mais equilibrada por Bananach. Acredito agora, como acreditava antes, que você é a chave para a morte dela. – Afastou o olhar. – Achei que você poderia morrer no processo, mas não que sua morte me *importaria*.

– Não podemos ver nossos futuros – lembrou ele.

– Eu vi o seu até você se tornar *meu*. Você teria morrido. Se eu não o tivesse refeito, você estaria morto agora. Minha irmã o teria torturado, e sua *Ash* teria levado a corte dela a uma batalha que não poderiam vencer. – Sorcha franziu a testa. – Eu não faria objeção à morte da Rainha do Verão, mas não queria que a Guerra conseguisse o que buscava. – Sorcha apontou ao redor para o Mundo Encantado. – Se eu desse isto a você, você seria meu para usar quando eu precisasse.

Seth sentiu o lampejo de desconforto que havia sentido quando conheceu Sorcha, lembrou-se de como ela era estranha para ele, mas também lembrou que apenas alguns dias antes ela quase destruíra o Mundo Encantado porque sentia saudade dele. Sorriu para a mãe e garantiu:

– Eu não *culpo* você. Você me deu o que eu buscava, mesmo que por suas razões egoístas.

– E por *suas* razões egoístas, Seth. – A Rainha da Alta Corte quase riu. – Você é impertinente, mas estou feliz que seja meu.

Seth sentiu a tensão desaparecer. Sua rainha, sua mãe, estava serena outra vez e tinha admitido aquilo que não quisera lhe dizer, mas que ele já sabia: tinha a intenção de usá-lo e depois descartá-lo.

– A decisão de Devlin de fechar o portal para você foi sábia – disse ele.

Sorcha lançou um olhar inescrutável sobre ele, mas não disse nada.

– Eu vi isso – falou Seth. – Não com uma visão do futuro, mas com lógica, e posso garantir que, se eu não sobreviver, ele estará aqui para cuidar de você. Pode não chamá-lo de filho. – Ele ergueu a mão quando ela abriu a boca para contestar. – Mas ele é. Ele a ama e estará aqui, se precisar dele. O Mundo Encantado está em boas mãos.

– Você é mesmo impertinente – repetiu ela, mas com um tom de inegável afeto.

– Também amo você. – Beijou o rosto dela.

– Far Docha está entrando em Huntsdale. Ele é capaz, como todos os seres mágicos da morte, de dar fim à vida de qualquer ser encantado. Diferentemente da maioria dos seres encantados da morte, ele é o único que tem permissão para fazer isso sem consentimento ou ordem. – A Rainha da Alta Corte fez uma pausa. – Quando a Guerra chegar, ele estará aqui, assim como a irmã dele, Ankou. Não deixe nenhum deles tocar em você.

– Farei o que devo fazer. Foi para isso que você me fez, mãe. Bananach não vai *parar* – lembrou Seth. – Os que estão no Mundo Encantado ficarão em segurança. *Você* está em segurança. Selar o portal fez isso... e eu irei a Huntsdale e farei o que você pediu: tentarei matá-la. Andei treinando com os Hounds por esse motivo. Eles agora querem a morte dela. Niall também. É o que *todos nós* queremos.

Sorcha virou-se para o outro lado para observar o jardim que se alterava ao redor dos dois, e Seth sentiu e viu o humor que ela estava tentando controlar. Estava equilibrada agora, mas ainda não acostumada a sentir emoções.

Depois de alguns instantes, ela voltou a atenção para ele.

– Não gosto quando as consequências de uma escolha não são o que *eu* desejaria que fossem. Quero que você... não quero que vá, mas, já que está indo, exijo que prometa não se ferir, como Irial. Ele poderia ter evitado. Se puder evitar, você *vai* fazer isso.

Com sabedoria, Seth decidiu não responder. Em vez disso, perguntou:

– Você sabia que ele faria isso?
Sorcha fez que sim.
– E você?
– Sabia – admitiu Seth. – Eu vi as outras possibilidades. Eram piores.
– Seria melhor se Niall não soubesse que você previu a morte de Irial. – Ela franziu a testa, e o jardim ficou menos organizado. – Ele se preocupa muito com o bem-estar de Irial, mas a negação dele estava clara para muitos de nós.
– E a nova Corte Sombria? Como isso vai afetá-lo? – indagou Seth.
– Minha corte equilibrou a Corte Sombria para a eternidade. Sem o equilíbrio, Niall estaria... mal. – A Rainha da Alta Corte levantou um dos ombros de um jeito delicado. – Os portais estão fechados para mim, de modo que aquele mundo não é preocupação minha.
– Você sabe que ele é importante para mim, mãe. Ele é meu *irmão* de coração. Quando eu estava vulnerável, cercado de seres encantados, ele me protegeu. Deu-me uma família antes de eu encontrar você e me trouxe para cá. – Seth franziu a testa. – Quero que ele fique bem; preciso disso.
– Serei o equilíbrio dele outra vez... Apenas convença a Corte Sombria a se dispersar; convença-a a destravar os portais do Mundo Encantado para o mundo mortal – sugeriu ela.
– Não.
– Então não há nada que eu possa fazer. Niall vai cair ou não. Não posso ajudá-lo em nenhum dos dois caminhos. – Sorcha beijou as bochechas de Seth. – Nada de sacrifícios imprudentes.

— Não posso fazer essa promessa — admitiu ele. — Existem três seres encantados pelos quais eu me sacrificaria. Dois deles estão no mundo mortal.

— Para ser justa, você deve saber que eu os mataria para evitar que você fizesse isso. — Sorcha começou a andar em direção à habitação dele, e ele a seguiu.

— E essa é mais uma vantagem de os portais estarem fechados para você — disse Seth.

A Rainha da Alta Corte parou e se virou para trás. O olhar avaliador que lançou a ele lembrou a Seth que esse ser encantado existia desde antes que ele pudesse compreender, antes — a Rainha admitia — de ela se lembrar. Ele ainda não tinha idade para beber legalmente e, embora estivesse sozinho há alguns anos, ele só tinha vivido um instante em comparação a ela.

— Não me irrite, Seth. — Sorcha diminuiu a distância entre os dois e alisou o cabelo dele para trás. — Sei muito bem que você teve influência em incentivar aquele *Hound* e Devlin a criarem uma nova corte. Não esqueço que você teve um papel no meu isolamento do mundo mortal.

— Quero que fique em segurança — lembrou ele.

— E incapaz de chegar ao mundo mortal. — Ela manteve a mão na cabeça dele. — Você é *meu*. Você importa para mim como ninguém jamais importou, mas seria sensato você se lembrar de que *não sou* mortal. Não se esqueça disso quando tomar esse tipo de decisão no futuro.

— Não me esqueci de *nada* disso. Também não vou esquecer que você me ama o suficiente para destruir o próprio mundo. — Seth colocou a mão sobre as dela. — Não me ameace, mãe. Sou obrigado, pelo nosso acordo, a vir ao Mundo

Encantado ano após ano por toda a eternidade, mas *não* sou obrigado a amar você. Eu a amo, mas você não é a única no meu coração.

 Ficaram parados por vários instantes, depois a Rainha da Alta Corte assentiu.

 – Cuidado com o temperamento de Niall... *por favor?*

 – Ele é meu irmão. Vai ficar tudo bem – prometeu Seth e a deixou para procurar o Rei das Sombras.

Capítulo 6

– Ele não acorda – disse a nova curandeira.

Os guardiões do abismo de Niall surgiram num lampejo ao ouvirem o pronunciamento.

– Tragam a próxima curandeira – ordenou o Rei Sombrio.

Uma Hound cujo nome ele não lembrava fez que sim com a cabeça. Com um olhar rápido para o Rei Sombrio, ela agarrou o braço do ser encantado ofensivo e rapidamente o conduziu para fora do cômodo.

– Apunhale uma ou duas curandeiras, e todas vão reagir de forma exagerada – disse Niall.

Ninguém respondeu. Irial estava inconsciente e não despertava.

Ainda.

Niall tirou o pano da bacia sobre a mesa de cabeceira. Ele se inclinou e pressionou os lábios na testa de Irial.

– A febre não está piorando. Ainda não está melhor, mas não está pior.

Como fizera durante a maior parte do dia anterior, sentou-se ao lado do ser encantado inconsciente e aplicou o pano úmido sobre o rosto e o pescoço de Irial mais uma vez.

– Posso ficar com ele – falou Gabriel da porta. – Se ele acordar, posso mandar alguém chamar você.

– Não. – Não tinha contado a Gabriel sobre os sonhos estranhos que agora parecia compartilhar com Irial. Não fazia sentido pensar que estava de fato no mesmo sonho com Irial. *Mas é real. Parece real.* Niall tinha vivido por muito tempo, peregrinado por anos, passado um tempo em três cortes diferentes. Nunca tinha ouvido falar de ser capaz de sonhar junto com alguém como ele e Irial pareciam estar fazendo. *Será que é loucura?* Nos sonhos, conversavam sobre todas as coisas que não falavam havia séculos; não estiveram tão próximos havia muito tempo. *Será que estou imaginando?*

O Hound tentou de novo:

– Você precisa descansar. A força da corte vem de você. Se ficar doente...

– Não fale. – Niall o fuzilou com os olhos. – Deixe-nos em paz.

Gabriel o ignorou. Em vez de sair, entrou no cômodo. Ficou de pé ao lado da cama de Irial e baixou uma das mãos até o ombro de Niall em um gesto de apoio.

– Meu filhote está morto. Ani e Rabbit estão no Mundo Encantado. Irial está ferido. *Eu entendo.*

A tristeza na voz do Hound quase desfez o escasso autocontrole a que Niall estava se agarrando em desespero.

– Não posso – admitiu. – Não posso deixá-lo... Algo não está certo.

Gabriel bufou.

– Muitas coisas não estão certas. Provavelmente é mais fácil listar as coisas que *estão* certas.

Em silêncio, Niall molhou o pano na bacia de novo. Encarou a água, tentando dar sentido aos sentimentos que o tomavam. Sua reação ao ferimento de Irial parecia intensa demais. Pensamentos imprevisíveis obscureceram sua mente; não conseguia segui-los a todo momento com muita clareza. Desejos de violência pressionavam seu melhor julgamento. Nos poucos dias desde que Bananach tinha esfaqueado Irial, Niall tinha passado de furioso para positivamente louco. Ele *sabia* disso. Sentia as emoções inundando-o, mas havia algo a mais.

Algo está errado.

– Niall?

O Rei Sombrio sacudiu a cabeça.

– Não tenho certeza do que vou fazer se sair deste cômodo. Estou ficando desatinado... sem Irial... não posso fazer isso sozinho, Gabe. Não posso. Não sou *adequado*.

– Você está triste. É uma reação normal, Niall. Vocês dois têm... *questões,* mas ambos sabiam o que eram um para o outro.

– Somos, não éramos – corrigiu Niall, desanimado.

Gabriel pegou o pano de Niall.

– Você também não está sozinho. A maioria da corte está aqui. A Caçada está com você. Eu estou com você.

Quando Niall ergueu o olhar para o Hound grandioso, Gabriel abriu os braços.

– Dê-me um comando, Niall. Suas palavras, minhas ordens. Diga-me do que precisa.

Niall se levantou.

– Ninguém toca em Irial sem o meu consentimento. Ninguém de fora da nossa corte entra nesta casa, a menos que eu o invoque. Nada de falar dos ferimentos dele fora da casa. Aumente os guardas de Leslie.

O Rei Sombrio fez uma pausa enquanto o medo de a única pessoa que ele amava ser ferida por Bananach crescia dentro de si.

Gabriel fez que sim com a cabeça, e as ordens do Rei Sombrio apareceram em tinta sobre a carne de Gabriel conforme as palavras eram ditas.

– Leslie estará em segurança – prometeu. Depois de um minuto, continuou: – E Bananach? E os que estão saindo da corte para ficar com ela?

O Rei Sombrio piscou para Gabriel.

– Ela não pode entrar na nossa casa, mas Irial disse que não podemos matá-la sem matar Sorcha e, portanto, todos nós. Não vou enviar forças atrás dela... Os outros... Não me importa o que você vai fazer com eles depois que terminarmos isso. Mas não agora. Neste instante, o que importa é Irial.

Um breve franzido apareceu na testa de Gabriel, mas ele fez que sim com a cabeça.

Niall se afastou e diminuiu a luz.

– Acorde-me quando a próxima curandeira chegar.

Deitou-se no chão ao lado da cama de Irial e fechou os olhos.

Capítulo 7

Quando Seth se aproximou do portal, Devlin estava com uma das mãos levantada como se quisesse tocar no tecido que separava os dois mundos, o véu que agora separava as gêmeas.

Seth tinha passado a última hora pensando enquanto procurava Devlin. Preferia ter ponderado mais, mas o tempo não lhe permitia. Estava no Mundo Encantado havia menos de um dia, mas quatro horas no Mundo Encantado equivaliam a um dia inteiro no mundo mortal. Isso significava que estava sumido havia dois dias e não tinha ideia do que acontecia no mundo mortal nesse período. Irial tinha sido esfaqueado, e os Hounds estavam lutando contra os aliados de Bananach desde que ele chegara ao Mundo Encantado com Ani, Devlin e Rabbit. *Será que todos eles sobreviveram? Será que Niall está bem? Será que Ash está em segurança?* Até voltar, não tinha respostas.

– Já pensou nas consequências? – perguntou Seth. Sentia uma lealdade em relação ao Mundo Encantado, mas era dos dois mundos. Devlin, no entanto, não era.

Virou-se para encarar Seth, mas não falou. O novo Rei das Sombras era o ser encantado mais velho do sexo masculino, o primeiro, o único que Sorcha e Bananach tinham criado. Ao selar o Mundo Encantado, garantira que nenhuma de suas irmãs-mães mataria uma à outra. Pedir para ele considerar as consequências além disso pareceu deixá-lo perplexo.

Seth apontou para o outro lado do portal.

– Para *eles*, agora que o Mundo Encantado está fechado?

Estava claro para todos no Mundo Encantado que *eles* agora estavam em segurança. Por isso, Seth era grato. No entanto, não vivia exclusivamente no Mundo Encantado nem tinha a intenção de fazer isso. Se Sorcha pudesse proibi-lo de deixar o Mundo Encantado, faria isso, mas ele não ia abrir mão de Aislinn – nem abandonar seus amigos.

– Eles não são da minha conta. – Devlin deixou a mão cair em direção à *sgian dubh* que carregava. – O bem do Mundo Encantado é que é da minha conta.

– Não estou aqui para lutar com você, Irmão. – Seth levantou as mãos, desarmado. – Mas vou lutar contra Bananach.

A frustração de Devlin era algo interessante de se ver. Depois de uma eternidade de emoções reprimidas, o novo Rei das Sombras agora deixava as emoções o influenciarem. Isso também era bom para o Mundo Encantado.

– E se a morte de Bananach ainda assim matar a sua *mãe*? – indagou Devlin. – Por que eu deveria deixar você atravessar para o outro lado, sabendo que isso pode nos levar ao desastre?

Seth sorriu para o irmão.

– Você não pode me manter aqui. Os termos para ela me refazer eram que eu poderia retornar ao mundo mortal. Nem você pode negar o juramento dela.

— Se eles voltarem para casa, se as outras cortes voltassem para cá...

Seres encantados abrindo mão de seu poder? A arrogância de todos os monarcas dos seres encantados que Seth conhecera tornava a ideia especialmente ilógica. Seth riu à ideia de propor tal coisa a qualquer um deles.

— Acha que Keenan abriria mão da Corte do Verão? Que Donia abriria mão da corte dela? Que Niall se tornaria submisso a você ou à nossa mãe? Sonhos fugazes, cara.

— Eles ficariam em segurança aqui, agora que Bananach não pode entrar. — Devlin não percebia que já tinha se tornado igual a eles, pensando que sua ideia, sua regra, era a resposta para os outros. O sentido de clareza, de certeza, era um traço essencial em um monarca dos seres encantados, mas sua sugestão não era viável.

Seth deu de ombros.

— Algumas coisas valem mais do que a segurança.

— Não posso falar o que aconteceria com nossa... com *sua* rainha se você morresse. — Devlin fitou através do véu. — Eu iria com você, mas proteger o Mundo Encantado vem em primeiro lugar. Não posso arriscar o Mundo Encantado em prol do mundo mortal.

— E eu não posso abandonar Ash nem Niall.

Devlin fez uma pausa.

— Diga o que você vê.

— Nada. Lá, sou mortal. Não vejo nada até eu voltar... — Seth mordeu seu anel labial, girando a bolinha na boca enquanto avaliava os pensamentos. — Não *vejo* nada, mas estou preocupado... Ash está lidando com a corte sozinha. Sorcha deveria equilibrar Niall, mas agora *você* a equilibra.

O que isso vai significar para ele? Irial foi esfaqueado. Gabe foi superado em números. Bananach é assassina e só está ficando mais forte... Nada lá me faz pensar que tudo vai ficar bem.

Por alguns instantes, os dois ficaram parados em silêncio no véu, depois Devlin disse:

– Quando estiver pronto...

Seth o encarou por um instante. Odiava a necessidade das palavras que precisava dizer – que Devlin precisava ouvir –, mas isso não mudava a realidade.

– Se... você sabe... eu *morrer*, ela vai precisar de você. Ela não gosta de admitir, mas vai precisar.

Em silêncio, Devlin colocou a mão no véu. Não respondeu à pergunta implícita nas palavras de Seth, mas Seth sabia que Devlin tinha escolhido o caminho que tomara para proteger não apenas o Mundo Encantado, mas também suas irmãs. Devlin agia por amor à família, por sua amada e pelo Mundo Encantado.

Assim como eu.

Seth colocou a mão no véu.

Juntos, empurraram os dedos através do tecido e o separaram. Em seguida, Devlin colocou a mão no antebraço de Seth.

– Ele não vai se abrir para você voltar, a menos que você me chame para estar aqui também.

– Eu sei. – Seth entrou no mundo mortal, deixando o Mundo Encantado, deixando sua mortalidade e se tornando um ser mágico mais uma vez. O retorno de seus sentidos alterados o fez parar. Não tropeçou. *Muito*. Respirou várias vezes e partiu pelo cemitério.

Atrás dele, ouviu as palavras de Devlin:
– Tente não morrer, Irmão.
Seth não olhou para trás, não hesitou. A lógica que tinha no reino de Sorcha era moderada no mundo mortal. Aqui, sentia o medo que podia ignorar no Mundo Encantado; aqui, sabia que estava fugindo da segurança em direção ao perigo. Podia morrer. *Que assim seja.* O medo não era maior que o amor.

Tente não morrer.

Seth sorriu e disse:
– Esse é o objetivo, Irmão.
E partiu para encontrar Aislinn.

Capítulo 8

Aislinn andava de um lado para outro no escritório. Certa vez, ela se sentira desconfortável no quarto, e ali se tornara um lugar para relaxar com seu rei. E agora... era *dela*. De alguma forma, a ausência de Keenan a tinha feito se sentir proprietária de várias coisas que antes eram dele. *E de várias pessoas.* Já se sentira conectada à própria corte, mas as escolhas dele a fizeram sentir uma proteção que beirava à maternal.

Olhou para cima quando a porta do escritório se abriu, e um dos poucos seres encantados em que agora confiava sem hesitação estava ali. Tavish era um excelente conselheiro. Enquanto Quinn era intrusivo e quase beligerante, Tavish era estável. Tinha sido a voz que a ajudara a ver quais de seus traços eram mais úteis como rainha. Lembrara a ela que o Verão era ao mesmo tempo brincalhão e cruel, que sua nova volatilidade era uma ferramenta a ser aproveitada, que suas preocupações sentimentais eram melhores se ficassem subordinadas às paixões. Se pensasse no assunto, a habilidade dele em aconselhá-la não era surpreendente: ele tinha sido a força orientadora enquanto Keenan crescia até se tornar o Rei do

Verão. Junto com Niall, ele ensinara um regente do Verão a governar – e fizera isso quando esse regente tinha a idade dela –; portanto, ensinar o segundo regente do Verão estava incluído nas habilidades de Tavish.

Tavish entrou na sala e lhe estendeu um copo do que habitualmente dizia ser uma "bebida vitaminada saudável", mas ela tinha quase certeza de que era uma mistura de vegetais e musgo ou algo igualmente desagradável.

– Beba.

Ela fez sinal de que não queria.

– Estou bem.

– Minha Rainha?

– Não estou com sed... – A mentira que começou era inexprimível. Suspirou e murmurou: – Isso é nojento.

– Keenan também achava. – Tavish continuou a lhe oferecer o copo.

– Está bem. – Ela aceitou e deu um gole. Depois de forçar a bebida a descer, colocou o copo sobre a mesinha de centro. – Algumas coisas não foram feitas para virar líquido, Tavish.

– O Inverno não é gentil com os regentes do Verão. – Ele pegou o copo. – Nem o estresse que você está tentando esconder. Beba.

Ela bebeu o resto da coisa insalubre.

– Prometa que, se algum dia você me envenenar, pelo menos o sabor vai ser melhor do que isso.

– Eu nunca a envenenarei, minha Rainha. – Em um movimento gracioso demais até mesmo para a maioria dos seres encantados, Tavish caiu de joelhos. Encarou-a enquanto se ajoelhava em frente a ela, e, apesar da peculiaridade do cenário, Aislinn de repente se sentiu formal, como se estivesse em um palco diante de sua corte.

Por um instante, Aislinn simplesmente o encarou.

– Eu não tinha a intenção de ser literal.

– Você é minha rainha. Passei nove séculos buscando a mortal que libertaria esta corte, que salvaria o filho do meu melhor amigo, que salvaria a vida do restante das garotas que não eram você. Eu morreria antes de lhe permitir algum mal. – Baixou a cabeça em reverência.

– Não achei... eu *sei* que está tentando cuidar de mim, Tavish. – Estendeu a mão e tocou no ombro dele. – Confio em você. Sabe disso, não é? Quero dizer, não sou muito boa nessas coisas, mas você *sabe* que eu confio em você, certo?

– Sei. – Ele ergueu o olhar. – As palavras são verdadeiras do mesmo jeito. Você é nossa rainha, Aislinn. Você é uma *boa* rainha, e, os deuses sabem, não é uma coisa fácil de ser quando se é jogada na confusão sem aviso e com o preconceito que você tinha contra os seres encantados. Mas você conseguiu. Colocou o coração na sua corte, enfrentou Bananach quando ela veio até você pela primeira vez, encarou a Corte do Inverno e a Corte Sombria. Resistiu às manipulações e à ausência do rei. Você é exatamente do que precisamos, e estou aqui para fazer tudo de que *você* precisar. Às vezes, discuto com você porque é assim que posso ajudá-la, mas eu mataria ou morreria de boa vontade por você. Seria uma honra fazer isso.

– Certo. O problema é que eu não quero que você *precise* matar ou morrer.

– Nem eu, mas precisamos encarar a situação – disse Tavish, parecendo imperturbável, como lhe era característico.

Ela caiu no sofá e deu um tapinha na almofada.

– Sente-se comigo?

Com um leve franzido na testa, Tavish se sentou em uma cadeira em frente a ela.

Aislinn deu um sorriso malicioso para ele.

– Sabe, para um ser encantado do Verão, você é extremamente contido.

– Verdade – argumentou Tavish. – Isso está na pauta da nossa reunião? Minha contenção? Devo adicionar "brincar mais" às tarefas da minha semana?

– Não... Conheci Far Docha. Tenho certeza de que os guardas já lhe contaram. – Ela fez uma pausa, e Tavish fez que sim. – Certo – continuou. – Preciso que as garotas fiquem no loft. Todos os seres mágicos que tiverem... desertado estão por conta própria. Aqueles que são *meus* ficam aqui.

– Isso é sensato.

Aislinn respirou para se acalmar.

– Preciso descobrir onde está Keenan. Se ele não estiver em casa, vou para a guerra sem ele... o que não é ideal. *Alguém* sabe onde ele está.

– Eu não sei, minha Rainha. Mas dou minha palavra que vou descobrir. – A expressão contida de Tavish escapou, e ela viu a expressão cruel dos seres encantados quando ele perguntou: – Há limites para os métodos?

Ao ouvir isso, ela hesitou.

– Não me peça para ser um monstro.

Com afeto, ele estendeu a mão e apertou o antebraço dela.

– Você é uma regente de seres encantados, Aislinn, e estamos nos aproximando depressa da guerra. A monstruosidade será necessária. Até onde você vai para proteger sua corte?

Aislinn estremeceu – tanto pela verdade quanto por ter que admitir em voz alta.

– Até onde for preciso. – Ela fez um gesto em direção a si mesma. – Quanto mais tempo eu for *isto*, mais difícil é me lembrar do quanto odiei o que ele fez comigo. Ele me tirou a mortalidade, Tavish. Eu o *odiei*. Odiei todos vocês...

– E agora?

– Odeio qualquer um que ameace minha corte. – Ela suspirou. Parecia tolice, mas sua primeira lição para ser regente de seres encantados tinha sido confiar nos próprios instintos. Esperava não estar errada ao dizer: – Falando nisso, não gosto da arrogância de Quinn. Ele me questiona, não para me ajudar, mas... não sei qual é o jogo dele. Mas está *jogando*.

– Não foi ele que escolhi para substituir meu subconselheiro. – A expressão de Tavish era indecifrável.

Fingindo uma autoconfiança que raramente sentia por mais tempo do que uma batida do coração, Aislinn disse:

– Quando Keenan voltar, quero demitir Quinn.

Ao ouvir isso, os lábios de Tavish se inclinaram num leve sorriso.

– Pela arrogância?

– Não. – Aislinn puxou os pés para cima e os colocou sob si mesma, de modo a se sentar com as pernas cruzadas. – Eu teria que demitir todo mundo se esse fosse o motivo.

O leve sorriso de Tavish cresceu.

– Companhia atual excluída, tenho certeza.

Por um instante, Aislinn o observou.

– Acho que você acabou de fazer uma *piada*.

– Não sou tão solene quanto você pensa, minha Rainha. – Tavish alisou com a mão uma das mangas já impecáveis de sua camisa. – Sou solene o suficiente apenas para proteger minha regente.

Com um conforto que não pensava ter sentido antes, ela disse:

– Não acredito que você seja solene de verdade, Tavish. Se fosse, estaria em outra corte. Você pertence ao Verão. Tenho certeza disso. Sinto como você é ligado à minha corte, a mim. Você é meu, Tavish. Não tenho dúvidas com você.

Seu conselheiro a recompensou com um olhar jovial e, naquele momento, ela soube que aquele era o lado dele que as Garotas do Verão viam. Ele era cativante daquele jeito dos seres encantados que fazia Aislinn pensar nas velhas histórias segundo as quais os mortais acreditavam que eles eram deuses. Tinha olhos atipicamente escuros, e seu cabelo era prateado – não grisalho, como o cabelo dos mortais quando envelhecem, mas prateado mesmo. Era, como o cabelo cor de cobre de Keenan, de um tom metálico que deixava claro que ele não era nem um pouco mortal. Nunca tinha visto o cabelo dele solto; era mantido numa trança de fios que se estendia pelas costas. A trança revelava parte de uma pequena tatuagem preta de sol na lateral da garganta. Essa tatuagem se destacava em uma corte praticamente sem decorações. É claro que isso também acontecia com seu silêncio da Alta Corte e seus olhos da Corte Sombria. Aqueles olhos estavam observando-a, e então ela disse o que queria:

– Não confio em Quinn.

– Fui contra a escolha dele. – O olhar de Tavish estava concentrado nela, mas era, como tinha sido cada vez mais nos últimos meses, um olhar de aprovação que ele lhe dava.

– Meu rei fez a escolha.

– Bem, seu rei não está aqui. Até eu decidir outra coisa, fique de olho em Quinn. Nenhuma... medida extrema ainda, mas fique bem de olho nele. Com quem ele conversa. Quando. Tudo. – Aislinn sabia que havia preocupação na sua voz, mas, diferentemente do restante da corte, não precisava esconder isso de Tavish. Com seu conselheiro, ela podia baixar a guarda. Era uma honestidade agradável. Ela retorceu as mãos. – Tanto Seth quanto Keenan poderiam estar... em algum tipo de perigo e nenhum dos dois tem o bom senso de me dizer onde está.

Tavish foi se sentar ao lado dela.

– Os dois vão retornar, Aislinn.

– E se Ba...

– Ela teria nos avisado se tivesse matado os dois. – Tavish estendeu a mão e alisou o cabelo dela em um gesto estranhamente paternal. – A morte deles teria mais uso para ela se você soubesse. Eles estão vivos. Bananach atacou os seres mágicos da Corte Sombria. Seth estava lá e saiu junto com o irmão da Rainha da Alta Corte.

Aislinn pensou em repreender Tavish por não lhe contar essas novidades no instante em que entrou no escritório, mas isso teria pouca utilidade: ele só lembraria a ela que os assuntos da corte eram prioridade. Reter essa informação por alguns instantes, enquanto discutiam Quinn, era insignificante. *Tinha* que ser desse jeito.

A corte antes de tudo. Antes de todos. Antes de mim mesma.

– Quando foi que você soube disso?

– Que Seth estava em segurança? Hoje. – Tavish fez uma pausa para ela saber que ele estava avaliando o nível de verdade que deveria oferecer. – Que houve conflito? Dois dias atrás.

Antes que ela pudesse falar, ele continuou:

– Você é minha rainha, e meu dever é aconselhá-la e protegê-la. Se adiantasse alguma coisa lhe dizer antes, eu teria feito isso. Sei que ele estava no conflito com Bananach e que houve feridos e mortos.

O coração de Aislinn vacilou.

– Quem?

– Uma semimortal que a Corte Sombria protegia, a irmã do Hound tatuador, foi morta.

Ela pensou nas garotas, em sua energia que parecia eterna, e deixou a tristeza tomá-la ao pensar que uma das duas tinha morrido.

– Foi Ani ou Tish?

– Tish – respondeu ele.

– Pobre Rabbit! – Enquanto falava, os pensamentos de Aislinn voaram até a própria família. Se a vovó fosse ferida na violência iminente, Aislinn não saberia como seguir em frente. – Mande a vovó embora. Com guardas.

Tavish fez que sim com a cabeça.

– Uma sábia decisão.

– Preciso saber que ela está em segurança e fora do alcance de Bananach. – Aislinn cruzou os braços, abraçando a si mesma para não tremer. – Envie a vovó num cruzeiro, para ela não ficar parada. Algum lugar o mais quente possível.

Tavish assentiu.

– Há boatos de outra morte... incompleta. Minhas fontes na Corte Sombria não são acessíveis como eu gostaria, mas, pelo que entendi, Irial foi ferido.

– *Irial?*

Tavish mais uma vez fez que sim.

– Os detalhes não estão disponíveis. Ainda. Mas não é um bom sinal. Se Irial... morrer, Niall não vai lidar bem com isso.

– Não entendo. – Aislinn não gostava de admitir sua ignorância, mas havia momentos em que fazer isso era essencial. Tavish era seu conselheiro e estava vivo havia mais tempo do que ela nem sequer podia calcular. A capacidade dele em explicar as longas histórias dos seres encantados que ela havia acabado de conhecer era uma de suas muitas habilidades valiosas.

Com a expressão indecifrável, Tavish começou:

– Você sabe que Niall e Irial têm uma história?

Ele fez uma pausa, e ela fez que sim com a cabeça.

Tavish continuou:

– Niall se agarrou à raiva pelos enganos e pelas traições de Irial durante séculos, e com razão, mas se tornar regente faz alguém ver os desafios que podem motivar escolhas que pareceriam cruéis. – O conselheiro parou de novo e lhe lançou um olhar penetrante. – Alguns seres encantados – continuou – não percebem as complexidades de governar tão rápido quanto você, minha Rainha. Niall é teimoso, nem um pouco disposto a ouvir conselhos, como um regente deve ser... a menos que esses conselhos venham de Irial. O acordo que fizeram tornou o antigo Rei Sombrio conselheiro do novo rei; isso não tem precedentes.

Aislinn tentava dar sentido às sutilezas que Tavish não estava explicando.

– Então Irial aconselha Niall e eles são... o quê?

– Irial se mudou de volta para casa... com o novo Rei Sombrio – disse Tavish.

– Certo – falou ela devagar. – Você mora aqui. E daí?

O conselheiro baixou o olhar.

– Com todo o respeito, minha Rainha, não tenho intenção amorosa alguma em relação a você. Sou conselheiro da Corte do Verão. Aconselhei o pai de Keenan, Miach; Keenan; e, antes deles, protegi o pai de Miach.

Ela sufocou uma risada ao ver os lábios cerrados de Tavish.

– Depois de um milênio de discórdia, Niall e Irial encontraram certa paz juntos – acrescentou Tavish.

– E agora Irial está ferido. Morrendo, talvez. – Ela respirou fundo e deixou o ar sair num suspiro prolongado.

– Além de aconselhar Niall, Irial também anda servindo a alguns dos interesses menos palatáveis da Corte Sombria. Niall, com todas as mudanças recentes, não é tão cruel quanto o Rei Sombrio às vezes deve ser. Irial tem menos... restrições – disse Tavish em uma voz bem baixa.

– Isso está ficando cada vez melhor, não é?

– Exatamente – concordou Tavish. – E não tenho dúvida de que Bananach atingiu Irial por esses motivos. Ela está atingindo as cortes, procurando pontos fracos, e a corte que não for forte o suficiente será destruída se ela conseguir o que quer.

– Nossa corte *não* é forte o suficiente para enfrentar nenhuma das outras. – Aislinn olhou para cima e viu a expressão sóbria no rosto do conselheiro antes de ele falar. Sabia aonde as palavras dele levariam, sabia havia meses que a Corte do Verão não estava ficando forte o suficiente. – Tavish...

– Há um jeito de mudar isso, minha Rainha.

– Ele nem está aqui, e ele não... Keenan e eu não... – As palavras enfraqueceram.

– Imagino que as notícias chegariam a ele se espalhássemos que você ainda está disposta a considerar ser a rainha dele em todos os sentidos...

– Se isso for suficiente para trazê-lo de volta para cá, faça isso. – Ela não desviou o olhar. – Talvez seja hora de eu ser aquela que *manipula*.

– Como desejar – disse Tavish.

Aislinn odiava o fato de ainda não ter certeza se ficaria mais aliviada com a viabilidade do retorno de seu rei ou apavorada que Donia enxergasse suas ações como uma ameaça. *Donia é mais inteligente do que isso.* É evidente que a Rainha do Inverno já acreditava que o Rei e a Rainha do Verão inevitavelmente se tornariam um casal, e, às vezes, Aislinn pensava que a recusa de Seth de estar totalmente na vida dela era porque ele também se sentia assim.

Se a escolha é entre ceder a esse destino ou sacrificar a segurança da nossa corte, não tenho certeza se temos opção.

Capítulo 9

Far Docha estava do lado de fora da casa do Rei Sombrio, esperando. Dentro da casa, a sombra do rei quase morto resistia. Infelizmente, as complicações que Irial tinha desenvolvido em seus últimos dias tornavam a situação sem precedentes.

Manobra esperta.

Foi o suficiente para fazer Far Docha sorrir. Era possível contar com a Corte Sombria para o inesperado.

– A porta não está aberta. – Ankou de repente parou ao lado dele. Seu vestido de tecido enrolado se pendurava no corpo magro, mas não tinha certeza se ela tinha emagrecido ou se ele não se lembrava direito de como ela parecia delicada. – O corpo está lá, mas a porta...

– Irmã. – Ele colocou um cacho de cabelo branco para trás da orelha dela. – Estava me perguntando quando você chegaria.

Ankou franziu a testa.

– A porta deveria estar aberta.

– A sombra do velho rei ainda está ancorada no mundo – disse Far Docha. Não lembrou a ela que ninguém lhe negaria a entrada, que ninguém o enfrentaria se ele quisesse impedi-los, que a própria presença poderia impor a mortalidade a um ser encantado, se ele quisesse. Recorrer a essas medidas era estupidez.

– Talvez você devesse bater – sugeriu Far Docha.

A irmã fechou os olhos e inspirou o ar ao redor. Ele sentiu a quietude ficar mais pesada e, como sempre, preferiu não questionar como o ar podia ficar pesado. Algo na mudança do ar parecia uma pressão em seus pulmões, como se estivesse cheio de terra. Ankou piscou e se aproximou da porta. Foi por isso que ele esteve na casa do último Rei Sombrio com ela – não para protegê-la, mas para evitar que ela atrapalhasse uma situação já perdida.

As maquinações de Bananach tinham atraído seres encantados de todas as cortes, além de alguns solitários. Ela envenenara o antigo Rei Sombrio e, ao fazer isso, se colocou contra a corte da qual sempre fora aliada. *Uma declaração de guerra deve ser feita por pelo menos um regente antes que Bananach consiga a batalha que está buscando.* E nenhuma das cortes estava declarando guerra.

– Abra. – Ankou martelou a porta com o punho. – Sou Ankou. *Abra.*

Uma gárgula agarrada à porta abriu a boca, mas, previsivelmente, não falou. O convite para derramar sangue na entrada era inteligente. *O que mais para um rei inteligente o suficiente para enganar a morte?*

– Irmã? – chamou ele. – Está pedindo uma prova.

Ela estreitou o olhar.

Ele apontou para a boca aberta.

– Se colocar a mão aqui, a criatura vai dizer se você é aceitável ou não.

— Sou Ankou — repetiu ela. — Sou sempre aceitável. Somos a *Morte*. Como isso poderia ser inaceitável?

Far Docha pegou as mãos dela.

— Posso?

Ela fez que sim, e ele estendeu a mão esquelética para a criatura, que afundou caninos na carne, e ela a encarou sem paixão. Uma vez, Far Docha tinha deixado outra fera remover cada gota do sangue da irmã. Era uma experiência nascida da curiosidade, nada mais, mas era tão insignificante para ela quanto todas as outras experiências aparentemente cruéis que ele tentara. Ankou observava. E esperava. Quando era chamada, coletava os corpos quando caíam. Toda a sua ternura era reservada para os seres encantados caídos. Mesmo ele só era importante para ela por causa de sua conexão com os mortos.

Ele soltou a mão dela e sugeriu:

— Fale outra vez.

— Sou Ankou. — Ela se inclinou para perto. — Você tem que abrir.

A gárgula piscou para os dois, e, por um instante, Far Docha se perguntou se o novo Rei Sombrio poderia proibir a entrada dos dois. *Será* que ele é tão inesperado quanto *o rei quase morto*? Em seguida, a gárgula bocejou, e a porta se abriu.

Antes que pudessem passar pela soleira, vários Hounds se aproximaram. Estavam ensanguentados pela batalha, mas não eram menos assustadores por causa dos ferimentos.

— Sou Ankou — anunciou ela. — Tenho um trabalho aqui.

Um rosnado atrás dos Hounds os fez dar um passo ao lado. Lá estava Gabriel, o Hound que liderava a Caçada.

Parecia feroz. Seus olhos estavam escurecidos, e sua pele parecia pálida.

– O rei não vai deixar vocês o levarem – disse Gabriel com um rugido baixo. – Não posso argumentar com ele agora.

– O corpo está prestes a ficar vazio. – Ankou deu um passo em direção ao Hound.

Gabriel assentiu.

– Eu sei.

– Eu deveria poder levar isso.

– Ele – corrigiu Gabriel. – Irial. O último rei. Ele não é uma coisa.

– O corpo é – disse Ankou.

Os Hounds foram para a frente, um de cada lado de Gabriel, e Far Docha lembrou a si mesmo que a irmã precisava de orientação.

– Ela poderia libertá-lo de seu...

– Não. – Gabriel estendeu os antebraços tatuados. Neles, os comandos do Rei Sombrio espiralavam, gravados ali na carne para qualquer um ler. O Hound, e portanto toda sua Caçada, tinha ordens para proteger o último Rei Sombrio.

Ankou estendeu a mão esquelética como se quisesse agarrar a carne onde as ordens estavam escritas.

– Assim seja.

Far Docha pegou a mão dela. Entrelaçou os dedos fatais com os dele, unindo as mãos dos dois, e disse a Gabriel:

– Você não pode impedir a Morte. Se quisermos entrar, todos vocês morrerão.

– Eu sei. – Gabriel deu de ombros. – Mas obedeço ao Rei Sombrio. Nem todos estão felizes com as ordens dele, mas a Caçada está ao lado do rei.

– A que custo? – indagou Ankou.

– Meu filhote morreu. Outros cairão. Eu *conheço* a mortalidade, e é bom que Iri avalie sua atenção. Não vi os que levaram a casca de Tish. – A expressão do Hound ficou mais tensa ainda, mas ele sacudiu a cabeça. – Mas não podem levar Iri ainda. Foi o rei que disse. Obedeço ao Rei Sombrio... não importa o custo.

Far Docha assentiu.

– Falarei com seu rei em breve. – E virou-se para a irmã. – Venha, Irmã, ainda temos tempo.

Quando Ankou fez que sim com a cabeça, Far Docha soltou a mão dela – e ela a estendeu com a rapidez dos seres encantados para envolver o rosto de Gabriel.

– Você não deveria interferir no meu trabalho – disse ela ao Hound. – Eu poderia ter oferecido o perdão.

Depois, Ankou o inclinou para cima e roçou os lábios na bochecha dele, marcando-o para um destino que só ela poderia ver.

– Venha, Irmã – repetiu Far Docha, e conduziu Ankou para longe da casa do Rei Sombrio.

Capítulo 10

Gabriel bateu com força a porta depois que o ser encantado da morte saiu.

– Ninguém deve abrir a porta. Não fui claro?

A Caçada se dispersou quando ele se virou e rosnou para eles.

– O rei... os dois... precisam ser protegidos, e deixar que *eles* entrem não vai ajudar ninguém. – Olhou para cada um dos Hounds. – Niall precisa de um tempo para... – A campainha soou quando a gárgula do lado de fora da porta mordeu alguém.

Gabriel girou e abriu a porta com força de novo.

– O que foi?

Mas não era o ser encantado da morte; em vez disso, uma das Irmãs Scrimshaw da Rainha do Inverno estava no degrau. Ela fez uma reverência.

– A Rainha do Inverno...

– O rei não está recebendo visitas – interrompeu Gabriel. Empurrou a porta, mas o ser encantado implacável estendeu a mão e a impediu de fechar.

– *A Rainha do Inverno* – repetiu ela – busca ter uma reunião com alguém da Caçada.

Em seguida, o ser encantado se virou e se afastou, como se encarar a Caçada não tivesse sido nem um pouco aterrorizante. Gabriel sorriu por um instante enquanto fechava a porta, mas, conforme andava pela casa escura e entrava no quarto onde o Rei Sombrio andava de um lado para outro, incansável, perto do leito de morte de Irial, o sorriso desapareceu.

– Niall?

O Rei Sombrio olhou para ele, e, por um instante, não houve reconhecimento nos olhos de Niall. Ele encarava Gabriel, mas não falava nem indicava consciência de jeito algum. Depois, as sombras nos olhos do rei tremularam, e Niall disse:

– Estou acordado agora, certo?

– Está.

– Não quero estar – disse com a voz rouca.

– Eu sei. – Gabriel tinha pensado em suas opções: não podia levar Sorcha ali; Keenan ainda estava distante de Huntsdale; sobravam Aislinn e Donia. A Rainha do Verão, por um lado, não era tão poderosa quanto a Rainha do Inverno, e Niall tinha reações imprevisíveis a ela. Donia, por outro lado, queria falar com um Hound e era amiga do Rei Sombrio. Esperando que suas emoções estivessem ocultas, Gabriel disse a Niall:

– Meus Hounds estão aqui. Chamei outros em quem confiamos, Niall. Contratamos solitários cuja lealdade pode ser comprada.

– Ótimo. – Niall não estava olhando para Gabriel agora. Sua atenção estava mais uma vez em Irial. – Isso é ótimo.

– Posso conseguir mais ajuda. – Gabriel se aproximou para ficar ao lado do rei ao qual servira por séculos e do rei enlutado que jurara proteger ao custo da própria vida. – Posso trazer ajuda.

Niall olhou de relance para Gabriel.

– Ajuda? Curandeiras?

Gabriel ponderou as palavras de que precisava; como líder da Caçada, não estava acostumado a distorcer a verdade. O ser encantado que ele buscava não era uma curandeira, mas um regente que esperava que pudesse ajudar seu rei. Gabriel olhou para Niall e disse:

– Acho que posso conseguir ajuda para meu rei.

Niall fez que sim com a cabeça.

– Sim. As outras curandeiras estavam erradas. Tinham que estar. – O Rei Sombrio apontou para o canto mais distante, onde um ser encantado estava estendido e imóvel. – Aquela ali disse que Irial estava bem além de ser salvo.

– Chela o manterá em segurança enquanto eu me afastar – garantiu Gabriel a Niall, mas o Rei Sombrio já tinha se virado para outro lado.

Em silêncio, Gabriel pegou a curandeira, deu ordens a seu subordinado e foi visitar a Rainha do Inverno.

Capítulo 11

– Onde diabos está Keenan? – resmungou Aislinn. – Não estou preparada para uma guerra. Também não estou preparada para um Rei Sombrio louco de tristeza... Não sei como fazer isso soz...

Uma batida à porta do escritório a interrompeu, e menos de uma piscada de olhos tinha se passado quando Tavish apareceu à sua frente. Mesmo ali no loft, ele se mantinha entre ela e a porta. Uma espada se pendurava ao lado dele, e ela sabia que outra arma, uma lâmina de aço fina como uma lasca, estava presa ao tornozelo dele. O próprio fato de poder usar aço dizia como ele era forte – *e velho*.

A porta se abriu, e Seth entrou no cômodo.

– Ash?

O primeiro instinto dela foi correr em direção a ele, se jogar em seus braços e se agarrar a ele, mas ainda não estavam nesse ponto – não mais, talvez nunca mais. Passou as mãos sobre a saia, alisando-a, e sorriu para ele.

– Seth.

– Vou encontrar respostas para você, minha Rainha. O Verão será *feliz*, se formos fortes como precisamos ser, minha Rainha. Entregue-se à sua felicidade, se não por você, pela corte. – Tavish lhe lançou um olhar penetrante e virou-se para Seth. – Estou feliz por você não ter sido morto na luta contra Bananach.

Seth franziu uma sobrancelha.

– Eu também.

– De fato. – Tavish fez que sim com a cabeça e saiu.

Por um instante, depois que a porta do escritório se fechou, Aislinn simplesmente encarou Seth. Parecia cansado. Olheiras fundas se mostravam, e os ombros estavam ligeiramente caídos. A bochecha esquerda estava pálida, e o lábio inferior tinha um corte. Não havia outras marcas visíveis, mas ela não podia ver através da camisa e da calça jeans que ele usava. A camisa, no entanto, confirmava *de fato* que ele tinha estado no Mundo Encantado. Em vez de uma de suas camisetas habituais, usava uma camisa de seda que parecia ter sido feita especialmente para ele.

E provavelmente tinha.

– Eu... eu sei que parece repetitivo, mas eu não teria desaparecido sem avisar, se tivesse escolha – disse ele. – Houve uma briga com Bananach e seus Ly Ergs.

– Eu sei. Tavish me contou... e sobre Tish. – Não conseguia afastar o olhar de Seth. – Você está bem?

– Quase. Machucado. – Ele deu de ombros, embora os olhos brilhassem de orgulho. – Mas, depois de todo o treinamento com os Hounds de Gabriel, estou inteiro.

A ideia de tudo, de Seth lutando contra a Guerra e seus servos, superou o medo da rejeição, superou o medo do que estava por vir. *Se não for por mim, pela minha corte*, disse a si mesma. *A felicidade é uma escolha*. Queria escolher Seth; se fosse tão simples, já teria feito isso. *Se for uma escolha entre o amor e o dever...* Ela ainda preferia o amor.

Atravessou o cômodo e envolveu os braços ao redor de Seth. Estar nos braços dele nunca deixara de ser o certo. Por um instante, recostou o rosto no peito dele, depois ergueu o olhar.

Antes que ele pudesse falar, ela puxou a boca de Seth em direção à dela. Agora que ele era um ser mágico – e aparentemente mais forte do que ele imaginava –, ela não se preocupava em machucá-lo com seu afeto. Antes, tinha que ter cuidado para não o quebrar. Agora, os riscos de um ser encantado amar um mortal tinham sido eliminados. Exceto no caso de ferimentos fatais, ele viveria por séculos. Ela se inclinou em direção a ele, rendendo-se à emoção do beijo. Não era um truque nem um encantamento de seres encantados. Não era por poder. Eram apenas os dois.

E não quero que isso acabe nunca.

Quando ele começou a se afastar, ela envolveu o cabelo dele com os dedos.

– Não pare. Por favor?

– Ash? Ei? Está tudo bem – sussurrou ele na fração de espaço entre os dois.

Sentiu as palavras dele nos próprios lábios.

Ele repetiu:

– Estou bem. Estou *aqui*.

Ela não se afastou.

– Não sei o que eu faria sem você.

– Estou aqui. – Ele sorriu. – Bem aqui *com você*.

— Mas você vai partir de novo. — Aislinn apertou os braços ao redor dele. — A Guerra está lutando com os seres mágicos de Niall. Sua... mãe surtaria se... — As palavras diminuíram sob o olhar no rosto dele. — O quê?

— Ela teve um tipo de, hum... *luto* com a minha ausência. — De modo atípico, ele corou. — Ela ainda é nova com essa coisa das emoções... e...

— E?

— Ela quase destruiu o Mundo Encantado. — Mordeu o anel labial enquanto buscava uma reação no rosto dela.

Sem querer, Aislinn riu. À luz de todas as outras ameaças se aproximando do lado de fora, de tudo o que eles podiam perder, o olhar tímido no rosto de Seth era demais.

— Ela quase destruiu o Mundo Encantado porque sentiu *saudade* de você? — indagou Aislinn. Quando ele assentiu, ela acrescentou: — Um pouco diferente de Linda, hein?

— Só um pouco. Ainda não tenho certeza de onde está minha mãe. — Deu de ombros. — Mas elas são diferentes.

— Ser encantado mais antigo e mãe mortal com desejo de viajar? — Aislinn deu um risinho.

Seth tentou parecer sério por um segundo, depois riu também. Ficaram parados ali por um instante, e o riso sumiu.

Beijou-a suavemente e disse:

— Nunca imaginei o quanto a vida mudaria nem com que rapidez.

Ela manteve o olhar dele.

— Alguma vez você deseja... quero dizer, se você e eu não tivéssemos... se eu não tivesse lhe contado dos seres encantados naquele dia...

– Amo você. – Ele a fitou diretamente. – Você é a pessoa, ser encantado, *mulher* mais maravilhosa deste mundo e do outro. Por sua causa, faço parte deste estranho mundo novo, tenho uma segunda mãe e... a eternidade. Tenho quase tudo o que eu poderia querer.

– *Quase* tudo – repetiu ela.

– Ash? Não quis pressioná-la. Você sabe o que eu quero de você. Até ele voltar e você ter certeza de que consegue rejeitá-lo, não vou ultrapassar essa linha. Ele é seu rei, e você não pode prometer a nenhum de nós que a tentação de fortalecer sua corte ao ficar... *com* ele acabou. – Um olhar de arrependimento passou pelo rosto de Seth, que acrescentou: – Ele vai voltar, Ash. O equinócio está se aproximando, e de jeito nenhum o Rei do Verão vai deixar de estar aqui para o início da estação *dele*.

– Achei que ele estaria de volta no solstício por Donia – disse Aislinn e, depois, antes que Seth pudesse responder, acrescentou: – Não quero falar dele. Na verdade, não quero falar nada.

– Ash – começou Seth.

– Só por um minuto, podemos deixar de lado todas as coisas de fora daqui? – Ela olhou para a porta por onde ele entrara minutos antes. – Podemos ser apenas *nós*?

Um olhar de hesitação passou pelo rosto de Seth, mas ele não a rejeitou.

– Apenas me beije, Seth. Por favor? – implorou ela. – Mais tarde. Amanhã. Podemos contar um ao outro todas as coisas que vão nos estressar. Não podemos deixar isso de lado e... *ser*? Preciso de você.

Ele arrastou as pernas dela e a pegou no colo. Ela envolveu o pescoço dele com os braços. Em silêncio, ele foi até o sofá atrás dela e se sentou. Ela agora estava de lado no colo dele; os braços ainda ao redor do pescoço de Seth.

– Você até que poderia ficar aqui nos meus braços – convidou ela.

Seth a beijou com suavidade e depois se afastou.

– Não, não posso.

Ela deixou a própria luz do sol cair ao redor dos dois.

– Será que eu falei que quero *estar* com você?

Como ela previra, os olhos dele se arregalaram ao toque da luz do sol na pele. O corpo todo de Seth ficou tenso enquanto o prazer da luz do sol deslizava sobre ele. Ainda assim, ele forçou uma frase:

– Isso não é justo.

– Talvez eu não queira ser justa, Seth. – Ela sussurrou as palavras e foi recompensada pelo aperto dos braços dele. – Os seres encantados seduzem mortais...

– Não sou mortal agora, Ash.

– Mortais *e* uns aos outros – continuou ela. – Há séculos. Você está me pedindo para fingir que estou satisfeita com alguns beijos? – Aislinn não corou ao dizer isso: não havia motivo para esconder o que queria. – *Amo* você e *quero* você.

Ele gemeu.

– Ash...

Ela roçou os lábios nos dele de um jeito convidativo. Felizmente, ele não resistiu, então ela o beijou de verdade.

Depois de apenas um instante, ele se afastou de novo.

– Você está me matando, Ash.

— Ótimo — disse ela. Tinha quebrado algumas regras, mas ambos sabiam que ela não o forçaria a ir além do que ele quisesse. O amor não devia se basear em trapaças.

Mas lembrá-lo do que ele está recusando não é *trapaça.*

Com a luz do sol pulsando na pele, ela fez uma trilha com os dedos no peito e no estômago dele. Ao fazer isso, manteve o olhar de Seth.

As mãos dele foram para o cabelo dela, enroscaram-se ali e a seguraram.

— Por mais que eu desejasse poder ficar... mesmo se simplesmente fizermos isso... preciso ir.

Ela franziu a testa, mas se moveu e se sentou ao lado dele.

— Por quê?

— Eu conto depois. Prometo. — Seth brincou com um cacho do cabelo dela. — Confia em mim?

— Confio, mas...

— Por favor? — interrompeu Seth. — Eu explico, mas agora preciso ir.

— Tudo bem. — Aislinn virou o rosto para beijar a palma da mão dele. — Talvez depois eu consiga convencer você a me deixar trancá-lo por alguns dias. Quero...

— Você é a Rainha do Verão — disse ele, como se isso bastasse.

— Verão ou não, não há mais ninguém na minha cama. Ninguém jamais esteve ali — lembrou ela.

Um olhar de tristeza cruzou o rosto de Seth quase rápido demais para ser percebido, mas ele não destacou que o único motivo de isso ser verdade era porque Keenan não tinha aceitado o convite dela. Em vez disso, Seth disse apenas:

— Espero que isso sempre seja verdade.

Eu também.

Capítulo 12

A Rainha do Inverno tinha se encolhido em um montinho de neve em seu jardim para um descanso rápido e se viu em um dos sonhos que inevitavelmente significavam que ela acordaria com lágrimas no rosto, mas alguém estava repetindo uma frase mais uma vez e as palavras estavam fora de contexto:

– Sinto muito por acordá-la, mas seus convidados estão aqui, minha Rainha.

No sonho, Donia estava andando em direção à calçada onde conhecera Keenan. A areia cobria seus pés. Uma gaivota gritava atrás dela. Donia acordou. Encarou o rosto da pessoa que falava com ela. *Evan*. Seu cabelo coberto de folhas estava quebradiço nas pontas, congelado pela neve que caía enquanto ela dormia. Não era ele que estava no sonho.

– Gabriel e uma parte de seu grupo estão aqui. Não um Hound, mas vários. – O desdém de Evan pelos Hounds era evidente no tom e na expressão. – Não gosto da presença deles.

Donia sorriu diante da tendência protetora de Evan. Sabia tanto quanto ele que criar aliados era essencial, mas ele ainda mantinha uma raiva antiga contra a Caçada. Ela esfregou as mãos no rosto, deixando o frio das palmas penetrar e aliviar sua pele. Em seguida, olhou para ele enquanto a claridade começava a se assentar sobre ela.

— E você ainda não tem nenhuma informação.

O gelo grudava na pele dele, cintilando como fazia nas árvores de verdade. Um rugido vindo do portão atraiu seu olhar, e, quando ele olhou de volta, apenas disse:

— Não quero convidar suas visitas a entrar.

— Eles não vão me machucar — disse ela sem se alterar enquanto ordenava a neve no entorno a formar um trono.

— Com todo respeito, eles são a *Caçada*, minha Rainha. — Evan fez uma cara feia para os rugidos mais altos do lado de fora do jardim. — Não são o tipo de seres mágicos que nós...

— Eu sou a Rainha do Inverno.

— Como quiser. — Ele fez sinal para uma das Garotas do Espinheiro à porta do jardim.

Em uma fração de segundo, Gabriel estava em frente a ela.

Recebê-lo sem agressão seria uma afronta. Então ela fixou o líder dos Hounds com um olhar que faria a maioria dos seres mágicos tremer.

— Eu não invocaria o próprio Gabriel para perguntar algo que já sei. Pedi apenas para invocarem um Hound.

— A garota disse que você queria um Hound. Sou o Gabriel. — Gabriel baixou a cabeça em reverência.

Os outros Hounds repetiram o gesto em seguida. Eles se vestiam de modo diferente uns dos outros — desde motoqueiro até homem de negócios —, mas cada um deles tinha a mesma expressão predatória. Às vezes era uma postura, uma inclinação da cabeça, uma pose com as pernas abertas. Às vezes era um olhar, olhos insondáveis, dentes expostos. Não importava a roupa nem o rosto, os Hounds sempre provocavam um terror que desafiava a categorização.

Donia instintivamente sabia que ser o mais direta possível era a tática correta. E começou:

– Ouvi dizer que Bananach tomou um de vocês. Que houve uma luta com...

– Minha própria carne – rosnou Gabriel. – Minha filha.

Donia ficou paralisada.

– *Sua* filha?

Os Hounds soltaram um uivo em uníssono que até ela quis sair correndo em pânico.

– A Corte do Inverno... *eu* ofereço nossa simpatia. – Ela prendeu o olhar dele. – Como está o rei...

– Não posso falar do... estado do rei – interrompeu Gabriel.

Ela manteve o olhar de Gabriel, ignorando a sensação de seus próprios seres mágicos deslizando para o jardim. Não era um bando barulhento, mas murmuravam entre si enquanto se aproximavam. As vozes suaves e os passos crepitados se uniam no silêncio do jardim.

Uma neve grossa começou a cair enquanto ela enviava segurança para seus seres encantados. Várias criaturas lupinas rebeldes mostraram os dentes de forma audível. Não estavam cientes de que a Caçada tinha sido convidada e, mesmo que soubessem, tinham pouco amor pelo insulto de ter Hounds em seu território.

Donia olhou ao redor, aproveitando a oportunidade para avaliar onde estavam as Garotas do Espinheiro, percebendo os seres mágicos lupinos e uma das glaistigs que tinha se juntado a eles. Cada um de seus seres mágicos estava encarando um dos enormes Hounds. A glaistig encarava Gabriel com um olhar que anunciava para todos que ela cuidaria dele se a violência fosse permitida.

O latido da Caçada fazia barulho suficiente para Donia suspeitar que suas palavras não seriam ouvidas. Ainda assim, ela baixou a voz:

– Bananach feriu o rei?

– Não posso responder. – Por um instante, Gabriel encarou Donia como se quisesse que ela entendesse as coisas que ele não podia dizer. Por fim, falou: – A Corte Sombria a exilou.

– Exilou a Guerra? Pela ação contra sua filha? – A incredulidade de Donia era grande a ponto de ela não ter certeza de como processar esse detalhe. Bananach tinha estado na Corte Sombria quase desde o início. Claro, ela buscava os próprios objetivos, mas, por quase toda a eternidade, a criatura-corvo tinha estado presa à Corte Sombria da mesma forma que sua irmã gêmea, Sorcha, era parte da Alta Corte. Eram um par, equilibrando seus desejos de caos e ordem em duas cortes que se opunham.

– Não. – Gabriel flexionou as mãos, fechando-as e abrindo-as enquanto a glaistig, Lia, ainda se aproximava aos poucos. – Não só isso. As coisas... – Ele parou e estendeu os antebraços.

– Não consigo ler isso. Sinto muito – disse ela. A linguagem usada para suas ordens não era conhecida dela.

Ele rosnou de frustração.

– Não posso falar coisas que eu diria. Falei ao meu rei que procuraria ajuda. De fato, busco ajuda para... – Ele parou e rosnou de novo. – Não posso dizer.

Surpresa, Donia se levantou.

Atrás dela, Evan aguardava. Ao menor gesto dele, duas das Garotas do Espinheiro flutuaram para perto e ficaram uma em cada lado de Donia.

Ela deu um passo à frente, mas Gabriel não se moveu, então ela quase o tocou. Baixinho, Donia disse:

– Vou descobrir o que preciso saber.

As palavras de Gabriel foram um sussurro áspero:

– Eu ficaria com uma grande dívida para com você. A Caçada teria uma grande dívida.

A voz dele pareceu tremer de um jeito nada parecido com o dos Hounds, aumentando a sensação de alerta de Donia. *Algo está muito errado na Corte Sombria.* Colocou a mão no braço do Hound por um instante.

– Andei pensando em chamar a Corte Sombria.

Um alívio tomou a expressão de Gabriel.

– A Caçada defende a Corte Sombria. Não posso mais ficar perto do último rei, mas ficarei com o Rei Sombrio... Eu o protegeria de... Eu o faria ficar bem.

Faria o Rei Sombrio ficar bem? A possibilidade de Bananach ter atingido Niall não tinha ocorrido a Donia. Como membro da Corte Sombria, Bananach não deveria ser capaz de machucar Niall. Ninguém mais estava realmente seguro contra ela, mas os seres encantados não matariam seus regentes. *Será que o exílio anula essa regra? Quem mais seria forte o suficiente para machucar Niall? Será que Bananach tinha encontrado um solitário forte para realizar esse feito por ela?*

– Niall está vivo?

Gabriel assentiu de um jeito conciso.

– Ele está machucado?

Ao ouvir isso, Gabriel fez uma pausa.

– *Niall* não foi ferido fatalmente.

Mas alguém foi, terminou Donia em silêncio.
- Iri...
- Não posso - interrompeu ele.

E a Rainha do Inverno sentiu um surto de pânico ameaçar sua calma. Fez que sim com a cabeça e sugeriu:
- Talvez eu devesse procurar seu rei para dizer que ficarei ao lado dele contra Bananach.

O Hound pigarreou e perguntou:
- Em breve?
- À primeira luz - prometeu ela.

Gabriel fez uma reverência, e Donia andou em direção à porta da casa. Atrás dela, ouviu rosnados e resmungos, mas resistiu a olhar para trás até chegar à entrada. Donia olhou para além das Garotas do Espinheiro e disse:
- Sinto muito por sua perda. Se uma luta vai acalmá-los, meus seres mágicos parecem receptivos a isso.

A expressão do Hound passou de tristeza para raiva, para confusão e, por fim, para esperança.
- Não posso barganhar nada em nome do meu rei, mas...
- Gabriel? - interrompeu Donia. - A Caçada não é apenas preocupação da Corte Sombria. Você se alinha com a corte dele, mas nem sempre foi assim. Eu não gostaria de que você e os seus sofressem.

O enorme Hound lhe lançou um sorriso agradecido. Depois olhou para Lia, e a glaistig se lançou sobre ele.

A Rainha do Inverno levantou uma das mãos para seu ser mágico e exalou, criando uma nevasca que gritava pelo jardim, escurecendo o céu e enviando granizo para se embolar ao redor dos seres encantados que sorriam.

Em seguida, fechou a porta para não ouvir os gritos e uivos que rasgavam o ar.

Capítulo 13

A noite havia caído quando Keenan apareceu à mesma porta na qual antes tivera medo de bater, onde a última Rainha do Inverno tinha morado. Beira estava morta, pelas mãos dele, mas o medo persistente de pontas de gelo rasgando sua pele era bem-merecido. Durante anos, ela havia retalhado a pele dele – e sua dignidade.

O impotente Rei do Verão.

As coisas tinham mudado.

Por causa de Aislinn.

Agora que tinha voltado para Huntsdale, ele devia ficar com sua rainha, com sua corte, mas ficara tanto tempo afastado que um pouco mais não importaria. Queria ser o rei que a Corte do Verão merecia; queria amar sua rainha como ela merecia; mas, no instante em que retornou a Huntsdale, foi até a Rainha do Inverno. Durante décadas, Donia tinha sido seu refúgio. Ela o via como ele era, não *o que* ele era. Mesmo quando os dois estavam em lados opostos de tempos em tempos, durante suas tentativas de convencer garotas mortais a fazerem o teste, ela era seu primeiro e último conforto.

Por que não podia ter sido ela?

Ele havia ponderado muito nos últimos meses, mas não tinha chegado a muitas respostas. Em vez disso, tinha que enfrentar a desagradável possibilidade de ter provocado apenas dor àqueles que estavam em sua vida. O desejo firme de fortalecer sua corte tinha sido necessário, mas também o levara a machucar aqueles com quem se importava: os seres encantados a quem ele mais devia também eram aqueles com quem havia falhado mais.

E não sei como mudar isso.

– Vai bater ou vai ficar parado aí? – A voz de Donia estava tão fria quanto ele jamais ouvira, mas a Rainha do Inverno não tinha muito calor.

Virou-se para olhar para ela, que estava no pátio coberto de neve atrás dele. Ficou sem fôlego ao vê-la. A pele era de uma perfeição gélida, e os olhos cintilavam com um esplendor cristalino. O cabelo longo e louro-claro estava solto, e os pés estavam descalços sobre a neve. Tocar aquela superfície congelada o faria congelar. Apenas *estar* ali lhe provocava dor. Não deveria estar fora nesta época do ano, especialmente no domínio dela. Ela separou os lábios vermelhos como frutas do espinheiro, mas não falou. Durante o tempo de uma respiração, ele também não conseguia falar: suas lembranças nunca faziam justiça a ela.

Nem eu.

– A porta se abriria se eu batesse?

– Difícil dizer. – Donia mexeu o pulso sem pensar, e a neve fez um redemoinho para formar um divã. Sem olhar, ela se sentou e enroscou as pernas sobre o sofá de neve. Não o convidou para se juntar a ela, o que foi inteligente. Apesar dos esforços para se manter sob controle, ele derreteria o divã se o tocasse.

Deu vários passos em direção a ela.

– Senti sua falta.

Rebentos frágeis de ar congelado deslizaram dos lábios dela quando riu.

– Houve dias em que eu faria qualquer coisa para ouvir essas palavras... mas você sabe disso. Sempre soube.

Estava a um braço de distância dela e desejou poder se aproximar, mas era necessária toda a sua força para estar tão perto dela. Cada gota de luz do sol tinha se tornado essencial para enfrentá-la. No entanto, se pudesse, ele a teria deixado na fronteira de seus domínios, de modo que pudesse tocá-la.

– Don, sinto muito.

Ela fez sinal para ele continuar.

– Vá em frente, Keenan. Diga-me a próxima linha do roteiro. Você começou isso. Podemos repassar o drama todo.

– Sei que não mereço...

– Ah, você merece todo tipo de coisa. – A voz dela era tão aguda quanto as lembranças das torturas com as quais ele ainda sonhava. – Você merece coisas que eu sou boa demais, mesmo agora, para lhe dar.

– Eu amo você – disse ele.

Pontas de gelo se formaram na pele dele enquanto ela o encarava durante o tempo de várias batidas do coração.

– Você acha que isso muda alguma coisa?

– Quero que mude. – Ele se ajoelhou aos pés dela, mas não ousou tocar sua mão. – Don, quero que isso signifique tudo. *Deveria.*

– Eu quis isso por décadas – admitiu ela. – Quis acreditar que o amor pode conquistar tudo, que, em algum ponto, no meio do jogo ridículo de encontrar sua rainha perdida, *eu* seria amada por você apenas uma vez do jeito que eu sempre o amei.

– Don...

– Não. – Ela estreitou o olhar e se levantou. O divã derreteu como se nunca tivesse existido. O chão virou uma superfície perfeita e intocada. – Não me venha com "Don" daquele jeito "sinto muito, e agora você vai me perdoar como sempre faz". Não desta vez, Keenan.

– Eu cometi erros.

– Dezenas deles. Centenas deles – concordou ela. – Garotas do Inverno e Garotas do Verão, uma Rainha do Inverno e uma Rainha do Verão: você quer o mundo. Espera que todos se curvem aos seus desejos. Você coleciona nossos corações como troféus. Chega.

Lembrar a ela que ele fez isso porque estava *amaldiçoado* não mudaria o modo como ela se sentia. Odiou Beira e Irial um pouco mais naquele momento; a maldição não tinha magoado apenas a *ele*. Dezenas de seres encantados sofreram por causa da maldição, incluindo as duas que ele mais desejava ter podido proteger de *qualquer* dor. O ser encantado que ele amava e o ser encantado que compartilhava seu trono tinham sofrido mais do que todos.

Ou talvez eu apenas saiba *o quanto elas sofreram.*

Ainda de joelhos, ergueu o olhar para Donia.

– Diga-me como consertar as coisas. Por favor?

– Acho que não pode – respondeu ela. – Tivemos nossa oportunidade. Você desistiu de nós.

Não desisti. Mas não podia dizer isso. Não era uma mentira, mas também não era uma verdade completa. Ele se afastara para tentar conquistar sua rainha, curar sua corte.

O que mais eu poderia fazer?

Donia esperou; ela *sabia*. Na verdade, sabia tudo o que ele diria, o que poderia dizer, e ela entendia. Também era uma regente. O problema, claro, era que ele não sabia como abrir mão dela.

Mesmo agora.

– Diga que há uma maneira de...

– Keenan – interrompeu ela. – Já fizemos isso. Você fracassou.

Ele olhou para cima, mantendo o olhar dela, esperando algo que não via mais ali.

– E agora?

– Não tenho ideia. – Não havia lágrimas nos olhos dela, nenhuma suavidade na voz. – Acho que você volta para sua corte e tenta se acertar com Ash ou continua fugindo. Não é mais da minha conta. Não pode ser. *Você* não pode ser. O custo para nossas duas cortes é alto demais. Cansei de você.

Nos meses em que estivera afastado, imaginou este momento de tantas maneiras diferentes. A rejeição absoluta de Donia ainda doía mais do que quase qualquer dor que ele sofrera nos últimos nove séculos.

– Nunca amei ninguém do jeito que amo você – sussurrou ele.

– Sorte delas.

Donia conseguiu chegar até o saguão antes que as lágrimas que mantinha sob controle desde que ele fora embora começaram a inundar seu rosto. *Ele desistiu de nós.* Não as secou. Quando ele foi embora, ela aceitou a notícia sem nenhuma reação. *Ele não me queria quando Ash estava livre.* Virou o rosto para a parede e secou as lágrimas que não tinha derramado em todo esse tempo.

– Diga-me do que precisa.

Não precisou olhar para cima para saber que Evan estava ali, que ele ouvira cada palavra dita do lado de fora da porta, que esperara dentro de casa para consolá-la e protegê-la se ela o chamasse. Ela estendeu a mão buscando a dele, que a puxou para si.

– Ninguém vai julgá-la pelas suas escolhas – disse Evan baixinho.

Não escondeu dele as lágrimas. Era seu amigo. Ele a conhecera quando ela era a Garota do Inverno, irritada, amarga e revoltada com todos os guardas de Keenan que podia.

– Minha Rainha? Do que você precisa? – perguntou ele de novo.

– Não amar o único ser encantado com quem não posso estar? – Ela se afastou de Evan e secou o rosto com as costas da mão.

Por um instante, Evan ficou em silêncio. Sua pele coberta de cascas tornava difícil decifrar suas expressões nas melhores condições e, naquele momento, estava se esforçando muito para ser indecifrável.

– Ele ainda a ama – lembrou Evan. – Ele não pode evitar ser quem é. Quando você não era rainha dele... foi a única época em que o vi tão destruído pelo teste.

– Mas os resultados são o que são. *Não sou* a rainha dele.

A postura de Evan era rígida como a das árvores às quais ele e família se assemelhavam.

– Você não pode deixar sua raiva por ele influenciá-la para não trabalhar com a Corte do Verão.

Em silêncio, deu o braço a ele e o deixou conduzi-la até o jardim agora um tanto pisoteado. Ele permaneceu em silêncio enquanto os dois atravessavam a casa e entravam no paraíso invernal escondido atrás da construção. Um enorme urso de neve se aproximou e a cheirou. Ali as criaturas de seu domínio coexistiam em paz porque ela assim desejava. Quando o urso saiu, pesado, ao que parecia satisfeito por tudo estar bem, Donia se recostou em Evan. O que os dois compartilhavam não era romântico, mas ele era seu amigo mais próximo.

Resignada, Donia assentiu:

– Vou trabalhar com a corte dele porque não quero ver minha corte ferida... nem a dele. – Sentou-se em um dos bancos esculpidos em gelo. – Consigo ver o valor de ter aliados, apesar de *ainda* sermos a corte mais forte.

– Isso significa que Bananach vai nos atingir com mais força ou eliminará os outros primeiro. Quando não nos aliarmos a ela, ela vai nos ver como a ameaça que somos. – O aroma quente e amadeirado de Evan a confortava tanto quanto a cadência de suas palavras. Infelizmente, o significado das palavras não era tranquilizador.

– Você está certo. – Donia inspirou o ar frio. – Enquanto visito Niall, você vai até o véu e pede uma reunião com a Rainha da Alta Corte. É com a irmã gêmea dela que devemos lidar; talvez ela tenha sabedoria para nos ajudar. – Donia estendeu a mão, a palma para cima, para uma raposa ártica que vinha em sua direção. – Receio que Bananach tenha ferido Irial. As palavras de Gabriel... e seus silêncios...

– Foi isso que entendi também.

A raposa veio até ela, que a colocou no colo enquanto pensava em Niall. Não eram amigos, não de verdade, pois ele tinha interesses opostos durante a maior parte do tempo em que se conheciam. Sua antiga posição como conselheiro de Keenan os colocara em conflito. *Nem sempre.* Mesmo então, ele garantira a segurança dela do melhor jeito possível; tinha conseguido encontros "acidentais" com Keenan, na esperança de alimentar uma amizade entre os dois. *Sempre um romântico.* Distraída, acariciou a raposa branca aninhada em seu colo. *Por que não me apaixonei por alguém como ele?*

Donia se perguntou por pouco tempo se Niall sabia que ela havia visitado Leslie, a garota mortal que ele amava, se sabia que ela oferecera amizade à garota. *Sem dúvida Irial sabe.* Precisava saber se Irial tinha ou não contado a Niall.

Donia parou de acariciar a raposa sonolenta e franziu a testa para Evan.

– Estou preocupada.

– Você é a Rainha do Inverno. É sábia e capaz. Confie em si mesma – aconselhou Evan. – Diferentemente da Corte Sombria e da Corte do Verão, você tem controle das suas emoções. Diferentemente da última Rainha do Inverno, você tem intenções puras. Sirvo à única regente que pode nos conduzir à paz.

– Você me faz parecer bem mais capaz do que me sinto. – Em vez de olhar para o conselheiro e amigo, voltou aos movimentos reconfortantes enquanto a pequena raposa se revirava em seu colo.

Evan tocou o ombro dela, que olhou para ele nesse momento.

– Cuido de você por tempo demais para ser objetivo – disse ele –, mas sou velho o suficiente, e agora Inverno o suficiente, para saber o que é verdade. Você ajudou a dar força ao Rei do Verão para governar a corte dele. Você se afastou dele pelo bem da *nossa* corte. Você está mesmo agora tentando descobrir como alcançar Niall. Seus seres mágicos sabem que tipo de governante você é. É por isso que tão poucos seres mágicos do inverno se uniram a Bananach.

Donia recostou a cabeça no ombro dele.

– Por que os que *de fato* vão embora são aqueles em quem não consigo parar de pensar?

– Porque você é uma boa rainha. – Evan colocou o braço ao redor dela. – Mas mesmo bons governantes perdem seguidores. Deixei o Verão pelo Inverno por causa do que eu precisava. Talvez alguns dos seguidores de Bananach estejam buscando algo que não encontram em suas cortes.

– Se isso significasse a paz, eu não me importaria tanto. Não quero que nenhum de vocês morra. – Ela fechou os olhos. – Esteja pronto para ir ao Mundo Encantado à primeira luz.

Capítulo 14

Niall se viu novamente em um sonho. Desde que Irial tinha sido ferido, o único momento em que Niall se sentia em algum lugar próximo de *certo* era nos sonhos.

Com Irial.

– Você precisa me deixar ir embora – murmurou Irial quando Niall se aproximou. – Isso não é bom para ninguém.

– Desde quando "não ser bom para ninguém" importa para a Corte Sombria? – Niall fez uma cara feia. – Você não está se curando. Não sei o que fazer.

– Eu *não vou* me curar.

Niall desviou o olhar da aparência enfraquecida do último Rei Sombrio e refez o cômodo. Uma enorme lareira com um fogo ardente apareceu, afastando o frio, como se pudesse afastar a ameaça da morte.

– Mandei buscar outra curandeira. A última deve ter deixado alguma coisa de lado.

– Não deixou.

– Poderia – insistiu Niall.

– Mas *não* deixou. Nem as quinze que vieram antes dela.

Niall caiu no chão ao lado do sofá de Irial.

– Vou continuar procurando. Vou encontrar a curandeira certa e, até lá, vou visitar você aqui e...

– Não. Meu corpo não pode se recuperar disso. Nem *você* consegue impedir isso – disse Irial. – Se fosse possível parar o tempo, eu acreditaria nisso. Não é.

Como fizera nos últimos dois dias, Niall ignorou o assunto.

– Escolha um livro.

Por um instante, o único som no cômodo do sonho era o crepitar e o sibilar do fogo. Niall não achava bom discutir, não sobre esse assunto. Não desistiria de encontrar uma resposta e sabia muito bem que Irial não desistiria, se fosse possível.

– Acha que ainda consegue me surpreender? – A voz de Irial estava firme, mas longe de estar forte.

Niall estendeu a mão para pegar o livro que tinha acabado de imaginar e começou a ler:

– Sem cessar, ao meu lado, o Demônio arde em vão. Nada em torno de mim como um ar vaporoso.

Irial riu.

– Baudelaire. Boa escolha.

– Não vou desistir. Não agora. – Niall largou o livro. – Fique com a nossa corte, Irial. Comigo. Estou me acostumando a ter um demônio ao meu lado de novo.

– Demônio? – reprovou Irial. – Não sou mais maligno do que você... e você está longe de ser maligno.

– Não tenho tanta certeza em relação a mim neste momento – admitiu Niall. – Quero matar Bananach. Quero testar a verdade da teoria de que "a morte de Bananach mata Sorcha e, portanto, todos nós". Eu me sinto errado quando estou acordado.

– Você vai cuidar da nossa corte e de si mesmo, mas, neste momento... se não for ler... – Irial refez o sonho, substituindo o sofá em que estava recostado por uma enorme cama repleta de travesseiros. – Descanse comigo. Você não pode liderar nossa corte se estiver exausto demais para pensar ou reagir. Tudo vai ficar bem. Você vai descobrir o que fazer com Bananach, como manter nossa corte forte e descobrir do que precisa.

– Preciso de você. – Niall se levantou, mas continuou ao lado da cama.

Irial estendeu a mão.

– Estou bem aqui, Niall. Vamos descansar os dois.

Havia algo peculiar em dormir num sonho – *e em Irial querer dormir* –, mas as fronteiras do mundo estavam ficando borradas.

Por quê?

– Una-se a mim, Niall – convidou Irial.

Niall subiu à cama.

– Só por um minuto.

– Relaxe, Gancanagh – implorou Irial.

Poucas horas depois, Niall acordou assustado no mundo real. Olhou para o quarto ao redor. *O quarto dele.* A luz do lado de fora da janela revelava que a noite havia caído enquanto ele dormia. Esticou a mão para tocar a testa de Irial, para ver se a febre tinha cedido.

Niall encarou Irial e berrou:

– *Não!*

– Meu Rei? – Gabriel de repente estava de pé no vão da porta. – Niall? Você... gritou.

Niall sacudiu a cabeça.

— Ele *sabia*. Sabia disso. Mesmo no fim, tentou me proteger. Ele nunca mud... — A palavra foi interrompida quando a realidade da situação se abateu sobre Niall. Irial *tinha* mudado: estava morto.

E Bananach é responsável.

Capítulo 15

Invisível à visão mortal, Keenan caminhou pelas ruas de Huntsdale. Precisou se esforçar para não enfraquecer no frio. Tinha pensado em esperar, mas precisava voltar à sua corte.

Não esperava que Donia o recebesse de volta com facilidade, mas em todos os anos em que se amaram e se separaram ele sempre tivera certeza dela. *Só dela.* Verdades que não conseguia admitir para ninguém mais neste mundo – nem no Mundo Encantado – podiam ser compartilhadas com ela. Não sabia o que faria sem ela. *Será que eu realmente acabei de perdê-la?* No mínimo, tinha descoberto que seriam amigos. Ela o conhecia melhor do que ninguém. Entendia como ele tinha lutado quando Beira o atingiu ano após década, após século. *Ela desistiu de mim, de nós.*

Keenan parou do lado de fora da Bishop O'Connell, a escola onde estudara por um breve período. Com Donia ao lado, ele tinha estado nesta rua mais de um ano antes observando a então mortal Aislinn; pensara que todos os problemas da Corte do Verão seriam resolvidos se ele a conquistasse. Tudo o que acreditava entender sobre o futuro estava errado. Estremeceu e cruzou os braços.

Eu não deveria estar aqui.

Como se fosse uma resposta para seus pensamentos, ouviu o bater de asas, e, no instante seguinte, Bananach desceu do céu e parou na frente dele. Assim como Keenan, ela era invisível a qualquer um que não fosse um ser mágico ou que não tivesse a Visão.

Mas não enfraquecido pelo clima... nem pela aparência dele.

A criatura-corvo estava sorrindo. As asas antes sombreadas estavam sólidas. Elas se abriram totalmente, lançando a rua numa escuridão quase total, e depois se fecharam e ficaram paradas nas costas dela. Seus braços estavam quase nus apesar do frio, mas ela estava vestida com uma roupa com ar militar: calça de camuflagem urbana muito confortável enfiada em botas pretas altas. Nenhum soldado humano usaria esse traje no trabalho, nem um ser encantado se sentiria inclinado a usar uma camuflagem falsa. Mas Bananach era uma entidade singular. Seu senso de humor e seu senso prático raramente se misturavam aos de qualquer outro ser – encantado ou mortal.

– Reizinho – cumprimentou Bananach. – Sentimos sua falta.

– Você não, tenho certeza. – Forçou a luz do sol a ir até a superfície da pele, odiando encarar o conflito quando não deveria nem estar no frio, mas estranhamente empolgado com a possibilidade de lutar. A Corte do Verão normalmente não se empolgava com a violência, mas era uma corte de paixões, e, naquele instante, direcionar sua dor para a raiva era decididamente convidativo.

Keenan alcançou um bolso falso na calça e soltou a faixa que prendia o punho da lâmina curta de ossos que tinha sido de seu pai. Em um dos lados da lâmina, fundidos ali com a luz do sol do Rei do Verão, cacos de obsidiana lhe davam uma ponta serrilhada. Ele sacou a arma.

– Você lutaria comigo? – Bananach inclinou a cabeça em um ângulo sobrenatural. – Eu lhe fiz algum mal?

– Hoje? Não sei de nenhum, mas estou sendo cauteloso. – Keenan manteve a ponta da lâmina apontada para a calçada por enquanto.

Do outro lado da rua, três seres encantados se aproximaram. Eram solitários que ele não conhecia, mas estavam andando em direção a Bananach. *Uma armadilha.* Olhou para eles apenas por um instante.

– Pretende me derrubar, Bananach? Há seres que reagiriam mal a isso.

– E há outros que não. – Ela arregalou os olhos. – Já discuti o assunto. Avaliei as possibilidades. No cronograma atual, eu acharia você mais útil ferido do que morto, mas se não cooperar... – Ela deu de ombros.

Um dos seres encantados se separou dos outros e atravessou a rua, de modo que sua abordagem seria por trás de Keenan. Os outros dois se espalharam e continuaram a se aproximar pelo lado da rua. Isso deixou Bananach em frente a ele e à vitrine de uma sapataria ao lado dele. *Odeio tirar vidro da minha pele.* Apertou o punho da lâmina com mais força. A luz do sol reverberava sob sua pele; cada fibra de músculo era um fio ligado repleto de energia. Poderia transformar essa luz em uma lâmina para a outra mão e enfiá-la na carne de Bananach.

Não foi Bananach que se lançou em direção a ele. A Guerra observou enquanto seus três seres encantados atacaram como se fossem um. Ele empurrou a lâmina de ossos e obsidianas na garganta de um ser encantado, que caiu de costas. Mas os outros dois foram para cima dele – um por trás e outro pelo lado. Keenan se inclinou, tentando se defender dos dois ataques.

E Bananach se aproximou. Ele viu o movimento pelo canto dos olhos, mas não conseguiu reagir a tempo. Ela raspou as garras na lateral direita dele, formando sulcos no tecido e entrando na pele.

Keenan reagiu recuando a mão esquerda, a que segurava a lâmina iluminada pelo sol, e tentou forçá-la na garganta do ser encantado ave.

Ela se movimentou rápido demais, e ele a cortou no ombro. Em vez de reagir com raiva, ela sorriu para ele.

Ele sentiu, não viu, as garras dela se afundarem em seu bíceps direito. O torpor começou a se esgueirar pela lateral e irradiar pelo braço. Virou-se para olhar e percebeu que um dos dois seres encantados restantes golpeava seu joelho esquerdo, mas, antes que o golpe o atingisse, alguém o afastou.

Bananach recuou temporariamente.

– Você está se metendo onde não é desejado.

Confuso, Keenan olhou para o ser encantado que de repente estava a seu lado.

– *Seth?*

– Confie em mim, você não é minha primeira opção como companheiro de luta, Raio de Sol, mas, por mais que isso simplificasse as coisas, eu não poderia viver comigo mesmo se o deixasse à mercê delicada de Bananach. – Seth não lhe lançou mais do que um rápido olhar; em vez disso, o garoto recém-transformado em ser mágico e cheio de piercings olhou para a rua com uma atenção militar inesperada.

– Tia B – cumprimentou Seth. – Você precisa de animação.

Bananach bateu o bico contra ele.

– A Ordem deveria ter mantido você no Mundo Encantado. Não vai sobreviver aqui.

– Vou sim, mas, se continuar, você vai morrer – disse Seth enquanto se colocava na frente de Keenan. – Seu irmão cura.

Bananach deu um sorriso forçado – uma visão peculiar com sua boca de bico.

– O *outro* não. Ele não consegue.

Os Hounds chegaram como um enxame raivoso, e, antes que terminassem o confronto, Bananach e dois de seus seres encantados tinham sumido. O terceiro estava deitado sem vida na calçada.

– Você fez isso? – perguntou Seth.

– Fiz. – Keenan não olhou para o ser encantado morto. Não desejava tripudiar sobre a perda da vida. Não podia dizer que estava feliz porque o ser encantado morto estava caído, apenas que estava feliz porque ele mesmo não tinha caído.

Acho.

Não se encolheu, não em frente a Seth nem à Caçada, mas os rasgões feitos pelas garras de Bananach doíam mais a cada instante.

Os Hounds os envolveram em um círculo protetor. Ao redor, mortais continuavam a passar, inconscientes do conflito invisível em seu meio. No entanto, afastavam-se da calçada onde a Caçada esperava. Assim como quando Bananach se aproximou, os mortais sentiam aversão aos seres encantados. Com a Guerra, era o sentimento de uma presença discordante, mas com a Caçada era o impulso de correr.

Ninguém falou por um instante. Nem Gabriel nem Chela estava ali, mas, em vez de olhar para outro Hound em busca de orientação, a Caçada parecia aguardar o comando de Seth.

– Vá vê-la – disse Seth sem olhar para ele. – Eles o protegerão.

Keenan ficou imóvel.

– Vê-la?

Desta vez, Seth olhou para ele.

– Ash. É inevitável. Não importa para que lado as tramas se movimentem, esse é o próximo passo.

– As tramas... – Keenan ficou boquiaberto.

– Sim, as *tramas*. – Seth mordeu o anel que decorava seu lábio e olhou para o ar como se houvesse respostas flutuando ali. Depois olhou diretamente para Keenan outra vez e disse: – Não posso ver tudo nem a maioria das coisas com clareza, mas você... você eu vejo.

– Meu futuro? – Keenan sentiu-se um tolo ao encarar o ser encantado que estava entre ele e sua rainha.

Ele tem a Visão.

– Não pergunte – reclamou Seth. – Vá ao loft. Acabei de deixá-la para vir *aqui*, para impedir sua morte, então estamos quites.

– Quites? – ecoou Keenan. Havia muitas palavras que o Rei do Verão poderia usar para descrever suas posições, mas *quites* não era uma delas. Seth, por um lado, era uma criança, um mortal recente, um obstáculo a ser superado. Keenan, por outro lado, tinha passado séculos quase sem poder, mas ainda assim protegia sua corte; a corte que a própria existência de Seth colocava em perigo.

O Rei do Verão deixou o calor da raiva deslizar para sua voz e disse:

– Nunca ficaremos *quites*, Seth.

– Você me disse, uma vez, que não ordenou minha morte porque isso magoaria Ash. Vim até aqui para impedir sua morte. Isso nos torna *quites*. – Seth falou as palavras em voz baixa, mas os seres encantados perto deles eram Hounds. A audição deles era melhor do que a da maioria e, a essa distância, não foi difícil escutar.

Consequentemente, Keenan não tentou baixar a voz:

– Matar você não era o correto a fazer na época. Se você tivesse morrido, ela ficaria de luto, algo que aconteceu de qualquer maneira quando você esteve no Mundo Encantado. – Keenan se aproximou de Seth. A raiva que não tinha conseguido eliminar por completo o tomou. – Você partiu. Por opção. Ela chorou sua ausência durante *meses*. Ela sofreu, e eu fui amigo dela. Esperei. Fui o único amigo dela durante meses.

– Durante os quais você sabia que eu estava no Mundo Encantado.

Keenan deu de ombros e imediatamente decidiu não fazer *aquilo* de novo. Com cuidado para manter a dor longe da voz, disse:

– Se matar você resolvesse a situação, eu teria feito isso. Se você tivesse ficado no Mundo Encantado ou sido morto, teria sido *sua* escolha. Por que eu enfrentaria Sorcha por um mortal que eu preferia ver longe do meu caminho?

– Entendo, mas *não sou* um mortal agora. – Seth mostrou os dentes em uma expressão decididamente não mortal.

– Mas ainda está no meu caminho.

– Você também está no meu – resmungou Seth.

Ficaram parados por vários instantes; depois, Seth sacudiu a cabeça.

– Você precisa ir até Ash agora, e eu preciso ver Niall... Sou herdeiro de Sorcha. – Pareceu envergonhado por um instante. – E isso significa que não sou livre para fazer apenas o que eu quero.

– Nenhum de nós é – comentou o Rei do Verão. Em seguida, virou-se, movimentando-se em uma velocidade que fez os mortais que passavam apertarem os casacos e tirarem o cabelo dos olhos. Alguns olharam ao redor, curiosos, buscando a fonte das rajadas de vento que fizeram a poeira girar no ar.

Capítulo 16

Qualquer que fosse a corda que Niall usava para manter a estabilidade, tinha sumido. O tempo entrava e saía da ordem. Entrou em uma sala raramente usada. Seres encantados rastejavam por entre os escombros. O fogo queimava, consumindo o que parecia ser um sofá ou talvez uma cama pequena. Era difícil dizer com a fumaça. Obviamente, tinha havido algum tipo de luta.

Fomos atacados?

– Coloquem travas nas portas. – Pegou uma pequena faca do tornozelo e olhou ao redor para a confusão na sala. – E guardas em cada janela.

– Já colocamos – disse um ser mágico coberto de espinhos. Algo tinha acontecido com o ser encantado: seu braço estava virado para o lado errado.

– Ela não está na casa? Bananach?

– Não, meu Rei – assegurou outro ser encantado. – Ela não está aqui.

– Não vou deixá-la machucar vocês. – Niall olhou ao redor para os seres encantados espancados na sala. – Nenhum de vocês vai sair.

– Sim, meu Rei – disseram eles.

Ele sentia o medo deles, sua preocupação e seu desespero. Isso tudo tomava a sala como a fumaça que saía do móvel em chamas. O Rei Sombrio atraiu suas emoções, tentando preencher o vazio que estava aberto dentro de si. Pensou em perguntar a eles quando a corte tinha sido atacada, mas revelar suas memórias perdidas não ajudaria a corte.

Proteja-os, pediu uma voz.

Niall fez que sim. Não tinha certeza se conseguiria, mas sabia que não deveria demonstrar suas dúvidas. Piscou e, quando olhou, estava em outro cômodo. Um novo grupo de seres encantados espancados estava esperando. Dois Hounds estavam na frente dos seres encantados.

– Niall? – Gabriel entrou no cômodo. – Devo chamá-la?

– Chamá-la?

– Leslie tem o direito de saber. Ele ia *querer* que ela soubesse, mas não posso fazer tudo. – Gabriel estendeu os antebraços. Estavam cobertos com tanta tinta que não era possível ler. Palavras se acumulavam sobre palavras; oghams ficavam borrados e se moviam.

Niall não se lembrava de ter dado tantas ordens.

– Você não pode fazer tudo – repetiu Niall. – Coisas... outras coisas... Há outras coisas.

– Sim. Boa ideia, meu Rei. Vou enviar outro Hound. – O alívio de Gabriel tomou Niall. – E posso ficar aqui para você e Irial.

– Irial... Ele está aqui? – Niall olhou ao redor. Algo ali estava errado; algo estava errado com Irial.

Gabriel entrou no campo de visão de Niall de novo, bloqueando a visão dos seres encantados, que se encolheram quando o olhar de Niall caiu sobre eles.

– Provavelmente precisamos enviar alguns seres encantados para manter Leslie em segurança.

O olhar de Niall correu para o rosto de Gabriel.

– Leslie... sim. Precisamos proteger Leslie. Há perigo. Bananach... ela... Bananach...

Imagens colidiam na mente de Niall. Bananach tinha uma espada-faca-garras-bico-faca. O Rei Sombrio piscou e repetiu:

– Leslie precisa de proteção.

Mas Gabriel não estava lá. Ninguém estava. Niall estava num cômodo cheio de sombras e fumaça. Paredes de escuridão o rodeavam, e o Rei Sombrio não conseguia se lembrar por quê. Andou através dela, atravessando a barreira de escuridão e vagando pela casa.

Uma dor aguda o fez olhar para baixo, e ele percebeu que tinha perdido alguma coisa. Estava na casa, mas, conforme caminhava, não conseguia se lembrar do que era nem de por que precisava daquilo. A casa se encontrava num estado de destruição. *Como vou encontrar alguma coisa?* Olhou ao redor e viu um ser encantado que parecia estar grudado à parede.

– Você colocou traves nas portas?

– Sim, meu Rei. – O ser encantado engoliu fazendo barulho. – E nas janelas.

– Ótimo. – Niall assentiu. – Ela não vai entrar. Diga aos outros para ficarem aqui dentro. Não posso proteger vocês se... Alguém precisa falar com Leslie. Onde está Gabriel? Minhas ordens... Tenho ordens para Gabriel.

Capítulo 17

Keenan abriu a porta e a encarou; *apenas* ela. Sua rainha parecia régia como qualquer governante que ele conhecera. O queixo dela se ergueu. O olhar estava sobre ele – não era de boas-vindas, mas de julgamento. Seu cabelo, antes preto-azulado, tinha faixas de sol como se ela tivesse morado na praia, e em seus olhos ele via um furacão em movimento. Ainda usava roupas comuns – jeans e uma camisa simples –, como fazia quando era mortal, mas se tornavam roupas da realeza com seu uso. Faíscas de sol dançavam em sua pele, de emoção. As minúsculas explosões de luz faziam com que ela reluzisse como o próprio sol.

Não se levantou para recebê-lo. Em vez disso, ficou sentada, com expressão de julgamento, dentro do escritório que tinha sido o refúgio dele. Como quase tudo agora, o escritório era dela; a corte, dele, os conselheiros, a luta para corrigir as fraquezas da corte, o desafio de encontrar o equilíbrio – tudo isso pertencia à Rainha do Verão tanto quanto a ele.

No corredor atrás dele, várias Garotas do Verão suspiravam, e outras começaram a dançar. Por um instante, Keenan sorriu para elas antes de voltar a atenção para a Rainha do Verão. Diferentemente das dançantes Garotas do Verão, a rainha não estava sorrindo.

De jeito nenhum.

– Que bom que você ainda se lembra de onde moramos – disse ela.

– Eu precisava de tempo...

– Quase seis *meses*?

– É – respondeu ele.

Quando se aproximou de sua rainha, a luz do sol reluziu de sua pele. Não era por opção; a luz do sol dentro dele brilhava mais por causa dela. O rei e a rainha eram atraídos um para o outro. *Atração sem amor.* Era a parte final da maldição de Beira. Keenan não tinha percebido o quanto queria um amor estarrecedor até o último ano. Tinha passado tanto tempo procurando por ela que presumira que seriam perfeitos juntos. Ela era a parceira perdida dele; como poderia ser diferente?

– Recebeu minha mensagem com tanta rapidez? Se eu soubesse que só precisava fazer isso, teria mandado avisar dos apuros da corte mais cedo. – Aislinn não desviou o olhar enquanto perguntava, e Keenan viu nela a rainha que buscara por tantos séculos. Era ousada quando antes era hesitante, agressiva com ele em defesa da corte como fora pelo então mortal amado.

– Não recebi mensagem alguma – admitiu ele. – Voltei porque estava na hora.

O brilho nos olhos dela piscou forte.

– Pelo menos isso.

– Eu... – começou ele, mas não tinha palavras, não quando ela olhava para ele com um misto de esperança e raiva.

Não tinha certeza se devia perguntar que mensagem ela havia enviado, mas, quando a luz do sol cintilou ao redor dela em um espetáculo de luzes que competia com a aurora boreal, decidiu que a pergunta podia esperar.

Ela cruzou os braços.

– Você me *deixou*... deixou nossa *corte*. Tem alguma ideia do que está acontecendo?

– Tenho. Recebi relatórios. – Sentou-se no sofá ao lado dela. – E eu sabia que podia ficar longe porque a corte estava segura nas suas mãos.

– Você abandonou sua corte para fazer quem sabe o q... – Ela se virou para encará-lo e ofegou.

Aislinn estendeu uma das mãos. Deslizou o polegar pelo rosto dele.

– Você está ferido.

Keenan afastou a mão dela do rosto.

– Isso pode esperar. Venha comigo – disse suavemente, não como um comando, *porque ela é a rainha*, mas algo mais parecido com um pedido.

Ele se levantou, mas ela continuou onde estava.

– Por favor? – pediu ele.

Depois de uma olhada para os seres encantados que esperavam do lado de fora do cômodo, Aislinn se levantou. Keenan colocou o braço na cintura dela, e murmúrios felizes surgiram no loft. Com Aislinn ao lado, Keenan caminhou pelo corredor até seus aposentos.

Na porta, um ser encantado fez uma reverência.

Keenan assentiu e conduziu Aislinn através do vão da porta.

Depois de a porta se fechar, ela se afastou.

– Isso não foi justo.

Ele se encolheu quando ela lhe deu uma cotovelada na lateral machucada.

– Segurar você ou deixá-los acreditarem que pretendo retornar ao ponto em que estávamos quando eu parti?

– *As duas coisas.*

– Aislinn? – Andou em direção a ela. – Eu preciso de você.

Ele tirou a camisa.

Ela o encarou, e ele sentiu a temperatura no quarto aumentar.

– Keenan? O que você está... não posso...

– Preciso da sua ajuda. – Ele jogou a camisa contra a parede e levantou o braço. Ao arrancar a camisa, reabriu as feridas das garras de Bananach. O sangue escorria pela lateral.

– Por que não me disse que estava tão ferido? – Aislinn foi para o lado dele num instante. Sem pensar nas consequências, colocou uma das mãos no estômago dele e a outra no braço. – Quem fez isso?

– Bananach. – Ele a deixou empurrar seu braço para poder ver as feridas horríveis. – Ela e mais três me encurralaram.

Em silêncio, pediu perdão a Donia pelo que estava prestes a fazer, mas a Corte do Verão nunca seria forte o suficiente se ele não forçasse uma mudança. *Preciso da minha rainha. Minha corte precisa disso.* Para um rei encantado, ele tinha sido paciente desde que Aislinn se tornara rainha. *Já chega.*

Olhou para sua rainha.

– Você me ajuda?

Ela ainda não tinha se afastado, mas tirara as mãos dele.

– Do que você precisa?

Ele se virou para olhar a ferida e manteve o braço longe do corpo.

– Isso precisa de limpeza e... deixe pra lá. – Ele se afastou. – Posso fazer isso sozinho.

– Não seja ridículo. – Aislinn o fitou com raiva.

Ele escondeu o sorriso.

– Se tiver certeza...

– Com o que posso limpar isso?

Keenan apontou para um armário e recuou.

– Pegue na prateleira superior.

Sua rainha abriu o armário e se esticou para o alto, equilibrando-se na ponta dos pés.

– Consegue alcançá-los? – Keenan se aproximou e usou isso como desculpa para colocar as mãos na cintura dela. A dor das toxinas em seu corpo estava começando a deixá-lo fraco, mas ainda não estava no ponto de exaustão.

– Peguei. – Ela puxou a caixa de suprimentos médicos e se girou de modo a encará-lo. – Por que você tem isso aqui?

– Minha mãe costumava ter prazer em me ferir todas as vezes que eu contava da garota que eu achava que poderia ser minha... – Tocou o rosto dela com a mão, prendendo-a entre si e a parede. – Que poderia ser você. Eu não gostava que a corte visse meus ferimentos.

– Ah. – Ela inspirou para se acalmar e depois expirou sobre a pele nua dele.

Ele estremeceu ao sentir seu hálito, deixando-a perceber sua reação, mostrando a ela que estava longe de ser imune a ela, e, antes que ela pudesse lhe pedir para sair da frente, virou-se e se afastou. *Provocar e recuar.* Tinha feito isso tantas vezes que entrar no papel era de uma facilidade assustadora.

Odeio isso. Afastou a aversão. *A corte vem em primeiro lugar.* Um regente infeliz era um regente fraco; um regente fraco criava uma corte fraca. *Não podemos ser fracos.*

Olhou de relance para ela por sobre o ombro.

– É mais fácil eu ficar em pé ou sentado?

– Suas costas também estão machucadas. – Ela andou atrás dele e colocou a mão entre as omoplatas. – Precisamos de uma curandeira?

– Você pode me curar – lembrou ele. E se virou de modo a ficarem cara a cara de novo. – Depois de curar as feridas, se quiser, pode apagar esses danos.

– Não é tão fácil. – Ela começou a se afastar.

Pegou a mão dela e colocou na própria pele. Conforme a luz do sol dele pulsava e emitia luz, deslizou a mão dela em direção à lateral ferida.

– Tudo o que você precisa fazer é me tocar e deixar sua luz do sol me tornar mais forte. Preciso de você, Aislinn.

– Quando eu... Eu faria isso se fosse uma ameaça à vida, mas... – Ela corou e libertou a própria mão. – Você não está sendo justo. Você *sabe* como é.

– Sei. É certo.

Ela abriu a caixa de medicamentos e pegou um lenço antisséptico.

– Sente-se.

Ele assim o fez, e ela se inclinou e limpou o sangue da pele. Foi cuidadosa ao limpar os quatro sulcos na lateral. Quando terminou, perguntou:

– Parecem piores do que realmente são, certo?

– Não – admitiu ele. Colocou o braço direito para trás para se abraçar. – Ela é a Guerra. Seu toque é sempre pior do que o da maioria dos seres encantados, e neste momento ela está forte.

A tentativa de autocontrole de Aislinn fracassou. O vento passou pelo quarto quando sua proteção instintiva veio à vida.

– Mas você parecia bem no escritório. – Ela sacudiu a cabeça. – E estava ignorando isso, apesar de estar com muita dor, para me explicar. Achei que tínhamos vindo para cá porque você estava sendo...

– Confiante? – ofereceu ele. – Eu estava, mas não queria que eles me vissem enfraquecido, Aislinn. Você sabe que eles já estão hesitantes. Não vou mostrar a eles nada que provoque dúvidas. Meu dever é para com eles. Tem sido assim desde que nasci.

Em silêncio, ela se sentou ao lado dele e colocou uma das mãos sobre os cortes, que ainda sangravam. Pulsações de luz do sol deslizaram para a pele rasgada, queimando a escuridão do veneno da Guerra em seu corpo. Ele fechou os olhos ao sentir a dor e o prazer. Não tinha certeza, no início, se Aislinn percebia que havia toxinas dentro dele que ela estava destruindo, mas, quando abriu os olhos, ela o estava encarando. Tinha sentido os venenos, sabia o que ele tinha escondido: se ela não o ajudasse a tempo, ele poderia ter morrido.

– Não é diferente do gelo com que Donia envenenou você, Aislinn. – Sorriu para ela. – Dizer não teria mudado nada. Você o sentiu. Você está consertando.

– Idiota. – Ela colocou a outra mão sobre as costelas feridas e forçou a luz do sol a entrar na pele dele. A sensação era de mel quase quente demais, mergulhando na pele dele, entrando nos cortes que agora estavam sarando. Conforme cicatrizavam, ele se afastou, deixando a luz do sol retornar na direção dela. Podia estar machucado, mas brincava com os elementos do Verão havia séculos. Na época, ele era um rei preso, agora estava livre. *Por sua causa.* Sentia a tensão quase tangível de como eles podiam ser fortes.

Devolveu a luz do sol que ela estava empurrando para o corpo dele, e os dedos dela se dobraram até as unhas arranharem a pele dele. Não o afastou. *Nem me puxou para perto.* Sua rainha não tinha certeza do que queria, e ele não ia se afastar até os dois saberem.

Tudo ou nada.

Aislinn não conseguia manter os olhos abertos. Podia não amar Keenan, mas não tinha como negar o modo como seu corpo reagia a ele. Deslizou a mão da lateral dele para o estômago nu e sentiu os músculos sob a pele se tensionarem.

Ele estava com o braço ao redor da cintura dela e começou a puxá-la para seu colo.

Com mais esforço do que desejava, ela o impediu.

– Keenan.

Os olhos dele se abriram, mas, em vez de responder, ele a envolveu com os dois braços e caiu de costas na cama, puxando-a junto. As mãos dela estavam sobre seu peito nu, e os quadris sobre os dele. O choque de estar naquela posição a fez ficar imóvel por um instante.

– Você não vai me seduzir. – Aislinn se afastou e encarou o Rei do Verão, que estava sem camisa e de bruços na cama sob ela.

O Verão é a corte da impulsividade. Keenan estava oferecendo a ela o que Seth lhe recusava. *Os beijos dele me fazem esquecer o mundo. O toque dele seria...*

Ela suspirou.

– Estou tentada. Você sabe disso.

– Isso foi um não – disse Keenan.

– Foi. – Ela sentou-se ao lado dele.

Ele não se sentou. Em vez disso, rolou, ficou de lado e olhou para ela.

– Por causa de Seth.

Aislinn fez que sim.

– Então vocês estão... completamente juntos? – Keenan esticou um dos braços sobre a cabeça.

Apesar de suas melhores intenções, o olhar dela passeou pelo corpo dele. Várias cicatrizes finas marcavam a extensão da pele bronzeada, mas não diminuíam sua atratividade. Ele era musculoso sem ser grande, e o abdome bem-definido a fez pensar por um instante que ele não deveria usar camisa. *Se bem que ninguém ia conseguir fazer mais nada se isso acontecesse.* Apesar de estarem se aproximando, ela não o tinha visto desse jeito. Ele era cuidadoso perto dela.

– Você está fazendo isso de propósito – disse ela com uma voz sussurrada demais para se sentir bem.

Ele não fingiu entender mal.

– Estou.

– Por quê? – Ela se forçou a olhar apenas para seu rosto.

– Responda à minha pergunta, Aislinn.

– Não, não totalmente. Não estamos... – Ela corou. – Não por minha escolha.

– Ele lhe diz o que vê? – perguntou Keenan em uma voz benigna demais para ser de fato inocente.

Ela assegurou que seu olhar não fugisse – muito – do rosto dele e perguntou:

– Vê?

– No futuro.

– Eu não... – Ela franziu a testa. – O que quer dizer?

– Seth vê o futuro – disse Keenan. – Se tivesse certeza de que você não estaria nos meus braços, ele não a rejeitaria. Ele sabe que você não tem certeza.

– Ele não esconderia isso... – No entanto, Aislinn sentiu as lágrimas se acumulando nos olhos.

– Mas escondeu. Os que têm Visão conseguem ver as possibilidades. Não os próprios futuros, mas ele pode ver *seus* possíveis futuros. Não importa o que você disse, ele pode ver que você ainda não tem certeza. Não chegamos ao ponto em que você pode dizer que realmente não ficará comigo. Você sabe tão bem quanto eu e quanto ele que não quer sacrificar sua corte por amor. Você é a rainha deles. Vai dizer a eles que suas mortes, sua fragilidade, sua corte significam tão pouco?

– Não.

– Pode dizer que não me quer? – desafiou ele.

Aislinn desviou o olhar, mas Keenan colocou a mão no rosto dela e a fez encará-lo.

– Sou seu rei, Aislinn. Seth vê futuros nos quais você escolhe ser minha.

– Como você sabe?

– Porque Seth foi quem me ajudou a lutar contra Bananach hoje.

Quando vários instantes se passaram e ela não respondeu, Keenan perguntou:

– Que mensagem você enviou?

– Keenan...

– Que mensagem você enviaria para me trazer para casa tão rápido, Aislinn?

Em uma voz estável, a Rainha do Verão respondeu:

– Pedi a Tavish para enviar uma mensagem a fim de trazer você para casa, não que fosse verdade... mas uma enganação, uma manipulação dos seres encantados.

– Aislinn, qual era a mensagem?

– Que eu estava preparada para deixar você me convencer – confessou ela.

– Então, vou convencê-la. – Em um daqueles movimentos rápidos dos seres encantados que costumava deixá-la abalada, Keenan se sentou de modo a ficar joelho a joelho com ela. – Serei seu, e apenas seu, por toda a eternidade. Tiraremos a corte daqui.

– Mas eu não quis dizer...

– Uma semana – disse ele. – Ficaremos juntos ou eu vou embora. Farei o que for necessário de longe. Não é assim que uma corte deve ser governada, mas podemos fazer isso, se for necessário. Não vou ficar aqui para ver minha rainha escolher ficar com outro. *Não vou.* Não vou ficar aqui para lutar contra as nossas naturezas. Ficaremos juntos ou não nos veremos nunca mais.

– Você não está sendo justo, Keenan.

– Nada disso é *justo,* Aislinn. – Deslizou os dedos pelo cabelo dela, e pétalas de flores caíram sobre ela. – A indecisão está nos impedindo de sermos felizes, e isso enfraquece a corte. Eu poderia fazer você feliz.

Depois, afastou as mãos, mas, ao fazer isso, a luz do sol choveu sobre os dois. Trepadeiras se enroscaram na cama e floresceram. Em algum lugar ao longe, ela ouviu um oceano estourar na praia e recuou.

Com esforço, manteve os olhos abertos.

– Eu só queria que você voltasse.

– E estou aqui. – Keenan se ajoelhou ao lado dela em meio a uma profusão de flores do verão. – Já tentamos fazer isso como se fosse um emprego; tentamos ser corregentes, mas não juntos de fato. Não funcionou.

– Talvez...

– Não. A corte precisa estar forte, e ter governantes imobilizados não vai deixar nossos seres mágicos mais fortes... nem protegidos de Bananach. Você pode interromper isso a qualquer momento me dizendo que vamos governar a corte separados por uma distância. – Deixou a luz do sol líquida penetrar na pele dela. – Mas, até você fazer isso, vou brincar para sempre. Não sou mortal, Aislinn. Sou o Rei do Verão e cansei de fingir ser qualquer outra coisa diferente disso.

Ele se inclinou para baixo e disse:

– Podemos ser maravilhosos juntos.

E saiu.

Capítulo 18

Seth achou que estava preparado; achou que entendia Niall. Quando entrou na casa do Rei Sombrio, percebeu como estava errado. O piso estava coberto com as evidências da fúria do Rei Sombrio: móveis e vidros quebrados, papel rasgado, um pedaço de lenha meio queimado que parecia ainda estar queimando quando foi jogado da lareira. Em alguns lugares, os escombros chegavam à altura dos tornozelos.

Um ser mágico coberto de espinhos se encolhia contra a parede com uma expressão esquisita no rosto. Quando o ser encantado se virou, Seth percebeu que o atiçador da lareira tinha sido jogado na coxa do ser encantado e o prendia à parede. Não era evidente a princípio, pois ele estava tão enfiado na parede que apenas o punho se mostrava visível.

– O rei está de luto – disse o ser encantado.

– Eu sei. – Seth apontou para o punho do atiçador. – Posso ajudar?

O ser encantado balançou a cabeça.

– O rei não deve sofrer sozinho. É uma honra sentir dor junto com ele.

– Você fez isso?

– Não. Foi o meu rei. – O ser encantado com espinhos inclinou a cabeça para trás. – Eu não entendia como deveria me sentir com a morte do nosso último rei. Agora entendo melhor.

– Deixe-me ajudar v...

– Não – interrompeu o ser encantado. – É latão, não é ferro.

Por um instante, Seth sentiu uma pontada de medo. *Será que Niall me atingiria?* Olhou para a destruição. *Só tem um jeito de descobrir.*

Enquanto andava pela casa, alguns seres encantados sangravam no chão. Um Ly Erg se pendurava metade no candelabro, metade fora dele. Os olhos do Ly Erg estavam fechados, mas ele parecia respirar.

Vários Hounds apareceram atrás de Seth. Um deles, Elaina, perguntou baixinho:

– Tem certeza de que quer entrar sozinho?

– Não – admitiu Seth –, mas vou entrar.

– O rei está atormentado. Podemos entrar na frente para ele ter alguém para atingir – sugeriu o Hound fêmea.

Seth sacudiu a cabeça.

– Acho melhor eu seguir sozinho a partir daqui.

A expressão no rosto de Elaina deixou claro que achava que ele estava sendo tolo.

Ela pode estar certa.

– Vou ficar bem – garantiu Seth. – Ele é meu irmão.

Ela fez uma careta, mas ergueu as duas mãos em derrota.

Ninguém na casa parecia se mexer. Os seres encantados pelos quais Seth passava estavam feridos, inconscientes ou parados para não chamar atenção. Muitos estavam meio enterrados sob a aparente destruição de tudo na casa.

Seguindo os sons de vidro quebrado, Seth abriu caminho por cômodos que nunca tinha visto, descendo mais corredores do que parecia possível caber nas dimensões da casa. *Como o palácio de Sorcha no Mundo Encantado.* No fim de um corredor havia um quarto, e nesse quarto estava um Rei Sombrio muito machucado e sangrando. Ao redor dele, figuras sombrias – os mesmos corpos amorfos aparentemente sem substância que Seth tinha visto na casa de Ani – arrumavam o que restava do conteúdo do quarto, davam a Niall e o observavam quebrar tudo de novo.

– Niall – disse Seth com suavidade.

Por um instante, Niall parou. Olhou para Seth sem o reconhecer, depois olhou de relance para o decantador de vidro verde que estava na sua mão.

– Niall – repetiu Seth um pouco mais alto. – Estou aqui. Vim para ajudá-lo.

– Ele está morto. Irial. Está. *Morto.* – Niall deixou o decantador cair e se afastou.

Depois de alguns passos, Niall socou a parede.

Seth o agarrou e o puxou para trás.

– Pare.

Niall olhou para Seth.

– Ela o matou.

– Eu sei. – Seth segurou o braço do amigo. – Eu estava lá quando ela o esfaqueou. Lembra?

O Rei Sombrio fez que sim com a cabeça.

– Tentei impedir. Curandeiros... Eu tentei... Fracassei... Pensei que o queria morto. Pensei que... – As palavras de

Niall desapareceram quando olhou para além de Seth e viu a destruição no corredor. – Eu fiz isso?

– Acho que sim.

– Não me lembro... – Niall ergueu a mão para esfregar o rosto, mas parou no meio do caminho. – Não me lembro das coisas, mas agora... *Você* me faz lembrar. Ele morreu. Eu me lembro disso. Irial está morto.

– Há outras coisas que precisa lembrar. Você consegue fazer isso, Irmão. – Seth esperou. Não podia dizer a Niall o que via. Essa era a limitação de ser alguém com a Visão. *Uma delas, pelo menos.* Não podia tentar manipular o futuro que ele queria ao *contar* a Niall o que viria a seguir; Sorcha tinha explicado isso muitas vezes. Do jeito que estava, ele jogava com as regras mais do que provavelmente deveria.

– Andei tentando; desde que você foi embora, eu tentei... – Niall sacudiu a cabeça.

Seth o conduziu para longe da parede agora manchada de sangue.

– Você ficaria bem melhor se dormisse.

Niall se afastou.

– *Não consigo.*

– Consegue. Você *precisa*. – Seth usou um dos pés para empurrar um monte de vidro para o lado. Os pedaços foram quebrados pela bota.

Niall olhou para os pés descalços.

– Estou sangrando.

– É, eu sei – disse Seth.

– Eu não machucaria você.

– O quê?

Niall fez um gesto vago.

– Você está com medo. Eu não machucaria *você*.

– Eu não...

– Sinto o gosto – interrompeu Niall.

Seth ergueu uma sobrancelha.

– Coisa de Rei Sombrio – murmurou Niall. Em seguida, cambaleou e se encostou à parede. – Estou cansado, Seth. – E se afastou imediatamente da parede. – Não. Não estou. Encontre alguma coisa para mim...

– Não.

Niall virou-se, e os guardiões do abismo criaram vida a seu redor.

– Sou o Rei Sombrio. Se eu digo...

– Niall. Sério. Fique calmo, caramba. – Seth o agarrou pelos dois ombros. – Você precisa dormir. Confie em mim.

– Não consigo. Não durmo desde que ele se foi... Ele assombra meus sonhos. – Niall recostou a cabeça no ombro de Seth. – Tenho medo... e não consigo fazer isso sozinho, Irmão.

– Onde está Gabe?

– Com Iri. – Niall olhou de relance para uma porta fechada. – Mandei-o ficar com Irial. Eu precisava sair do quarto, mas não podia... não conseguia... Esta é nossa casa.

– Você confia em mim?

– Confio.

– Quero que se lembre disso, Niall – disse Seth, depois gritou: – Elaina!

A nuvem de Hounds correu em direção a eles. Niall os encarou enquanto eles o cercavam.

– Seu rei precisa descansar – disse Seth à Hound fêmea.

Seth olhou para Niall.

– Dê-me permissão.

– Para o quê?

– Confie em mim – pediu Seth. – O que vou fazer é necessário.

Niall o encarou. E hesitou.

– Você tem permissão para os atos do próximo minuto.

– É suficiente. – Relutante, Seth deu a ordem que sabia que o amigo precisava: – Derrubem-no. Ele precisa dormir.

Capítulo 19

Cedo na manhã seguinte, Donia parou perto do véu para o Mundo Encantado. Seus pedidos para ter uma reunião com o Rei Sombrio foram recusados, então ela decidiu tentar o próximo regente da lista. Estendeu a mão no ar, agarrando o nada de novo. O tecido deveria serpentear ao redor de sua pele, deveria se retorcer como uma coisa viva. Não fez nenhuma das duas.

– Não está aqui.

Ao lado dela, Evan assentiu:

– Era isso que eu estava tentando explicar.

– Não pode *não* estar aqui. – A mão dela analisou o ar vazio. – Eles se movem? Quero dizer, não sou um ser encantado há *tanto* tempo. No passado, eles se moviam?

– Não.

– Isso não funciona, Evan. – Virou-se para encará-lo e, ao fazer isso, tocou distraidamente em Sasha. O lobo estava rosnando enquanto Donia ficava cada vez mais agitada. Ele mantinha os olhos atentos no cemitério como se buscasse a ameaça que perturbava sua senhora.

– Se eu tivesse uma resposta, eu lhe daria. – O tom de Evan era de um agudo incomum.

Donia inspirou para se acalmar e exalou uma névoa de ar frio.

– Sinto muito, sei disso.

O conselheiro assentiu. Seus olhos vermelhos como frutinhas ainda estavam arregalados, e sua postura estava tão tensa quanto ela se sentia. Para um ser encantado do inverno – para um rowan –, era parecido com uma lamúria. Evan começou a andar, e, quando começaram a caminhar pelo cemitério, outros de seus seres encantados se juntaram a eles. As criaturas lupinas galopavam pelas fronteiras do cemitério em uma formação livre. Várias Irmãs Scrimshaw flutuavam junto com as criaturas lupinas. Outros da corte se espalhavam em padrões de patrulha, e ainda mais seres encantados assumiam a posição de guardas.

– O que isso significa? O Mundo Encantado sumiu?

– Nós saberíamos. – Evan encarava o nada, como se quisesse encontrar uma trilha, uma dica de algo que fizesse sentido no desaparecimento do portal para o Mundo Encantado. – Saberíamos. Teríamos que saber.

– Você acha que ela... eles... ai, deuses, Evan, se ele sumiu... as pessoas e os seres encantados de lá. As mortes. – Donia baixou a voz até virar pouco mais do que um sussurro: – Apenas o portal sumiu. Tem que ser isso.

– O amado da Rainha do Verão vai ao Mundo Encantado. Ele saberia de alguma coisa. – Evan fez sinal para os seres encantados que estavam procurando, sem sucesso, algum outro portal que pudesse ter aparecido para substituir o que desaparecera. – É necessário convocar a Corte do Verão ou tentar a Corte Sombria de novo. O menino estará com um deles.

— E a Guerra? Ela poderia ter feito isso? — Conforme seus seres encantados se aproximavam, Donia percebeu um estranho entre eles. Um ser encantado alto e pálido caminhava pelo cemitério em direção a ela. — Evan? Quem é?

Evan ficou na frente dela tão de repente que ela teve que colocar a mão nas costas dele para se equilibrar.

— Fique atrás de mim.

As Irmãs Scrimshaw flutuaram em direção a Donia e a cercaram. Em pouco mais tempo do que o de uma respiração, as criaturas lupinas estavam reunidas ao redor delas. Um Espinheiro especialmente ansioso flutuava no ar, os olhos vermelhos de raiva.

— Uma parede de seres encantados entre nós, Donia? — O ser encantado sacudiu a cabeça. — Certamente, não é assim que se cumprimentam velhos amigos.

— Não nos conhecemos — disse Donia.

— Perdoe-me. — Ele fez uma reverência rápida com a cabeça. — Vi você numa lembrança. Pontas de gelo como facas marcaram essas mãos delicadas. — Ergueu o olhar até o dela. — Você feriu a Rainha do Verão direitinho.

Uma onda de algo parecido com arrependimento tomou Donia ao se lembrar daquele dia.

— Ela se curou.

— Curiosamente, ela se curou melhor do que se poderia esperar. — O ser encantado se empertigou até sua altura total. — Sou Far Docha.

Donia esperava que sua expressão não denunciasse o pânico a que estava tentando resistir. *Sou o Inverno. Sou forte.*

Infelizmente, todas as garantias em que conseguia pensar eram desqualificadas quando ela percebia que o ser encantado diante dela era o Homem Sombrio, detentor da verdadeira morte. Podia não ser um rei, mas os seres encantados da morte obedeciam a ele sem hesitar – em parte, talvez, porque seu toque também podia acabar com suas vidas. Só Far Docha podia matar um ser encantado da morte. Isso gerava um grau de obediência que outros regentes não podiam exigir.

– Você só é um ser encantado há um piscar de olhos. – Ele deu mais um passo em direção a ela.

Evan estendeu uma das mãos, mas não tocou de fato no Homem Sombrio.

– Mantenha distância.

– Evan. – Far Docha sacudiu a cabeça. – Estou vendo que mudou de corte novamente.

Novamente?

– Sirvo à Rainha do Inverno – disse Evan em uma voz perfeitamente equilibrada. – Organizo sua guarda e acabaria com todas as vidas aqui para salvá-la.

Far Docha riu, um som horrível de garras arranhando um piso de metal.

– E, quando todos eles fossem embora, eu ainda conseguiria alcançá-la... se esse fosse o meu desejo.

O Homem Sombrio não a estava ameaçando, não abertamente, mas o lembrete carregava a força de uma ameaça. Seus seres mágicos ficaram mais tensos. Colocou a palma da mão nas costas de Evan e deu um passo para o lado para poder observar Far Docha. Ao fazer isso, Donia atraiu a atenção dele de novo.

– Veio me buscar? – perguntou ela.

– Não. Eu estava *aqui* por causa do portal. – Fez sinal para o cemitério. – Estou em Huntsdale para outros assuntos de negócios.

Evan ficou tenso.

– Quem?

Keenan? Aislinn? Niall? Irial? O líder dos seres encantados da morte não viria por uma morte qualquer. *Quem vai morrer?*

– Por que você está aqui? – perguntou Donia.

– Ah-ah-ah. – Far Docha sacudiu o dedo. – Não vou contar. A surpresa faz parte da diversão.

O Homem Sombrio suspirou, e Evan impediu com o corpo que essa expiração a tocasse. O guarda estava com a cabeça virada para o lado quando fez isso, mas, enquanto ela observava, ele engoliu com alguma dificuldade. As mãos se fecharam em punhos.

– Evan?

– Por favor, minha Rainha, agora não. – A voz estava áspera, mas ele não se mexeu.

– Curioso. Apesar do temperamento dela, você decidiu ser dela. – O olhar de Far Docha se ergueu de Evan para encará-la. – Você queria matá-los? Comportamento petulante, atingir os guardas do Rei do Verão. Você tirou vidas sem motivo.

A calma do Inverno tomou Donia.

– Você não é um juiz. Não sou seu subordinado, nem era naquela época.

– Sou a Morte. Matar *sempre* é meu julgamento. – Far Docha não piscou. A falta de semelhança com a humanidade tornava sua análise mais desconfortável. A maioria dos seres encantados com aparência humana adotava comportamentos humanos diversos. Ele não.

Ela contornou Evan.

– Eu quase fui morta pela última Rainha do Inverno e, se eu ou aqueles que protejo forem ameaçados, vou matar de novo. Não sou mortal, Far Docha. Você pode ser a Morte, mas, a menos que esteja aqui para me matar, não tente me intimidar. – A neve na qual confiara para controlar seu temperamento não era mais suficiente. O gelo aumentou, e ela sentiu uma geada cobrir a própria pele. – A menos que tenha motivos para tocá-los, deixe meus seres mágicos em paz.

Far Docha riu, e visões de coisas apressadas no escuro a tomaram. *Solo molhado e silêncio absoluto.* Se houvesse humor nesses tons, estaria além de sua compreensão.

– O jovem rei escolheu bem – pronunciou ele.

– O quê? – A calma de Donia escapou um pouco mais, e uma tempestade de neve nasceu.

– Duas rainhas. – Far Docha estava intocado pelos ventos fustigantes. Na brancura da neve, era impossível desviar o olhar do preto de seus olhos e do vermelho de seus lábios. O branco absoluto de sua pele se misturava, de modo que ele mal estava ali. – Ele encontrou duas rainhas. Duvido que sua antecessora esperasse isso.

– Só existe *uma* Rainha do Verão. – As palavras de Donia foram claras, apesar dos golpes de vento que saíam de seus lábios.

– E você muito obviamente não é ela – murmurou ele.

Os seres encantados estavam todos ao redor dela, e o peso do inverno se espalhava a partir do ponto onde ela estava. Lápides pontilhavam o piso embranquecido. O gelo cintilava nos galhos. O mundo era dela.

Mas Keenan não é.

Far Docha estendeu a mão, mas, em vez de tocá-la, pegou num véu prateado que ela não vira.

– O portal foi trancado de novo para evitar a entrada de quem está deste lado. O Mundo Encantado não está aberto.

Donia ficou boquiaberta.

– Como...

Ele deixou o tecido nas mãos escapar, e, assim que não estava mais tocando nele, o véu sumiu.

– Ninguém fecha uma porta que eu não possa abrir se assim desejar.

– Quem fez isso? – Ela apontou para o portal que sumira outra vez. – Por quê? Eles estão vivos?

– Estão vivos. – Ignorando as outras perguntas, Far Docha olhou para o cemitério ao redor. Seu olhar ficou parado na neve profunda e nas lanças afiadas de gelo que tinham se formado entre ele e os seres encantados dela. – Estou satisfeito.

– Pode me dizer *alguma* coisa? – perguntou ela com a calma que sentia, agora que a terra estava coberta de neve, como deveria.

– Existem regras. – Far Docha inclinou o rosto para o céu e deixou a neve cair no rosto. – Nenhuma delas me impediria de falar. – Olhou para ela com a neve pinicando a pele. – Mas ainda não me sinto inclinado a falar.

Ela ergueu a mão, e, com esse gesto, barras de gelo o cercaram. Fora do círculo, lanças de gelo foram enviadas na direção dele.

– Talvez...

– Vá ver outros reis, Donia. Não sou eu que vou falar. – Em seguida, virou-se e atravessou as barreiras que ela construíra.

Ela viu o gelo atingi-lo, viu o sangue, vermelho, cair no solo branco como gotas de chuva, mas ele não parou.

Capítulo 20

Apenas um instante antes de se levantar do sofá onde tinha dormido e se lançar através da biblioteca coberta de escombros, Seth ouviu o rugido que anunciava que o Rei Sombrio tinha acordado. Sem a velocidade e a força dos seres encantados, Seth estaria morto.

– Você! – Niall andava a passos largos pelo cômodo.

Quando Seth chegou aos pés dele, ergueu as duas mãos em direção a Niall.

– Não sou seu inimigo, Niall.

– Você *não* tinha esse direito. Sou o Rei Sombrio, e você é... *nada* para esta corte.

– Sou seu irmão, Niall. Você está desmoronando. Precisava dormir. – Seth foi devagar até a lateral, movendo-se de modo que a extensão do cômodo estivesse atrás dele. – A dor, a exaustão e o desequilíbrio...

– Não. – Niall partiu para o ataque. Não acertou o primeiro soco, mas seu punho esfolou o maxilar de Seth. – Você colocou meus Hounds contra mim, me atingiu, deixou a corte sem liderança.

– Você está deixando a corte sem liderança. Olhe ao seu redor. – Seth se esquivou de outro soco. – Estou *tentando* ajudar você.

– Mentira. – Niall estreitou o olhar. – Reaja, Seth.

– Não quero brigar com você. Quero ajudar. – Seth encarou o amigo. – Você precisava dormir. Precisava dos seus sonhos.

– *Não* fale dos meus sonhos. – Niall diminuiu a distância entre eles e agarrou Seth pela garganta. Não apertou. *Muito*. Niall estava bem mais coerente do que quando Seth chegara, mas ainda estava tomado pela raiva.

– Eu lutei ao seu lado; quero Bananach morta. Estamos do mesmo lado, Irmão – começou Seth. Falar com a mão de Niall apertando a garganta doía. – Niall...

Niall apertou com mais força.

– Irial está morto.

– E podemos vingá-lo – prometeu Seth.

– Ela não pode ser morta. Devlin disse...

– As coisas mudaram. – Seth estendeu a mão e agarrou o pulso de Niall. Não tentou forçar o Rei Sombrio a soltá-lo; em vez disso, apertou o pulso dele com afeto. – Escute. Por favor?

– Por quê? – Niall tirou a mão, soltando a garganta de Seth e rejeitando seu consolo.

– Porque eu sei algo que Devlin não sabia. – Seth recuou. – Tenho certeza de uma coisa: Bananach *pode* morrer.

– Sem matar Sorcha e o restante de nós? – Niall sacudiu a cabeça. – Irial confiou a corte a mim. Não vou fracassar com eles nem com ele arriscando suas vidas por confiar na sua convicção.

Seth não mencionou que Niall *já* estava fracassando com eles.

– Não é apenas uma convicção. Posso ver tramas do futuro.

A receptividade que tinha voltado à voz do Rei Sombrio desapareceu.

– Há quanto tempo?

– Desde que me tornei um ser encantado.

As emoções que tremularam no rosto de Niall eram devastadoras de ver, mas Seth não desviou o olhar. O choque desvaneceu sob o sofrimento. Depois a dor encheu os olhos de Niall quando disse:

– Você poderia ter salvado Irial.

– Não, não poderia. – Seth estendeu a mão, mas Niall se esquivou. – Niall...

– Você viu... você *sabia* que ele ia morrer, que Bananach mataria Tish e esfaquearia Irial. – Cintilações de sombras se lançaram pelo cômodo já destruído enquanto as emoções de Niall se tornavam raiva. – Você viu que ela *envenenaria* Irial. Você não disse nada, mas *sabia*.

– Eu sabia – admitiu Seth. – Eu não podia interferir. A morte de Irial levou à criação da Corte Sombria, que equilibra a Alta Corte de modo que o Mundo Encantado pudesse ser lacrado.

– O Mundo Encantado está fechado? – Niall franziu a testa. – Desde quando?

– Há três dias. – Seth sacudiu a cabeça. – Devlin e Ani e Rae... ela é...

– Eu a conheci – interrompeu Niall. – Eles me visitaram em um sonho e... – As palavras desvaneceram, e um olhar pensativo apareceu em seu rosto.

– Niall?

O Rei Sombrio piscou. Recuou e tirou um maço de cigarros e um isqueiro do bolso. Em silêncio, pegou um cigarro, acendeu e tragou.

– Então... Seth... o Mundo Encantado está lacrado? E você previu mortes que não revelou? Colocou os próprios desejos acima dos meus... *desta* corte?

Seth assentiu.

– Bem, você é cheio de surpresas, não é, menino? – Niall sorriu, uma expressão muito peculiar, dadas as circunstâncias.

– Só uma – respondeu Seth.

O Rei Sombrio olhou para ele, não como um ser encantado de luto, nem como amigo, mas como um rei calculista dos seres encantados.

– Diga, visionário, você vê meu futuro? Pode me dizer o que vou fazer a seguir?

– Não, não totalmente.

Figuras do abismo enevoadas tomaram forma em cada um dos lados de Seth, e ele esperava não estar prestes a morrer. Não havia mais ninguém deste lado do véu que conseguisse equilibrar o Rei Sombrio, e, se ele estava assim *com* uma presença da Alta Corte por perto, Seth não queria imaginar o que o Rei Sombrio tinha sido naqueles dias entre o portal ser lacrado e agora.

Não tenho certeza de como devo equilibrá-lo – nem se consigo.

– Você escondeu o que viu porque isso lhe dava uma chance de matar Bananach. – O Rei Sombrio deu uma tragada longa no cigarro.

Seth escolheu as palavras com cuidado:

– Sinto muito por você estar de luto, mas Irial fez uma escolha. Essa escolha deu origem a eventos para proteger o Mundo Encantado. Se Bananach tivesse ido lá, em pouco tempo teria matado Sorcha. Se Sorcha viesse aqui... isso seria perigoso.

O Rei Sombrio o encarou.

– Quer dizer que a morte de Bananach é importante o suficiente para você para que escondesse a verdade de todos nós?

– É – admitiu Seth.

O Rei Sombrio formou barras de sombras ao redor de Seth, prendendo-o em uma jaula que era sólida ao toque, apesar da natureza aparentemente etérea de suas origens. Ele se aproximou.

– Quem mais você sacrificaria? Seus amigos? Sua amante? A si mesmo?

– Você e Ash são os únicos seres encantados que eu não sacrificaria para proteger Sorcha. – Seth estava um pouco irritado porque os três seres encantados que ele amava eram muito difíceis, mas, mesmo assim, suspeitava que suas paixões eram parte de por que ele *sentia* mais por eles do que por qualquer outro ser. – Nos dois mundos, ninguém significa mais para mim do que vocês três.

– Quer dizer que devo acreditar que você escolheria o Rei Sombrio em vez do tédio real dela?

– Não. Não o Rei Sombrio. *Você*, Niall. – Seth sacudiu a cabeça. – Não se trata de cortes nem de regentes. Trata-se das pessoas, dos *seres encantados* que importam para mim. Você importa.

– Tanto que você sentenciou Irial à morte. – O Rei Sombrio envolveu com as mãos as grades feitas de sombras. – Bem, eu me sinto tão... amado.

Seth não se afastou das barras.

– Fiz o que tinha que fazer.

– Em outras épocas, eu poderia ter matado você pelo que escondeu. Sinto dizer que fiquei mais... – o Rei Sombrio exalou uma névoa de fumaça nojenta de cigarro no rosto de Seth – ... *misericordioso* ao longo do último ano.

Seth piscou, mas, depois de passar a infância em bares e pubs suspeitos, um pouco de pose não era especialmente intimidante. *Talvez um pouco.* Tinha enfrentado os dois seres encantados mais antigos – e o filho deles. Quase foi extirpado pela última Rainha do Inverno. Treinou com a Caçada. *E Niall é meu amigo.* Seth deu um passo à frente para ficar o mais próximo possível das barras.

– Não tenho medo de você.

– Então você é um tolo – disse o Rei Sombrio. – Caso não tenha percebido quando entrou na minha casa, tenho andado um pouco fora do eixo... por causa das coisas que você deixou acontecer. Diga por que não devo matá-lo agora mesmo.

Aos pés de Seth, as sombras se solidificaram até nascer um piso; acima dele, um teto de sombras se formou.

– Porque você precisa de mim – falou Seth com suavidade.

– Talvez. – O Rei Sombrio estendeu a mão para dentro da jaula e bateu com o rosto de Seth nas barras. – A corte que tem a posse de um visionário teria uma vantagem, mas não pense que isso significa que eu preciso de você sem ferimentos. - Ele sacudiu a cabeça e, por vários instantes, ficou apenas encarando a jaula.

— Niall? — chamou Seth.

Niall piscou e, com um borrão, agarrou a camisa de Seth e o jogou de novo contra as barras.

— Você me traiu, e Irial está morto por causa disso... Você o tirou de mim, Seth. Você o *levou*. — A voz de Niall falhou. Soltou Seth tão rápido quanto o agarrara e se virou.

Depois de alguns instantes a jaula formada por sombras se ergueu e flutuou atrás de Niall. No saguão, seres mágicos com espinhos e Hounds observavam em silêncio seu rei andar em direção a eles com Seth preso em uma jaula de sombras.

— Tenho certeza de que Irial tinha celas de algum tipo escondidas pela casa. Coloquem-no em uma delas até eu preparar acomodações mais adequadas para ele. — Niall olhou de relance para Seth ao adicionar: — *E* a Hound que o ajudou. Peguem-na.

— Não faça algo do qual vai se arrepender — pediu Seth. — Você está com raiva e...

— Cale a boca, Seth — interrompeu Niall. Elevou a voz: — Esse ser encantado aceitou fazer parte da nossa irmandade e, como tal, ele é meu para sentenciar suas transgressões.

Enquanto Niall falava, os seres encantados entraram no cômodo. Muitos deles estavam ensanguentados pela ira de seu rei. Um pulava para a frente, arrastando uma perna muito desfigurada.

A cela de sombras se erguia no ar, de modo que todos podiam ver Seth dentro da jaula. Niall falou:

– Seth Morgan, pelo crime de permitir a morte de um rei, eu o sentencio à prisão na Corte Sombria até o momento em que eu estiver satisfeito.

Com suavidade, Seth lembrou a ele:

– Irial não era rei quando morreu.

Os olhos de Niall se encheram de chamas negras.

– Silêncio!

Mas Seth continuou:

– Irial se sacrificou. Ele fez essa escolha.

– Não. *Você* fez a escolha de esconder o que sabia e, ao fazer isso, feriu o que é meu. Pelos seus crimes, você ficará aqui à minha disposição. – A expressão de Niall flutuava entre a dor e a fúria. – Suas ações enfraqueceram a Corte Sombria, e você vai consertar as coisas.

– Eu ficaria sem ser preso – ofereceu Seth. – Não vou lhe dizer coisas que você não deve saber, mas vou falar do que você precisa para vingá-lo. Queremos *a mesma coisa*. Ela pode morrer, Irm...

A jaula desapareceu, e Seth despencou no chão.

Niall agarrou Seth e o colocou de pé.

– Não me provoque agora, Seth.

Em seguida, jogou Seth na parede e se afastou, dizendo:

– Uma cela. De preferência, das menos agradáveis.

Capítulo 21

Era o meio da manhã quando Aislinn estava sentada na ampla sala da frente do loft com uma xícara de chá. As Garotas do Verão e os guardas estavam acostumados a vê-la separar alguns momentos para si mesma no início do dia.

O Rei do Verão, no entanto, tinha estado longe por quase seis meses, não conhecendo então sua rotina matinal. Ela abriu a boca para lhe dizer que não estava pronta para lidar com nada ainda, e ele se inclinou e capturou seus lábios num beijo caloroso.

Pegou as mãos dela e a puxou para se levantar. As luzes do sol dos dois se encontraram e se misturaram em uma corrente eletrizada quando ele separou os lábios e a convidou a entrar.

Em vez de fazer isso, ela recuou e perguntou:

– O que está fazendo?

– Ganhando, espero. – Keenan virou-se de costas para ela, andou até o vão da porta e agarrou Eliza.

Quando puxou a Garota do Verão para a sala, outras da corte a seguiram. Em um piscar de olhos, a sala estava repleta de seres encantados sorridentes.

Keenan valsou com a Garota do Verão que dava risadinhas pela sala e a enviou, girando, para os braços de outra Garota do Verão. Enquanto as duas dançavam, ele pegou a mão de outra Garota do Verão, puxou-a para um abraço e a inclinou. As trepadeiras que cobriam seu corpo estavam vibrantes. Suas folhas se estendiam em direção ao Rei do Verão enquanto ele ficava parado e beijava o rosto da garota.

Enquanto Aislinn observava, ele continuou por todo o loft, dançando e sorrindo para as Garotas do Verão. A sala estava iluminada pela luz do sol que irradiava da pele dele. *E da minha*. Era assim que a Corte do Verão deveria ser. *E esse é o objetivo dessa dança*. Para a corte dele, parecia uma frivolidade alegre e, em certo grau, era. Outra parte, mais séria, de todo esse caos de risadinhas era que essa era a tarefa dele: o verão deveria ser agradável.

Keenan a pegou olhando para ele, e a intensidade de seu olhar quase a assustou. Se ela fosse outra pessoa, pensaria que ter esse tipo de paixão direcionada a ela era emocionante. *É, mas eu quero que isso venha de Seth*. Se Seth realmente tivesse ido embora, ela teria encontrado a felicidade com Keenan, mas nunca seria igual ao que ela sentia por Seth.

Mas a Rainha do Verão podia fazer como o Rei do Verão havia feito por tantos séculos: colocar de lado o restante de suas preocupações e ser rainha deles. Tinha feito isso nos últimos meses sozinha. Continuaria a fazer. Aislinn sorriu e pegou as mãos da Garota do Verão que tinha acabado de passar girando.

– Dance comigo, Siobhan.

Siobhan sorriu de um jeito que mostrava aprovação e gritou:

— Por que não há música?

E, de algum lugar do loft, a música começou a tocar. No início, Aislinn achou que era o aparelho de som, mas depois percebeu que alguns guardas estavam cantando. Quando entraram na sala, vários começaram a batucar na parede e em uma mesa que eles colocaram de pé. No alto, as calopsitas se juntaram, e Aislinn riu de pura alegria.

É assim que deve ser. Minha corte deve ser feliz.

Quando Siobhan a girou até a mão estendida de Keenan, Aislinn sorriu para ele.

Ele a puxou com ele para cima da mesa de centro.

— Elas ficaram bem sob a sua atenção. Apesar das suas preocupações, você as manteve fortes.

— Sou a rainha delas — disse Aislinn.

Ele a soltou e desceu da mesa para o chão. Por um instante, parou e ergueu o olhar até ela. Ao redor dos dois, a corte dançava. Alguns dos móveis estavam quebrando com a exuberância dos seres encantados, mas a música e os risos enchiam a sala. A luz do sol irradiava do rei e da rainha.

Em seguida, ele estendeu a mão e a colocou no chão. Quando os pés dela tocaram o carpete, ele a soltou — e ela sentiu falta do toque. Sem pensar, deu um passo em direção a ele.

— Estarmos separados não é natural, Aislinn. Diga que não sente isso. — Sorriu para ela, e ela pensou na primeira vez que ele a beijara. Na época, ela era mortal e não entendia como alguém poderia rejeitá-lo. Na época, pensava que era apenas sedução dos seres encantados e não achou que continuaria tão difícil quando ela se tornasse um ser encantado. Agora entendia. *Eu o queria porque eu* sou *a Rainha do Verão, não porque ele é um ser encantado*. Enquanto os dois compartilhassem a corte, esse sentimento não acabaria quando estivessem próximos um do outro. Quando ele saía, ela ficava bem. Sentia falta dele como amigo, mas não era isso que ele merecia.

– Eu não o amo do jeito que você precisa ser amado – disse ela.

– Eu sei. – O sorriso dele ficou triste por um breve instante. – O Verão não é famoso pelo amor que queima a alma, Aislinn. A *paixão* é o domínio do Verão.

– Mas nós dois sentimos esse tipo de amor – lembrou ela.

– Como você não foi sempre o Verão, você é diferente. – Deu um sorriso triste.

– E você? Por que você é diferente? – perguntou ela.

Ele não disse nada, mas a puxou de volta para seus braços.

Aislinn deslizou com a música. As Garotas do Verão dançavam mais devagar, envolvidas em abraços, e, em alguns casos, dançavam e se beijavam. Ela entendia. O Rei e a Rainha do Verão sentiam uma ânsia pelo que seus seres encantados tinham: toque e paixão.

Ele seguiu o olhar dela.

– Também podemos ter isso. Finja que esta é a noite em que você me pediu para seduzi-la, comece daquele momento de novo. Posso fazê-la feliz.

Com essa declaração simples, a luz do sol de Aislinn brilhou mais forte. Não tinha dúvida de que ele poderia fazê-la feliz – talvez não por toda a eternidade, mas não tinha dúvida de que poderia conhecer a paixão nos braços dele.

– Em momentos que eu não deveria admitir para você, nem aqui nem nunca, talvez, eu me pergunto como seria.

– Diga a palavra, minha rainha, e podemos responder a essa pergunta agora mesmo. Somos o Verão. Nossa corte é a corte dos prazeres que fazem você esquecer seu nome. Prometo que será bom... e bom para nossa corte.

A luz do sol de Keenan tinha trazido a luz dela para a superfície, e, entre eles, as plantas do loft estavam crescendo visivelmente. As Garotas do Verão riam, e a sala foi tomada por música. Mas Keenan não afastou o olhar. Encarava diretamente seus olhos.

– Vamos responder às suas perguntas, Aislinn. Seja minha Rainha do Verão. Aceite o prazer que é seu *direito*.

Apesar de estar sem fôlego com as coisas que desejava – *coisas que Seth me recusa* –, Aislinn teve o bom senso de dizer:

– Talvez algumas perguntas não devam ser respondidas.

Keenan se inclinou perto o suficiente para suas palavras serem sussurros nos lábios dela e perguntou:

– Tem certeza de que essa é uma delas?

Um rowan pigarreou.

– Minha Rainha? – chamou e depois logo acrescentou: – E o Rei?

Aislinn se afastou de Keenan.

– Sim?

– A Rainha do Inverno está aqui.

Capítulo 22

Keenan ficou de pé no estúdio e observou Donia entrar no cômodo com um misto de alegria e medo. Nada disso estava claro em sua expressão, mas a combinação das duas coisas o deixou sem fala por um instante.

– Donia. – Aislinn cumprimentou a Rainha do Inverno do sofá onde estava sentada.

A Rainha do Inverno franziu os lábios ao olhar para os dois.

– Se tivesse outro regente para visitar, eu iria.

– Aconteceu alguma coisa com Niall? – perguntou Keenan.

– Sim. Talvez... Não tenho certeza. – Donia cruzou os braços. – Gabriel me visitou. Ele não podia me dizer nada abertamente, e meus pedidos para ter uma reunião com Niall foram recusados. Os guardas me mandaram voltar ainda na porta. – Um olhar confuso apareceu em seu rosto. Então fui até o portal para o Mundo Encantado, mas *também* estava inacessível. O portal para o Mundo Encantado está *fechado*. Agora estou aqui.

Com uma autoconfiança que cabia à sua posição, Aislinn fez um gesto para o sofá em frente a ela.

– Por favor, sente-se.

– O portal está fechado? – ecoou Keenan.

– Eu nem consegui *encontrá-lo*. – Donia olhou diretamente para ele ao acrescentar: – E Niall está trancado em casa.

Apesar da preocupação bem nítida em seu rosto, Donia se comportava como rainha ao caminhar até o sofá. A Rainha do Inverno se sentou em frente à Rainha do Verão. Se era intencional ou não, as duas rainhas fizeram de um jeito que ele teria que se sentar perto do ser encantado com quem compartilhava a corte ou do ser encantado que possuía seu coração. *O que eu quero e o que eu posso ter na vida nunca são a mesma coisa.* Keenan assumiu a posição ao lado de sua rainha. *O dever em primeiro lugar.*

– Tavish ouviu relatórios de que Irial foi ferido na briga com Bananach – disse Aislinn.

A onda de choque que ele sentiu não foi disfarçada com rapidez suficiente. O olhar de Donia se estreitou quando percebeu que ele não sabia disso até aquele instante.

Minha rainha se acostumou a governar sem mim. Donia deu um sorriso irônico, mas nenhum deles comentou. *É isso que eu recebo por sumir.*

– Tenho motivos para acreditar que o ferimento de Irial é fatal – acrescentou Donia. – Talvez Niall esteja sofrendo.

– Talvez... Seth foi direto da briga com Bananach para o Mundo Encantado. Ele voltou aqui ontem para me ver. – Aislinn ficou ligeiramente tensa, mas não olhou para Keenan quando acrescentou: – Ele teve que partir de repente, mas não falou nada sobre o ferimento de Irial quando esteve aqui... nem sobre o Mundo Encantado estar fechado.

– E onde está Seth *agora*? – indagou Donia. – Voltou para o Mundo Encantado?

– Ele não disse aonde ia, só que era algo que ele precisava fazer imediatamente – disse Aislinn.

Keenan olhou para Aislinn ao dizer:

– Quando o deixei, ele disse que ia ver Niall.

Sua rainha olhou para ele, mas não disse nada.

– E nenhum de vocês pensou em contar aos outros esses detalhes? – perguntou Donia, incrédula. – O que vocês estavam *fazendo*?

– O dia tinha acabado de começar, e estávamos dançando – respondeu Aislinn.

– Dançando? – Donia olhou para a Rainha do Verão com o mesmo desdém que Keenan vira em seu rosto quando ela olhou para as Garotas do Verão. – Claro. Bananach está atacando os seres encantados, roubando das nossas cortes. Irial está ferido. O Mundo Encantado está fechado. Sim, *dançar* vai ajudar muito.

Antes que Keenan pudesse falar, Aislinn disse:

– Sua corte não é a nossa. A calma da neve pode ser boa para *vocês*, mas o verão é alegre. Eles precisam se alegrar para ficar fortes. Talvez você devesse tentar.

– Nem todos nós temos motivos para nos alegrar – disparou Donia.

A pele de Aislinn chiou.

– Então talvez você devesse *encontrar* um.

– Talvez. – Donia deu um sorriso triste, depois respirou fundo. – Quando fui até o véu para entrar no Mundo Encantado, ele tinha sumido. Enquanto procurávamos, Far Docha me abordou.

— Eu também o conheci... depois que me encontrei com você. — Aislinn foi até o balcão e pegou o telefone celular.

Keenan olhou de uma rainha para outra.

— Vocês *duas* encontraram o líder dos seres encantados da morte?

— *Tinha* que ter estado lá ontem. No Mundo Encantado, quero dizer — explicou Aislinn, distraída, e levou o telefone à orelha.

Enquanto esperava Seth atender, Keenan disse a Donia:

— Seth ficou ao meu lado ontem, quando Bananach me atacou.

— Depois que saiu daqui. — Aislinn agarrou o telefone, mas falou com eles: — Ele veio do Mundo Encantado para o loft, depois saiu daqui para... ajudar Keenan.

Keenan não tinha certeza se deveria responder à pergunta nos olhos de Donia. Tinha passado décadas escondendo segredos dela por causa da busca pela rainha perdida.

Não quero mais segredos entre nós... mas ela não faz parte da minha corte.

Ficaram sentados em silêncio, olhando um para o outro enquanto Aislinn mandava uma mensagem de texto para Seth.

— Vou ver se Tavish tem alguma informação nova. — Aislinn olhou de novo para o telefone, depois olhou de Keenan para Donia... e saiu.

Depois que a Rainha do Verão saiu, Donia se levantou e foi até a janela. Seus braços estavam cruzados com força, e seu olhar não estava fixado nele.

— Don?

Olhou para ele e depois olhou rapidamente de volta para a janela.

– Por favor, Keenan, agora não.

– Posso fazer alguma coisa? – Ele não saiu de onde estava no sofá. – Prefere que eu saia da sala? Talvez você e Aislinn possam conversar, e eu poderia... esperar em algum lugar?

Ela se virou para encará-lo e sorriu com cansaço.

– Estou preocupada com Niall. Estou preocupada com *todos* nós. Não perdi muitos dos meus para Bananach, mas quase uma dúzia dos meus seres encantados está desaparecida. Imagino que estejam com ela... ou mortos... ou fugindo.

– Os nossos também – disse Keenan. – Tavish mencionou que um grupo dos nossos sumiu. Não tenho ideia do que aconteceu na Corte Sombria.

A Rainha do Inverno relaxou um pouco; suas mãos não apertavam mais os braços com tanta força.

– Ele ama Niall, você sabe. Irial.

– Ele *machucou* Niall. Já vi Niall se despedaçar várias vezes seguidas quando Irial estava na cidade. Isso o destruiu. As cicatrizes nas costas e no peito dele... – Keenan se lembrou da primeira vez que vira as teias de cicatrizes que cobriam boa parte do torso de Niall. Era jovem, tolo demais para saber que não devia perguntar, mas se arrependeu no instante em que pronunciou a pergunta. Nove séculos depois, ainda não se esquecera do olhar de dor no rosto de Niall.

– Irial está morando lá. Se ele morrer, Niall não vai lidar bem com isso. Você o *conhece*. – Donia estremeceu. – Ele não perdoa com facilidade.

– Sei bem disso, Don – murmurou Keenan.

Donia relaxou o suficiente para se sentar no braço da cadeira mais distante dele. Não era incomum ela ficar tão longe. Tinham mais tempo de distância hesitante do que de confiança, mas a lembrança de tê-la nos braços fez a distância renovada doer mais do que quando ela não passara no teste.

Quero dizer a você que posso mudar. Quero dizer que podemos fugir e abandonar tudo. Ele a observou em silêncio por vários instantes. Todas as promessas que ele pudesse fazer eram proibidas para os dois. Nenhum presente, nenhuma palavra, nada poderia desfazer todos os erros dele. *Quero ser o ser encantado que você viu quando me conheceu. Quero que me veja daquele jeito de novo.* Mesmo que não pudessem ficar juntos como ele sonhava, queria que ela olhasse para ele como tinha feito tantas vezes, que visse o homem, e não o Rei do Verão.

– Posso falar com ele, com Niall – soltou Keenan. – Se achar que vai ajudar, posso tentar.

Ela se assustou.

– Na última vez que o viu, ele deixou você inconsciente.

– Essa não foi a última vez. – Keenan corou. – Ele foi treinado pela Corte Sombria. Não foi como se um ser qualquer tivesse me socado.

– Eu não estava julgando, apenas lembrando.

– Talvez se divertindo um pouco por eu ter sido derrubado? – perguntou ele.

– Não – suspirou ela. – Mesmo quando você me irrita ou parte meu coração, não me divirto com a sua dor. Você teria prazer na minha dor?

– Nunca – jurou ele.

Aislinn voltou para o cômodo. Ficou no vão da porta oposta, colocando-se na ponta da sala mais distante de Donia.

– Tavish não sabe de nada sobre o Mundo Encantado. Pediu ao nosso povo para ver isso. – Ela deu um sorrisinho.

– E, segundo ele, "gostaria muito que os regentes tivessem o bom senso de ficar aqui até o momento em que tivermos mais dados".

– Não precisa ficar tão longe, Ash. Não vou feri-la só porque ele voltou.

A Rainha do Verão deu um sorriso forçado.

– Nem eu a você, Donia.

As duas rainhas sorriram uma para a outra, e Keenan não conseguiu evitar pensar – *de novo* – que ambas seriam mais felizes se ele fosse embora. Desajeitado, olhou de uma para a outra.

– Preciso falar com o rowan. Garantir que todos estejam em segurança e sejam responsáveis. – Ele se levantou e olhou para Donia. – Se for embora antes de eu voltar, peço que você chame sua guarda ou leve alguns dos nossos para conduzi-la até em casa.

A Rainha do Inverno sorriu, não de um jeito cruel, mas com uma reserva de uma familiaridade desagradável.

– Não deve se preocupar comigo, Keenan.

– Eu sempre vou me preocupar com você, Donia. – Keenan fez uma reverência para ela antes de ver a reação da rainha a suas palavras e saiu.

Na porta, Aislinn apertou a mão dele depressa, mas não disse nada.

Capítulo 23

Seth esticou as pernas o máximo que conseguiu dentro do confinamento da cela em que estava preso. Não era tão horrível quanto ele esperava, mas o tamanho era mais adequado para um pequeno animal do que para um ser encantado de um metro e oitenta de altura. O espaço era árido: não tinha cama nem coberta. A cela nada mais era do que um piso arranhado e furado e um portão sujo aberto no canto dos fundos. Manchas pretas no piso lembravam a Seth que ele tinha sorte de só ter sido machucado de leve. *Pelo menos até agora.* A cela do outro lado não tinha um piso visível. Tudo o que Seth conseguia ver eram estacas de metal quebradas se projetando de algum lugar abaixo da cela vazia. Ficou extremamente feliz por não ter recebido a pior cela da masmorra – nem Elaina.

– Você está bem, filhote? – gritou ela de algum lugar à direita. Ele não a via, mas não tinha ouvido gritos quando ela fora levada às celas.

– Ótimo. E você?

Ela bufou.

– Já estive melhor.

Ele se levantou, encolhendo-se um pouco ao fazer isso. Não conseguia ficar remotamente confortável sentado nem em pé.

– Já esteve pior?

O risinho baixo de Elaina chegou de longe.

– Algumas vezes, sim.

– Já vale. – Foi até a frente da pequena cela.

A Hound estava quieta.

– É verdade que você é o herdeiro da Rainha da Alta Corte agora?

– É. – Seth fechou os olhos, imaginando a fúria que teria sido liberada no mundo mortal se Devlin não tivesse fechado os portais para o Mundo Encantado. *Regentes do Mundo Encantado de luto não deveriam ficar soltos.* Suspirou. Não era sua mãe que estava atacando, alucinada, desta vez. Era o Rei Sombrio de luto, enfurecido, privado do sono, volátil e não mais equilibrado.

Seth analisou os benefícios de contar a Niall que o fechamento do Mundo Encantado o tinha desequilibrado. Vira a loucura espreitando nos olhos de Niall; tinha visto seres mágicos sombrios se encolherem quando se aproximavam de seu rei com os corpos espancados. Agora que a Corte Sombria equilibrava a Alta Corte, Niall estava livre. *A menos que eu consiga descobrir um jeito de ajudá-lo.* Diferentemente do recente jorro de instabilidade de Sorcha, Seth não conseguia ver uma solução para o de Niall.

– Ainda está aí? – gritou Elaina.

– Estou. – Seth se agachou em frente à porta, examinando as barras que o mantinham preso. Eram feitas de algo que nenhum outro ser encantado poderia enfraquecer. Se fosse luz do sol, Donia poderia neutralizar; se fosse gelo, Aislinn ou Keenan poderia remover. Se Seth estivesse no Mundo Encantado, Sorcha poderia desfazer com um pensamento. Ele estava no mundo mortal, no entanto preso por faixas de escuridão que eram o material de um regente sem uma corte opositora neste mundo.

E o Mundo Encantado está lacrado.

O mesmo fato que consolou Seth também arrancou a esperança de um resgate.

Cabe a mim resolver isso.

Só havia um ser encantado da Alta Corte no mundo mortal, e a Rainha da Alta Corte só tinha uma herdeira. Era evidente que isso não lhe dava muitos insights sobre como alguém se tornaria o equilíbrio para um rei louco de tristeza e livre de amarras.

Talvez haja um solitário forte que possa equilibrá-lo.

Depois que superassem o luto por Irial, Niall e os outros regentes poderiam conversar sobre o assunto. Seth poderia não saber quem era capaz de equilibrar o Rei Sombrio, mas, supondo que Niall o soltaria, Seth tentaria encontrar a resposta – mesmo que isso significasse pedir ajuda a Keenan.

Por enquanto, Seth tentou peneirar as tramas sempre mutáveis dos futuros possíveis, esperando achar uma pista que o ajudasse a alcançar Niall. Nem todas essas tramas revelavam coisas que Seth queria ver; algumas faziam seu peito se apertar de medo, e nenhuma delas jogava mais luz sobre o futuro imediato.

Não tinha certeza de quantas horas tinham se passado enquanto ele vislumbrava novas possibilidades, mas em algum momento um ser encantado com espinhos se aproximou da cela.

– Venha. – O ser encantado abriu a porta da cela e agarrou o braço de Seth. Os espinhos que cobriam sua pele o espetaram.

– Não precisa me segurar. Não vou fugir – disse Seth. – Você tem minha palavra. Posso caminhar ao seu lado ou na sua frente ou atrás de você até onde seu rei quer que você me leve.

O ser encantado estendeu a outra mão coberta de espinhos e agarrou o ombro dele.

– Sigo *exatamente* as ordens do meu rei.

– Certo – falou Seth.

Enquanto era conduzido para fora da cela e pelo corredor, Seth tentou ignorar a picada dos espinhos. Colocar piercings era ótimo – e às vezes prazeroso –, mas a sensação de dezenas de cortes minúsculos estava bem longe de ser atraente. Mais tarde, se houvesse um *mais tarde,* ele e Niall teriam que trabalhar para que a amizade dos dois tivesse uma chance de se recuperar dos ferimentos que ambos tinham infligido.

Antes de Seth se tornar um ser encantado, não entendia por completo o peso das decisões de um ser mágico. Agora, estava enfrentando a possibilidade de passar a eternidade vendo as tramas de quem estava ao redor. Interferir no futuro poderia mudar o futuro. *Até que ponto isso é meu direito? Até que ponto é errado agir? Não agir?* Não sabia se teria sido capaz de tomar as mesmas decisões se o ser encantado envenenado por Bananach naquele dia fosse outro. Se tivesse sido Niall, Seth poderia tê-lo deixado morrer para salvar o Mundo

Encantado? *E se tivesse sido Aislinn?* Eram escolhas que ele estava feliz por não ter sido obrigado a fazer.

– Para cima. – O ser encantado com espinhos soltou o braço de Seth, mas imediatamente apertou a palma da mão nas costas dele e o empurrou para a frente.

Ela aproveitava cada oportunidade para provocar uma dor aguda em Seth enquanto o conduzia da casa de Niall, pelas ruas, para dentro do armazém onde o Rei Sombrio atualmente mantinha sua corte.

Os mesmos seres encantados da Corte Sombria que o treinaram agora observavam Seth ser enfiado no que parecia uma enorme gaiola de metal. Era alta o suficiente para ele ficar de pé e larga o bastante para dar alguns passos. Muitos seres encantados da corte poderiam enfiar as mãos pelas barras e machucá-lo se quisessem, mas ela lhe dava espaço suficiente para tentar escapar dos ataques. *Preciso levar na esportiva.* No momento, Seth via com clareza o lado da Corte Sombria que Niall uma vez dissera que queria manter escondida de Seth. *E aqui estou eu.*

Niall estava sentado no trono, observando em silêncio enquanto a gaiola – com Seth dentro – era erguida até o teto. Permaneceu parado e em silêncio até os cidadãos da Corte Sombria começarem a se agitar, nervosos. O tempo todo ele encarava Seth.

Seth estava sentado no meio da gaiola e encarava o Rei Sombrio.

Como se fosse um pássaro, ele tinha recebido uma tigela de água, outra de cereais secos e uma pilha de jornais no canto. A única concessão à civilidade era o balde ao lado dos jornais. Seth não conseguiu decidir se a gaiola mais limpa, mas muito pública era melhor ou pior do que a cela pequena demais. Tudo o que sabia era que ambos eram preferíveis à cela com grades de metal no lugar do piso.

Quando o rei finalmente afastou o olhar de Seth, pareceu surpreso pela presença dos seres encantados. Franziu a testa e disse:

– Saiam. Todos vocês.

Niall observou enquanto todos fugiam com muita avidez. Sua raiva e sua tristeza o tornavam capaz de uma crueldade que eles não esperavam. O que esperava fazer agora estava um passo além do luto. Estava disposto a barganhar por coisas que não deveria, mas sentia que sua mente mal estava em ordem. Mesmo antes de Irial morrer, Niall tinha parado de se sentir próximo à sanidade. Ouvira falar de humanos que "surtavam", e essa era a explicação mais próxima que conseguia. Em um instante súbito, sentiu como se as partes de si mesmo que já não estavam sofrendo, preocupando-se ou com raiva, tivessem sido varridas. Algo dentro dele havia se partido.

Se eu estivesse lúcido, poderia ter encontrado um jeito de salvar Irial?

O Rei Sombrio sacudiu a cabeça. Não estava lúcido. Grandes períodos de tempo tinham desaparecido, e ele não tinha ideia do que havia acontecido neles. Ontem, caiu em si com Seth enjaulado e não tinha certeza de por quanto tempo tinham conversado ou o que havia sido falado.

– O que você vai fazer? – perguntou Seth.

– Você vê o futuro. *Sabe* o que estou prestes a fazer. – Niall olhou de relance para a porta do armazém. – Vai funcionar?

— Niall...

— *Diga*. Ele vai chegar a qualquer momento. Como faço com que ele me dê o que desejo? — Os guardiões do abismo de Niall apareceram no estado semissólido e deram tapinhas nos braços dele de modo consolador.

Calado, Seth balançou a cabeça.

E então o Homem Sombrio entrou no armazém.

A Morte tinha entrado no centro da Corte Sombria, e Niall fez uma reverência tão profunda para ele, como se suplicasse perante uma deidade.

— Peço uma vantagem.

— Não.

— Você não ouviu o que eu quero. — A voz de Niall era pouco mais que um rangido de dentes, mas não era ofensiva.

Ainda.

Far Docha suspirou.

— Você quer o que todos querem quando a tristeza se torna loucura.

Sem desanimar, Niall ofereceu:

— Eu trocaria a minha vida pela de Irial. Outra vida. Qualquer um.

— Ouça o que está dizendo — sibilou Seth. — *Não é* assim que se faz uma barganha com seres encantados, Irmão.

Nenhum dos seres encantados presentes olhou para Seth.

Far Docha provocou:

— *Qualquer um?*

— Qualquer um. — Niall se inclinou para a frente no trono. — Há alguns que eu lhe daria de bom grado, mas há outros que me fariam sofrer... Diga quais seres encantados você aceitaria. Podemos fazer uma troca.

Far Docha acenou com a mão, e uma mesa e cadeiras de ossos esculpidos apareceram. Uma das cadeiras deslizou quando o Homem Sombrio se aproximou dela. As pernas de ossos arranharam o piso de cimento.

— O que acha da garota? Leslie?

— Leslie não é do seu domínio. Ela é *mortal* — protestou Niall. — Você não pode... *não*.

— Irial emprestou a força dele a ela, permitiu que ela removesse pedaços da imortalidade dele, uniu-a à Corte Sombria com lágrimas e sangue. A essência dele está na carne dela. — Far Docha sentou-se na cadeira à cabeceira da mesa feita de ossos. Pousou os cotovelos sobre a mesa e juntou as mãos na frente. — Essas coisas são assim, e você diz que ela não é minha? Se eu a pedir, você faria uma barganha?

Niall foi até o lado da outra cadeira. Ela deslizou para ele, mas ele não a tocou.

— Se eu dissesse que trocaria a vida dela, ainda mais breve que a de um ser mágico, pela dele, o que você diria? — Far Docha observava Niall com olhos cavernosos. — Você sacrificaria um amor pelo outro?

— Não, mas você pode tirar a *minha* vida — propôs Niall. — Eu ofereceria a mim mesmo na mesa.

Far Docha se levantou, mas as mãos continuaram na cadeira.

— Tem certeza? Ela *tem* um pouco da imortalidade dele.

— Leslie não... — As palavras de Niall enfraqueceram conforme a mesa desaparecia.

— Então terminamos aqui — disse Far Docha. — Ela teria aceitado se você pedisse, e a única troca que eu aceito é por alguém disposto a isso e alguém por quem você sofreria.

– Existem inúmeros seres encantados na minha corte que...

– Não por vontade própria. – O olhar de Far Docha correu até Seth, percebendo-o pela primeira vez. – Você o ofereceria? O filho de Sorcha.

Niall zombou:

– Ele não se ofereceria por vontade própria.

– E se ele se oferecesse? Você sofreria por ele?

– Você está tentando me distrair. – A mente de Niall ficou enevoada. – Diga-me como conseguir Irial de volta. A corte precisa dele.

– Não – disse Far Docha.

No instante seguinte, Niall estava de pé olhando para a própria mão – e para a faca que estava ali. Entre as palavras que ouvira e o momento em que estava agora, tinha enfiado a faca até o punho no estômago de Far Docha. Não percebera nem que tinha se movido. A lembrança da ação não existia, mas a faca e a mão eram dele.

– Queria que você não fizesse isso. Nunca ajudou. – Far Docha estendeu a mão e cobriu a de Niall. Apertou de forma a prender a mão de Niall no punho e afastou a sua e a faca do próprio corpo.

– O que... – Niall olhou para a faca em sua mão; largou-a, e ela caiu no chão fazendo barulho.

– Você arruinou uma camisa perfeita. – Far Docha fez sinal com os dedos para ele se aproximar. – Dê-me.

– Dar o quê? – Niall piscou e percebeu que agora estava apertando a garganta de Far Docha. Olhou para a própria mão e de novo para Far Docha. Com cuidado, soltou a garganta. – O que... o que aconteceu?

– Dê-me sua camisa. – Far Docha arrancou a camisa rasgada. – Você destruiu esta aqui.

Niall sacudiu a cabeça.

– Você é louco.

Far Docha bufou:

– Você esfaqueou a *Morte*, criança, então não vou falar nada por enquanto. – Jogou a camisa para Niall, que a pegou num reflexo. – Está frio.

Niall tirou o casaco. Depois, arrancou a camisa pela cabeça e a jogou aos pés de Far Docha.

– Ótimo.

Far Docha olhou para a camisa no chão e depois de volta para Niall.

– Está tentando me irritar?

– Sou o Rei Sombrio. – A voz de Niall estava firme. Apesar da estranheza dos lapsos de tempo, não ia demonstrar seu medo.

Especialmente por causa dele.

– E?

– E estou pedindo para você me ajudar?

– A rainha morta. – Far Docha franziu a testa. – A última morta. Beira. Ela também me pediu.

Seth começou:

– Niall...

– Não! – interrompeu Far Docha. *Você* vai ficar calado, a menos que queira me irritar. Conheci sua amada. Duvido que você gostaria que eu visitasse a casa *dela* ou a da sua mãe. – Depois disse a Niall: – A Rainha do Inverno morta pediu para voltar a viver. Queria que eu devolvesse o Rei do Verão que ela matou. Vou lhe dizer o que disse a ela: não posso.

– Tem que haver um jeito – implorou Niall. – Sinto uma... loucura me ameaçando. Minha mente... Por favor?

Far Docha pegou a camisa de Niall do chão e a sacudiu.

– Existem regras, até mesmo para os seres mágicos. O rei morto não está no meu alcance.

O Rei Sombrio agarrou a garganta de Far Docha.

– Você é a Morte. Você pode... ajudar.

– Não vou. – Far Docha empurrou o Rei Sombrio. – Atingir-me de novo não seria sábio. Você conhece as regras. Os mortos não podem se revelar para os vivos, e os vivos não podem forçar os mortos, nem mesmo os seres mágicos da morte, a obedecerem a eles.

Em seguida, o Homem Sombrio estreitou os olhos.

– E não importam os jogos tolos que você joga aqui, não pode quebrar as regras, a menos que queira que um protegido seu morra. Você se colocou nessa situação; você tem que lidar com ela.

– O quê? – Niall piscou. – Que situação?

Em vez de responder, Far Docha vestiu a camisa de Niall e passou uma das mãos no tecido.

– Muito bonita.

Virou-se e se afastou, saltitante.

CAPÍTULO 24

Donia saiu para a rua do lado de fora do prédio dos regentes do Verão e parou. *Eu consigo fazer isso. Posso liderar a minha corte e também ser aliada da corte de Keenan.* Todas as alternativas pareciam levar à violência. *Podemos trabalhar juntos.* O mundo que conheciam era instável, mas eles não eram seus antecessores. Ir até a Corte do Verão e não reagir com raiva provava isso. *Isso não significa que vou ficar aqui por um segundo a mais do que preciso.* Ficar na casa que ele compartilhava com Aislinn e tentar não pensar nos dois juntos era mais do que ela estava preparada para enfrentar. Não esperou os guardas chegarem, mas Sasha já tinha aparecido e agora galopava ao lado de Donia. A maior parte do tempo, o lobo não seguia os caprichos de ninguém além dos próprios, e, se achasse que ela precisava ser acompanhada, seria.

Conforme Donia andava, pensava no passado, nos momentos em que ela e Keenan estiveram em conflito e nas épocas em que estiveram próximos. Ele nunca quis magoá-la, nunca quis magoar nenhuma das garotas que tentaram amá-lo. Em vez disso, designou guardas e, claro, deu Sasha à primeira

Garota do Inverno. Havia muito tempo, Donia achava que o lobo de grandeza sobrenatural era parte da Corte do Verão. Ele estava lá quando ela reuniu o estafe da Rainha do Inverno, tinha ajudado quando ela tropeçou naquele primeiro dia.

– Mesmo agora, quero protegê-lo – disse ela a Sasha. – Isso nunca vai mudar, não é? Queria poder deixar de amá-lo, mas... você deveria tê-lo visto. Ele odeia Irial, por bons motivos, e teve conflitos com Niall, mas, se eu lhe pedisse para ir até a Corte Sombria, ele iria. Ele é *bom*, mesmo que não seja bom para mim.

O lobo parou e a encarou. Evidentemente, não respondeu, mas ela teve certeza de que ele a entendia. Sasha não era um lobo comum. *Lobos não vivem durante séculos.* Não sabia o que ele era. Keenan também não sabia: uma "criatura do Mundo Encantado" era tudo o que ele dizia.

Sasha a cutucou com a cabeça enorme, e Donia voltou a caminhar.

Deixou uma linha fina de gelo no caminho. Não era suficiente para destruir todos os novos brotos que estavam começando a forçar a terra para atravessá-la, mas não estava tentando destruí-los. Um fluxo entre estações era natural e correto. Ainda não era hora da verdadeira primavera. *Em breve.* Quando a primavera chegasse, ela achava que poderia se recolher bem ao norte. *Se eu sobreviver à luta que está por vir.*

Depois de caminhar por vários quarteirões, Donia percebeu que estava sendo observada. Nos telhados próximos, corvos se alinhavam. Um após o outro, eles se aproximaram.

– Você pode ir – disse a Sasha. – Corra.

O lobo lançou-lhe um olhar furioso e continuou a andar em silêncio a seu lado.

Os corvos não fizeram nada, mas mais e mais se lançavam e paravam em todos os peitoris visíveis. Os mortais começaram a apontar para os pássaros. *Tudo de que precisamos.* Bananach estava ostentando as regras. Estava mais forte do que nunca durante a vida de Donia e, em sua força, estava sendo insolente.

Com um rufar de asas, a personificação da discórdia e da violência desceu até o chão no meio da rua. Carros buzinaram e motoristas gritaram. Bananach não se dignou a olhar para eles. Sua atenção estava fixa em Donia.

As penas das asas estavam totalmente visíveis – até mesmo para os mortais, cujos insultos lançados deixavam claro que achavam que ela era "uma maluca". Ela estava sorrindo, uma terrível expressão de contentamento que irritou Donia. A criatura-corvo estava com o cabelo preso numa longa trança atrás da cabeça. Algumas de suas penas pretas sobressaíam em ângulos esquisitos.

– Neve! Que agradável encontrá-la – gritou Bananach como se estivesse falando com uma amiga que encontrara por acaso.

– Não posso dizer o mesmo. – Donia pousou a mão sobre as costas de Sasha para se estabilizar e para obter conforto ao tocar no lobo.

Bananach estreitou os olhos.

– Bem, *isso* não é muito amigável.

Um carro virou de lado, lançando-se contra o trânsito para evitar atingir a criatura-corvo. Ela olhou com raiva para o motorista mortal, mas depois sorriu quando um bando de corvos mergulhou do teto de um prédio próximo e efetivamente o cegou por ser tão numeroso o grupo. O carro bateu em outro carro – estacionado –, e alarmes começaram a soar.

– Vim para discutir o futuro. – Bananach girou a cabeça para encarar Donia. – Você quer um futuro, não quer, Neve?

– Quero; e eu *tenho* um futuro. – Donia sentiu seus guardas se aproximando. As raízes que a ligavam à sua corte se apertaram dentro dela. Eles estavam ali, e ela estava ao mesmo tempo aliviada e apavorada. Bananach estava se comportando tão fora das interações normais entre seres encantados e mortais que Donia não sabia o que esperar dela.

– Preciso que você declare guerra – incitou Bananach. – Escolha uma corte. Nós os dizimaremos.

– Não.

– Não me teste. – Bananach sacudiu a cabeça. – Não tenho tempo para isso. Agora não. Diga: vamos atingir os Sombrios? Eliminar a Luz do Sol? Ambos?

Donia sacudiu a cabeça.

– Não tenho problemas com eles. Fiz as pazes com o Verão.

O grasnado que saiu da boca da criatura-corvo era um som abominável, mais ainda porque ecoou pela rua nos bicos da multidão de corvos.

– Não. Você não vai arruinar os meus planos. Você é forte e pode me dar a guerra que procuro. – Bananach fez que sim com a cabeça. – Depois, a Escuridão. Podemos começar com isso.

– Não. O Inverno continua aliado da Corte Sombria. Já deixei isso claro para o Gabriel do rei e, anteriormente, para o rei atual e o anterior. – Donia deixou seu gelo se estender e virar uma longa espada. Não tinha passado tempo suficiente treinando, mas não ia ficar parada enquanto Bananach a matava. – Teremos paz entre as cortes.

– Você sabe o que deixaria o Rei do Verão com raiva? *Eu sei* – cantarolou Bananach.

Seres encantados da Corte do Inverno – invisíveis aos olhos dos mortais – apareceram atrás de sua rainha.

As Irmãs Scrimshaw se deslocaram para ficar uma de cada lado de Donia, e as criaturas lupinas vagavam pelas ruas. Conforme os minutos se passavam, o tráfego diminuía. Os mortais podiam não ver os seres mágicos além de Bananach, mas sentiam a tensão no ar. Desviavam da rua, afastando-se da Guerra e de sua violência, para longe do ponto onde a destruição se acumulava como nuvens de tempestade no céu.

– Permitirei que sua corte escolha estar *comigo* ou sob os meus pés. – Bananach inclinou a cabeça e encarou Donia. – O que você vai escolher para seus seres encantados? Devo matá-los ou eles vão me servir? Deixe todos eles sob meu comando, e eu poupo a sua vida.

– Eles são *meus*. – Donia exalou as palavras com um grito de vento. – Minha corte não vai servir a você.

Os corvos todos tomaram o ar ao mesmo tempo, e, quando fizeram isso, Evan apareceu na frente de Donia.

– Que assim seja – disse Bananach.

Donia não podia derrotar a Guerra de maneira adequada, mas podia atrasá-la. Donia fez o que não achou que poderia fazer quando enfrentou a criatura-corvo pela primeira vez: ficou diante dela com toda a intenção de lutar. Exalou todo o inverno que conseguiu invocar naquele instante; o gelo cobriu a rua, grudou nos carros e vitrines. Era o ambiente perfeito para seus seres mágicos, mas a Guerra nunca esperava quieta quando o clima era cruel: Bananach apenas sorriu.

Donia começou:

– Ev...

– Vá. – Evan não olhou para ela. Conforme se lançava contra Bananach, o céu ficou negro com o choque de corvos descendo.

E, no meio da escuridão cheia de penas, um ser encantado desconhecido chegou e ficou encarando a todos com olhos cavernosos. Parte de seu corpo estava coberta por um tecido cinza que se enrolava e deixava um rastro atrás dela como a cauda de um vestido. Pontos claros de vermelho se destacavam no tecido, como papoulas escarlates num campo de cinzas.

O ser encantado não fez nenhum gesto em direção a eles, nenhum ato de agressão, de modo que a Rainha do Inverno forçou sua atenção a se concentrar nos problemas mais evidentes do que nos potenciais. Os mortais estavam sob ataque; seus seres encantados estavam em perigo; e ela mesma estava longe de estar em segurança.

– Cuide dos mortais! – gritou Donia para seus seres mágicos, mas, antes que os guardas pudessem fazer isso, os mortais restantes começaram a se agitar de ansiedade e sair por conta própria.

O medo vem rasgando na nossa direção.

Donia olhou para cima quando a Caçada chegou. Eram invisíveis aos olhos mortais, mas a presença da Caçada perturbava até mesmo os mortais mais obtusos. A montaria de Gabriel estava no centro do que, na visão limitada deles, parecia ser uma tempestade súbita.

Nenhuma das montarias estava na forma de carruagem. Pareciam, na verdade, uma ameaça mortal: um leão de tamanho exagerado rugia perto de uma fera parecida com lagarto; algo parecido com um dragão caminhava ao lado de uma quimera; e espalhados entre todos eles havia cavalos esqueléticos e cachorros vermelhos magros. Sobre todos eles estavam os Hounds, prontos para a batalha.

— Podemos oferecer ajuda ao Inverno? — rosnou Gabriel. Sua montaria era um cavalo preto gigantesco com cabeça reptiliana. Abriu a boca em um rosnado que revelou presas de víbora.

— Sua ajuda é muito bem-vinda — disse Donia ao Hound.

Bananach ergueu o braço, apontando para o céu. Quando o baixou, seres encantados que tinham se aliado à Guerra saíram em enxames dos becos e ruas laterais.

Cath Paluc seguiu na direção das brigas. O grande ser encantado felino atravessou os Hounds e suas montarias. A Guarda do Inverno e a Caçada lutaram juntas contra os seres encantados de Bananach como uma só força, e Donia agradeceu pelos aliados repentinos.

Algo pelo qual não agradeceu foi a aparição de Far Docha. Na fronteira da briga, ele esperava em um trono macabro de confecção própria: o assento do trono parecia nada mais, nada menos que a espinha e a caixa torácica de alguma criatura que ela não conseguia identificar. Far Docha estava sentado nas costelas abertas como se tivesse sido engolido por uma grande fera esquelética.

O ser encantado que usava um vestido de tecido enrolado andou em direção a ele, e, por um instante, a Morte sorriu para ela. A expressão fugaz era a primeira prova de qualquer emoção que Donia tinha visto. Sumiu num piscar de olhos, e ele ergueu o olhar para encarar Donia. Ele assentiu com a cabeça e depois olhou por sobre o ombro para o ser encantado desconhecido, que agora estava de pé e com a mão sobre a borda do trono de ossos. Juntos, a Morte e sua companheira observaram os seres encantados caírem.

A Rainha do Inverno virou-se de costas para eles e entrou mais fundo na luta, ensanguentando a espada feita de gelo, porque era isso ou ser ensanguentada.

Mortes sem sentido.

A Guerra não deveria lutar desse jeito. Deveria incitar a discórdia, mas não deveria simplesmente atacar os regentes nem seus seres encantados.

– Vim até você não com o exército completo, mas como um alerta. – O tom de Bananach era informal, apesar do crescente caos na rua. – Se não me der a declaração de guerra, você vai morrer, Neve.

– Você não pode simplesmente sair matando a nossa espécie. Não houve declaração de guerra, nem haverá. – Donia disse as palavras como uma pergunta para Bananach e como uma declaração da própria esperança.

Os seres encantados de Bananach continuaram a inundar a rua, e os Hounds e a Guarda do Inverno continuavam a lutar. Diferentemente da disputa no jardim de Donia, esta era uma luta com intenção de matar. *Meus seres encantados.* Donia ergueu a espada quando um ser encantado se jogou contra ela. Enquanto estava se defendendo, Bananach atravessou a briga em direção a ela.

Independentemente da natureza do ser encantado que se aproximava, Evan e vários outros de sua guarda permaneciam na frente de Donia. Enquanto ela observava, a criatura-corvo levantou a mão, e Donia viu o inevitável prestes a acontecer. O movimento foi rápido demais para Evan reagir.

Bananach passou a mão pela garganta de Evan, arrastando os dedos em garras pelo pescoço.

– Um por um, eles vão cair.

Apesar da distância entre as duas, Donia ouviu as palavras com tanta clareza quanto se estivessem cara a cara. Não estavam. Estavam a uma distância que impediu Donia de alcançar Evan antes que ele caísse no chão. No espaço de tempo entre uma batida do coração e outra, ele tinha sido tomado dela. Não houve pausa: ele simplesmente foi morto.

E Donia sentiu. Ele era *dela*, e, como sua rainha, sentiu a conexão entre os dois desaparecer quando a vida dele se extinguiu.

O desejo de pegar o rowan assassinado competiu com a raiva pura. Mas a raiva venceu. Derrubou vários seres encantados enquanto perseguia Bananach, mas, antes de conseguir chegar ao ser encantado assassino, Donia foi pega pela cintura e arrastada para cima de uma montaria.

Empurrou o cotovelo para trás, em vão.

– Solte-me!

– Não – disse a Hound que a segurava. – O Gabriel está perseguindo você. Se alguém pode pegá-la, esse alguém é ele.

Donia olhou para a companheira de Gabriel, Chela.

– Você não tem o direito...

– Gabriel deu ordens para manter você em segurança – rosnou Chela de volta. – Ele lidera a Caçada.

Além delas, Far Docha se levantou e estendeu a mão para a sombra de Evan. Outras sombras seguiam o guarda caído de Donia. Suas formas eram quase tão visíveis como quando ainda estavam vivas. Far Docha olhou para além dos mortos e travou o olhar com Donia.

– Podíamos ir com Gabriel – sugeriu Donia a Chela.

– Eu adoraria, mas não. Ele é inteligente o suficiente para não me dar muitas ordens, mas, quando o faz, ainda sou obrigada a obedecer. Na batalha, ele é meu Gabriel em primeiro lugar, meu amante em segundo. – Chela fechou o rosto. – Se não fosse motim, eu iria em frente, mas, como subordinada dele, fico aqui e cuido da nossa matilha.

O ser encantado que estava com Far Docha agora caminhava entre as forças combinadas da Corte do Inverno e da Corte Sombria que lutavam contra os seres encantados de Bananach. Far Docha não a seguiu, mas a observou com um olhar avaliador. Ela parou junto ao corpo ensanguentado de Evan.

O braço de Chela apertou a cintura de Donia, forçando a Rainha do Inverno a continuar na montaria.

– Não deve deixá-la tocar em você – implorou Chela numa voz baixa. – Os seres mágicos da morte não são de brincadeira, Rainha do Inverno. – A Hound ergueu a voz: – Ankou.

Ankou olhou de relance para Chela, mas sua atenção rapidamente se voltou para o rowan caído.

– Eu cuido disso.

– Não. – Donia exalou uma névoa de geada com as palavras. Não conseguia alcançar o ser encantado para derrubá-lo, mas não estava limitada ao que conseguia alcançar. O ar invernal que exalou encasulou Evan numa casca grossa de gelo.

Ankou franziu a testa.

– Ele está morto.

– E? – Donia ficou tensa.

O ser encantado deu de ombros.

– O que está morto na batalha é meu. O corpo será atropelado aqui. Os mortos caídos são meus.

– Não – corrigiu Donia. – *Ele* ainda é meu.

– O resto?

– Por favor, não a desafie – pediu Chela a Donia. – Há batalhas que você não pode vencer. Não faça esta ser uma delas.

– Você não é bem-vinda em Huntsdale. Eu sei o que vocês *dois* são. – Donia ergueu o olhar para Far Docha. – Mas não vou permitir que você o leve. Você não *precisa* fazer isso. Eu lhe darei um enterro.

Ankou franziu a testa. Sua pele fina como papel parecia que ia se rasgar ao menor movimento malfeito.

– Eu recolho os mortos em batalha. Foi por isso que vim aqui. Outros vão cair. – Apontou para trás de si. – Ele vai levar a outra parte quando não estiverem mais vivos.

Ao vago aceno de Ankou em direção a ele, Far Docha atravessou a rua.

– Irmã, ela quer ficar com esse.

– E ela vai cuidar do corpo? – perguntou Ankou.

– Sim, vou cuidar dele. – A voz de Donia oscilou, mas ela não escondeu a tristeza, não aqui, não da Morte.

Ankou assentiu e passou pelo Homem Sombrio quando um transporte apareceu. Para qualquer mortal que estivesse assistindo, pareceria uma van com carroceria branca. Ankou abriu as portas de trás e começou a encher a van com os corpos dos caídos.

Far Docha virou as costas para a coleta de corpos. Ao redor dele, as sombras dos mortos esperavam – incluindo Evan.

O amigo assassinado olhou para Donia. Tocou os lábios com dois dedos e os baixou como se lhe enviasse um beijo.

– Ele não se arrepende da escolha – disse Far Docha com suavidade. – Ele gostaria que você também não se arrependesse.

Donia observou o amigo, guarda e conselheiro se afastar e sumir. Depois que Evan desapareceu de sua visão, ela inclinou o corpo em direção a Far Docha e falou:

– Ela o matou sem motivo.

Atrás de Donia, Chela ficou tensa, mas a Hound continuou em silêncio desta vez.

– Ela não pode continuar a matar os nossos – anunciou Donia.

– Enquanto eu estiver aqui na sua vila, ela pode ser eliminada com mais facilidade. – Far Docha olhava apenas para Donia. – Se a Desordem acabar, alguém vai ter que assumir seu lugar. Ela... não pode ser negada.

– O que isso... – começou Donia, mas as palavras secaram quando o Homem Sombrio perambulou para longe.

Ele não parou ao lado de Ankou nem no trono – que desapareceu depois que ele passou.

– Que diabos isso quer dizer? – murmurou Chela.

Em silêncio, a Rainha do Inverno sacudiu a cabeça. Matar Bananach era necessário, mas havia consequências que ela não entendia. A alternativa, no entanto, parecia ser que a criatura-corvo mataria todos eles.

Capítulo 25

Gabriel perseguiu Bananach sozinho. A matilha ficou para trás, sem conseguir acompanhá-lo. Em algum nível ele sabia que deveria voltar atrás, esperar que o alcançassem. Houve um tempo em que teria ido até seu rei para pedir ordens; houve um tempo em que teria se perdido em confortos que eram do domínio da Corte Sombria ou se consolaria com a família. Agora, seu rei não estava bem; o último rei estava morto. A Corte Sombria estava uma bagunça, e dois de seus filhos estavam presos no Mundo Encantado – e o terceiro estava morto.

Tudo por causa de Bananach.

A Caçada era vingativa. Simplesmente eram assim. Eles perseguiam e faziam justiça. Ele *era* a Caçada.

Ela conquistou a minha justiça.

Algo ilógico o impulsionava.

Não posso matá-la. Irial, Niall e Devlin tinham explicado isso. *Bananach matou meu rei. Matou minha filha. Matou Evan.* Se não a impedissem, ela continuaria matando. *Até que nenhum de nós esteja vivo.*

Ela estava um pouco fora de alcance, à frente dele, mas não tão longe que ele a perdesse totalmente de vista.

É uma armadilha.

Gabriel sabia que não era boa ideia confrontá-la quando ela estava tão forte. Tinha se mantido firme, mas apenas o suficiente, quando os dois lutaram. Em sua casa de infância, apenas poucos dias antes, ele sentira as garras de Bananach se enterrando na pele.

E a observou matar Irial.

As penas pretas estavam na frente dele, um borrão quando ela virou mais uma esquina. Seus seres encantados rebeldes tinham sumido. Ele escorregou da montaria e seguiu a pé. Agora eram apenas eles dois. Quando entrou no estacionamento, que estava coberto de lixo, sabia que estava errando.

Nenhuma ajuda para os dois lados.

– Sua filha não gritou demais quando a estripei – disse Bananach. – Para uma mortal foi estranho.

As palavras foram piores do que um soco para Gabriel.

– Tish não era mortal – forçou-se a dizer.

– Não importa. – Bananach o rodeou, e, enquanto fazia isso, Gabriel virou-se para poder mantê-la na linha de visão.

– Eu preferia não matar você – acrescentou ela. – Você luta bem.

– Eu *quero* matar você – assegurou Gabriel.

Quando Bananach riu, suas características de ave o repeliram. A risada vinda do bico de corvo parecia pior do que quando vinha de seus lábios. Ela estreitou o olhar.

– Eu *quero* matar você também, mas você poderia servir aos meus objetivos se estivesse vivo.

– Sirvo ao Rei Sombrio – rosnou Gabriel.

– E se eu fosse rainha?

– Não será. – Ele oscilou, saboreando a sensação de seu punho batendo no rosto dela.

Ela revidou. O soco de resposta fraturou costelas, fazendo-o abafar uma arfada quando os ossos quebrados espetaram algo dentro dele.

– Onde estão seus servos? – perguntou ele.

– Em outro lugar. – Ela se esquivou do soco seguinte.

O medo o tomou ao pensar nas tropas da criatura-corvo indo até a casa do Rei Sombrio enquanto a Caçada estava fora.

Voltem para a casa, ordenou à Caçada. *Protejam o Rei Sombrio.*

Ele nunca a achara fácil de combater, mas seus socos e chutes nunca o levaram a cambalear como faziam agora. Entendeu que ela estava ficando cada vez mais poderosa, mas, quando o atingiu agora, ele percebeu que a Guerra tinha se tornado ainda mais forte do que era quando esfaqueou Irial, apenas alguns dias antes.

Sinto muito, Che. Enviou a mensagem pela Caçada. A privacidade não era uma grande preocupação entre eles. *Protejam a Rainha do Inverno. Protejam Niall.*

Depois, concentrou a atenção na luta que não estava ganhando. Desviou da mesma quantidade de golpes que recebeu, mas os socos de Bananach eram violentos. Mais ossos se quebraram dentro de seu corpo.

Seus próprios golpes contra ela eram menos certeiros, em parte porque ele ainda tinha ferimentos do último embate, enquanto ela parecia intocada por aquela briga.

Achou que poderiam chegar a um impasse, como tantas vezes antes – mas então as garras de Bananach se enfiaram no peito dele e destruíram a carne. A umidade do ferimento ensopou sua camisa. Em alguma parte distante da mente, ele percebeu que era o tipo de ferimento que poderia resultar em coisas *ruins*.

Cambaleou para trás.

— A Caçada deve ser liderada por um Hound forte — cantarolou Bananach.

— *Eu* lidero. — Ele forçou as palavras a sair sem permitir que um rosnado de dor escapasse junto.

Bananach escavou o estômago dele, rasgou-o de modo que ele cobriu o ferimento por reflexo com uma das mãos.

— Você liderava, Gabriel que não é mais.

— Che... próxima...

— Ótimo — disse Bananach. — Vou matá-la em seguida.

— Não é o que... — Gabriel sacudiu a cabeça para afastar a escuridão que o ameaçava. — Não significa... *isso*. Chela vai liderar a Caçada se eu cair.

Bananach observou enquanto ele caía de joelhos. Não desmaiou por completo no chão. Com uma das mãos, ele pegou uma faca da bota. A outra mão cobria o estômago que sangrava.

Jogou a faca em direção a ela, mas Bananach estava fora de alcance.

— Você costumava ser um oponente digno. — Ela se virou de costas e se afastou, deixando-o no chão, sem se preocupar em lhe dar a dignidade de um golpe fatal. Em vez disso, saiu como se ele já estivesse morto.

Ainda de joelhos, Gabriel se movimentou em direção a ela, perseguindo-a do melhor jeito possível. Ela não parou.

Odeio fazer isso.

Gabriel se permitiu assumir aquela outra forma, tornando-se um animal, como raramente fazia, sacrificando a parte pensante de si mesmo. Seu corpo mudou para algo que parecia o filhote monstruoso de um tigre-dentes-de-sabre e um medonho lobo gigantesco. Ao fazer isso, não conseguia mais lembrar quem era o pássaro, por que ela era importante, mas, quando se moveu, sentiu as feridas e sabia que ela as tinha provocado.

O Gabriel se lançou contra ela, saboreou penas-cabelo-carne na boca. Suas patas afundaram no ombro dela e rasgaram uma de suas asas.

A criatura-corvo gritou.

E o Gabriel empurrou o corpo dela para o chão. Bananach rolou de modo que conseguiu atingi-lo com o bico e as garras ao mesmo tempo.

Com uma pata, ele golpeou a cara dela, jogando-a de lado, mas o pescoço de coisas-pássaros não se quebrava com tanta facilidade.

Ela golpeou às cegas a garganta do Gabriel com as garras e, ao mesmo tempo, levou a outra mão ao peito dele.

Os olhos do Hound se fecharam quando ele rugiu, e não se abriram mais.

Capítulo 26

Do outro lado de Huntsdale, o Rei Sombrio olhou para cima quando Keenán entrou no armazém. O Rei Sombrio parecia cansado e, por algum motivo, vestia apenas um jeans rasgado. Estava sem camisa e sem botas. Cortes e manchas cobriam seu corpo. Apesar da aparência descabelada, estava sentado calmamente, fumando um cigarro e encarando uma gaiola de metal no alto.

– Eu esperava a outra – disse ele.

Keenan tentou não olhar para a gaiola acima do Rei Sombrio.

– A outra?

– A rainha... não importa. – Niall acenou com a mão de um jeito indiferente. – Suponho que esteja aqui por causa do meu bichinho de estimação.

– Seu... bichinho de estimação?

O Rei Sombrio apontou para a gaiola.

– Ele é um incômodo, mas não pode levá-lo. Ele me *deve*, e não vou perdoar a dívida.

– Entendo. Quem está na gaiola? – Keenan não conseguia ver ali dentro. Esta *era* a Corte Sombria, e prisioneiros e gaiolas não eram algo raro.

Niall fez uma cara feia.

– Eu não esperava, mas alguns animais são imprevisíveis.

– Quem está na gaiola, Niall? – repetiu Keenan.

– Seth.

– Você sabe que não pode mantê-lo ali. Não gosto dele. – Keenan deu de ombros. – Mas não governo minha corte sozinho. Minha rainha não vai aceitar isso.

Por vários instantes, Niall permaneceu quase sem se mexer. Se não fosse pela inspiração e expiração regular da fumaça nojenta do cigarro, pareceria imóvel. Niall fez que sim com a cabeça.

– Tenho uma proposta. Pensei em fazê-la a ela, já que não imaginei que você viria.

– Ah.

– Meu bichinho de estimação vê coisas. Sabia disso? – Niall se levantou de repente e foi até uma alavanca no chão. O vidro quebrado grudado no sangue seco de seus pés afundava na pele a cada passo, mas ele não parecia perceber.

– Seus pés...

– Você sabia? – rugiu Niall.

– Sabia – admitiu Keenan.

– Então ele me traiu de novo. – A expressão de Niall ficou pesada, e ele ficou em silêncio por um instante.

– O que ele lhe disse? – Niall empurrou a alavanca, e a gaiola caiu. Depois que ela bateu no chão, ele se aproximou e ficou parado com as mãos agarrando as grades da gaiola de Seth.

– Nada sobre sua corte – disse Keenan.

Niall olhou para Keenan por sobre o ombro e perguntou:

– Você o manteria como bichinho de estimação da *sua* corte, não é? Olharia para o outro lado com muito mais facilidade agora que ele é um trunfo. Você o deixaria ir para a cama com sua rainha em troca do poder que ele lhe ofereceria.

– Ela faz as próprias escolhas em relação aos companheiros de cama.

– Aaaaah, sua ingenuidade sempre foi comovente – disse o Rei Sombrio.

Keenan trocou um olhar furtivo com Seth, que agora estava com um bando de sombras cobrindo a boca, mantendo-o em silêncio.

Niall virou-se de costas para Keenan e andou em direção ao trono.

– Diga à sua rainha que ela ainda pode visitá-lo. Sinto dizer que ele não pode falar com ninguém além de mim, mas vou deixar os dois curtirem na privacidade... mas isso tem um custo.

– Que seria?

– Seus seres encantados farão o que eu mandar em uma disputa que deve acontecer em breve. Vou conter Bananach. – Niall olhou para Seth, que agora estava gesticulando para os dois. – O que me diz? Acha que é um plano brilhante? Sacrificar os seres encantados *deles* para fazerem o meu trabalho?

Seth sacudiu a cabeça. Seus dedos estavam se movimentando depressa, como se transmitissem palavras. Niall suspirou, e fitas pretas se enrolaram nos pulsos de Seth.

– Você se importa com ele – disse Keenan. – Ele foi seu amigo. Você me *golpeou* por causa dele, ofereceu a proteção da sua corte. Você deve protegê-lo.

– Às vezes é fraqueza ter tantas emoções. – Niall estendeu as mãos. – Às vezes é uma ferramenta útil. Olhe para nós. Podemos pegar sua preocupação com a sua rainha, a preocupação dela com o meu bichinho de estimação e podemos encontrar um jeito de resolver o meu problema.

– Isso não parece você. Ouça o que está dizendo, Niall.

– Às vezes, um rei precisa fazer coisas desagradáveis, reizinho. Tenho certeza de que você entende isso.

Reizinho?

Keenan se aproximou.

– Você era meu amigo. Durante séculos era como se fosse da família para mim. Diga o que está acontecendo.

Os lábios de Niall se curvaram num sorriso zombeteiro.

– Parece que me falta um pouco de *estabilidade*.

– Sinto muito por você estar sofrendo. Nunca pensei que... você ficaria tão... – Keenan não sabia qual seria a palavra educada. *Insensível? Cruel? Destruído?*

Niall ficou sentado em silêncio por vários instantes. Por fim, levantou-se e andou ao redor de Keenan.

– Vá contar meu plano à sua rainha. Não vou ferir meu bichinho de estimação, e ela pode visitá-lo, mas ele agora pertence à minha corte. A possibilidade de ela vê-lo está sob os meus critérios, e os meus critérios exigem o apoio da corte dela em uma tarefa. Quero conter Bananach.

Uma tarefa? Lutar contra a Guerra não era "uma tarefa". Era um conflito que ecoaria pelo reino dos mortais.

– Também queremos que ela pare, mas esse não é o caminho. Podemos conversar sobre o assunto, abordá-lo com racionalidade. Você, eu, Donia... A Corte do Verão não é tão forte quanto a do Inverno, mas tenho aliados – apelou Keenan. – Todos queremos a mesma coisa. Nenhum de nós declarou guerra. Ela precisa de uma declaração para iniciar o tipo de violência que busca. Há regras que a impedem de ir além, se todos nós nos unirmos.

O olhar que Niall lhe lançou foi assustadoramente parecido com o de seu antecessor.

– Eu sinceramente duvido disso.

– Você está sofrendo, mas não pode pensar...

– Reizinho – interrompeu Niall. – Você realmente acha que me questionar é algo sensato? Certamente não se esqueceu das coisas que a Corte Sombria pode fazer. Já esqueceu o que o Rei Sombrio lhe fez? A maldição que o atingiu por séculos? Devo tentar repetir?

A amizade que Keenan sentia por Niall era tudo o que o impedia de liberar a raiva que fervilhou com a alusão ao passado. Com uma voz o mais composta que conseguiu, Keenan perguntou:

– E se Aislinn não gostar dos seus termos?

Niall estreitou o olhar.

– Minha corte é forte demais para ela atacar. Você sabe disso.

Relutante, Keenan fez que sim.

– Sei.

– E há outra corte, uma cujos favores tenho quase certeza de que posso conseguir. – Niall deixou as sombras na sala se mostrarem, e as figuras sombrias começaram a dançar e se

contorcer de maneiras que nenhum corpo sólido conseguiria.
— Minha corte já ofereceu muitas coisas à Corte do Inverno. Se você soubesse, reizinho, poderia ficar enojado. Tive dificuldade para sentir desejo pela última Rainha do Inverno, mas um regente deve fazer o necessário pelo bem de sua corte... e, verdade seja dita, eu ficaria bem mais feliz de oferecer o que a nova rainha desejar.

As emoções cuidadosamente controladas de Keenan ameaçaram vir à tona; sua pele se iluminou, apesar de seus melhores esforços, mas ele se obrigou a falar sem alteração:

— Pense no que está fazendo aqui. Não somos inimigos. Se você machucar Donia...

— Como você fez?

— Você enjaulou seu amigo, ameaçando coisas insanas... pense por um instante. — Keenan sacudiu a cabeça. — Você resistiu a séculos de problemas comigo. Posso estar aqui para ajudá-lo sem você recorrer à crueldade contra Seth nem a ameaças à minha corte. Por favor, pare e pense.

— Farei como faço há *séculos*, pequeno rei. Vou proteger minha corte e aqueles que eu amo. — Niall avançou em direção a Keenan. — Depois que Bananach estiver morta, podemos negociar. Até lá... — Deu de ombros.

Keenan agarrou o braço de Niall.

— Vou ajudá-lo porque você é meu *amigo*. Pode não ter me perdoado ainda, mas você *sabe* como perdoar; ou não estaria tão alucinado com a morte dele. Vou falar com a minha rainha e com Donia.

O Rei Sombrio franziu a testa.

Keenan apontou para Seth e depois para o corpo surrado de Niall.

– Isso não é você, Niall.

– É mesmo? – alfinetou o Rei Sombrio. – Quem é, então? Quem exatamente você acha que eu sou, se não sou Niall?

Por um instante, Keenan parou, tentando dar sentido ao tom desafiador na voz de Niall. *Será que ele enlouqueceu completamente?* Com cuidado, Keenan disse:

– Não tenho certeza do que está acontecendo na sua cabeça agora, mas você precisa recuar e descobrir. Se acha que precisa ser desprezível para substituir Irial, está errado.

O Rei Sombrio bufou, mas não respondeu.

– Pense no que você está se tornando – incitou Keenan.

Mas Niall só fez um sinal para ele ir embora.

Em um silêncio quase agradecido, o Rei do Verão saiu. Enquanto atravessava Huntsdale para voltar à própria corte, pensou no comportamento bizarro que Niall tinha demonstrado. Seu antes amigo e conselheiro estava agindo *errado*. Assumidamente, a Corte Sombria não era um lugar que Keenan entendesse, mas achava que entendia Niall.

Será que é a tristeza? O fato de ser rei?

Se Keenan tivesse que jurar pela sanidade ou pela propensão à crueldade de Niall, a resposta hoje seria diferente da que teria dado no passado. *Ele mudou. E não foi para melhor.* O Verão pode não ser sempre previsível, mas eles não eram loucos nem cruéis.

Até então.

Claro, Keenan não estava totalmente certo se isso continuaria assim se Niall machucasse Seth. A Rainha do Verão tinha as emoções à flor da pele – *como deve ser uma regente do Verão* –, e ferir o ser encantado que tinha sido seu primeiro amor, que a amara e arriscara a vida por ela, não seria algo que Aislinn aceitaria com elegância.

Nem eu, se Donia fosse enjaulada por Niall.

Pensar nas observações casuais de Niall sobre Donia fez o ânimo de Keenan ferver de novo quando chegou ao prédio que abrigava seu loft.

Tavish estava de pé na rua, talvez de guarda, talvez esperando Keenan voltar. O Rei do Verão não se importava nem um pouco com *por que* seu amigo mais confiável estava ali. O que importava era que Tavish estava ali. O ser encantado mais velho tinha a sabedoria e a tranquilidade que faltavam a Keenan e sua rainha naquele momento.

Tavish olhou para ele, e Keenan fez um sinal para ele seguir.

Nenhum dos dois seres encantados falou enquanto caminhavam até um conservatório quase nunca usado num lado do parque. Dois rowans no cômodo olharam para o rei e seu conselheiro. Com um gesto de Tavish, os dois rowans saíram. A porta de vidro se fechou com um clique que mal foi ouvido.

– Ele está mal?

– Esse é um jeito de dizer – respondeu Keenan, e atualizou Tavish quanto à conversa com Niall.

– Matar a Guerra não deve ser uma tarefa fácil, se é que é possível. – Tavish apertou os lábios.

– Conter Ash também não vai ser muito fácil.

– O garoto tem a Visão? – refletiu Tavish. – É um trunfo que pode ser bem usado. Ele é fiel à rainha...

– E fiel a Sorcha e, supostamente, ainda é fiel a Niall, apesar da atual loucura do Rei Sombrio. – Keenan pegou um botão de orquídea e a observou se abrir. As plantas ao redor também se inclinavam para ele, reagindo ao calor que irradiava de sua pele.

Tavish olhou de relance para trás, para o vão da porta, onde os guardas bloqueavam a visão.

– Bananach colocou todos nós em uma posição que não podemos ignorar. Devemos ficar com Niall.

– É o que pretendo. Ele não precisava me ameaçar para isso acontecer. – Keenan fez uma cara feia. – Ele ficou comigo por nove séculos. Mesmo que não consiga colocar a raiva atual de lado, ele é meu amigo.

– E o Inverno? Precisamos falar com ela?

– Ela vai ficar com Niall – disse Keenan. – Não importa o que eu faça.

– Tem certeza?

– Tenho. – Keenan suspirou. – Ela é uma rainha sábia, Tavish. Teria governado nossa corte de maneira linda. Vejo isso: o jeito como ela se coloca diante da corte. Eles matariam qualquer coisa e todo mundo pelo seu sorriso.

– E você?

Keenan ficou surpreso.

– Eu não machucaria minha corte por ela.

Tavish não disse nada, mas seu silêncio expressou o suficiente para não precisar de palavras.

– Ash me rejeita – disse Keenan.

– Porque você recuou quando as oportunidades apareceram. – Tavish sacudiu a cabeça. – Ela pode acreditar nas suas desculpas, mas eu o conheço desde que nasceu. Você decidiu se conter. *Várias vezes.*

– Ela precisa de tempo – protestou Keenan.

– Não. Quando Seth era mortal, ela precisava de tempo, mas ele não é mais mortal. Você *foi embora* por meses, durante os quais permitiu que Seth tivesse toda a atenção dela. Mesmo na noite passada, você não a pressionou. A rainha seria sua de todas as maneiras se você assim quisesse. Em vez disso, você ofereceu a ela todas as oportunidades para rejeitá-lo. Como conselheiro e amigo, estou dizendo que a época da mentira acabou. Seu pai era teimoso demais para me ouvir quando sua mãe estava preocupada. Seja mais esperto que ele.

– Beira enganou...

– Não, ela não fez isso – disse Tavish. – Ele sabia o que ela era, sabia que ela duvidava dele, mas ainda assim tentou tratá-la do jeito que se trata um ser encantado do Verão. Aislinn deixaria você se deitar com ela. A corte sabe disso; você sabe disso. Mesmo agora, com Seth tendo voltado para ela, você poderia seduzi-la. *Seth* sabe disso. Ele ainda a ama.

– Entendo, mas agora não é o momento certo. Ela vai se preocupar com a captura de Seth quando souber e... seria errado. – Keenan ouviu as dúvidas em suas palavras, sabia que pareciam fracas. Houve um tempo em que faria qualquer coisa para cortejar a rainha destinada. Tinha feito e dito coisas que depois lhe causaram repúdio.

É diferente. *Conheço Ash. Eu a respeito.*

Tavish manteve o olhar fixo em Keenan e perguntou:

– Como se sentiria se Donia arrumasse um amante?

– *Ela* não fez isso – falou bruscamente Keenan. – Ela não é como os seres mágicos do Verão.

– Você não é *apenas* Verão, meu Rei – lembrou Tavish. – Há mais da sua mãe em você do que você gostaria de admitir. Não pode me olhar e dizer que está mesmo tentando ao máximo atrair sua rainha para o seu lado, que está fazendo todo o possível para fortalecer esta corte. Pode?

— Não me opus aos prazeres do Verão antes. As Garotas do Verão... e as orgias... — As palavras de Keenan morreram sob o olhar de punição no rosto do amigo. — Se Aislinn me aceitasse, eu me deitaria com ela agora, apesar de ela amar o mort... *Seth*.

— Você se deitaria, mas não se deitou. Você a rejeitou quando ela se ofereceu; escolheu não seduzi-la durante meses quando ele estava fora. Ela queria você, ainda quer, mas você não a leva para sua cama. — Tavish cruzou as mãos sobre o colo e encarou seu rei. — Você não amava as Garotas do Verão o suficiente para se preocupar em compartilhá-las. Nem ama a minha rainha o suficiente. Não é a conexão dela com Seth que o perturba. Desde que passou o penúltimo Solstício de Inverno com Donia, você não...

— Vivi minha vida para chegar ao ponto de força desta corte — interrompeu Keenan.

— Eu sei. — Tavish estendeu a mão e apertou o ombro de Keenan.

O Rei do Verão olhou para o ser encantado que seria o mais próximo de pai que ele conhecera e soube que qualquer protesto adicional seria inútil. Tavish o conhecia, via além das ilusões que Keenan gostaria de adotar. Keenan *não* tinha perseguido Aislinn com a sinceridade que poderia. Tinha perseguido até ela aceitar o desafio de se tornar rainha, mas, depois de passar um tempo nos braços de Donia, tinha aceitado as rejeições de Aislinn, até mesmo ajudara a criá-las.

— Não tente enganar nenhum de nós dois, meu Rei. Você fez o que precisava. Foi firme na sua dedicação à corte. Você se tornou tudo que precisava para ser herdeiro do seu pai. Ter o ser encantado que você ama nos braços o mudou. Posso ver isso, mesmo que a maioria da corte não veja. – A voz de Tavish era gentil, ajudando a conduzir os dois a frases nunca antes ditas, confissões que Keenan tinha considerado em silêncio. – Existem aqueles feitos para serem iluminados pelo sol e aqueles que nunca ficarão em paz com a maneira como as coisas são nesta corte. Talvez você se sentisse diferente se Aislinn fosse a Rainha do Verão de verdade, se ela abrisse mão do amante.

– Ela pode.

– Keenan? – Aislinn entrou pela porta. – Por que está aqui?

– Você precisa fazer uma escolha, Keenan. – Tavish apertou o ombro de Keenan. – Eu não o culparia por nenhuma das duas, nem você deve fazer isso. Se a corte quiser ser forte o suficiente para se opor a Bananach, o momento é agora. Chega de mentiras. Chega de desculpas. Sorcha está lacrada; Niall não está bem; Donia é nova no governo; e nossa corte não é forte como deveria ser.

Keenan voltou o olhar para a Rainha do Verão. Sentiu uma excitação, um nervosismo aumentar na pele. Sua vida toda tinha sido dedicada a encontrá-la. Achava que seria simples assim. Seus lábios se curvaram num sorriso. *Simples?* Nada nessa maldição jamais fora simples.

Depois de nove séculos, tudo se resume a um dia.

Capítulo 27

Aislinn olhou de seu conselheiro para seu rei. A seriedade na expressão de Tavish não era desconhecida, mas o sorriso estranhamente pensativo de Keenan a preocupou.

– Tavish? Keenan?

O conselheiro baixou a cabeça.

– Estarei com as Garotas do Verão – disse ele, e a deixou no conservatório úmido com Keenan.

Quando estavam só os dois, Keenan foi devagar em direção a ela.

– Preciso que você faça uma coisa, Aislinn.

– Tudo bem... – Ela estendeu a mão e passou os dedos em um barril de terra. Sob sua mão, plantas começaram a brotar. Não sabia muito bem o que eram, mas foi incapaz de resistir ao toque na terra. – O que houve?

Ele pegou a mão dela.

– Pode vir comigo?

O nervosismo que Aislinn sentia aumentou quando os dois saíram do conservatório. *O espaço da Corte do Verão, onde somos fortes*. Apertou a mão dele.

– Fale comigo. Por favor?

O Rei do Verão soltou a mão dela e se afastou. Olhou apenas para ela e perguntou:

– Confia em mim?

– Keenan...

– Aislinn, por favor – interrompeu ele. – Você confia em mim?

– Confio – assegurou ela. Ao redor, o parque estava vazio. As Garotas do Verão, o rowan e todos os seres encantados da corte estavam fora de vista.

Quando ficaram cara a cara no parque onde tinham dançado, onde tinham se beijado, onde tinham discutido e onde ambos conduziram sua corte em festanças – juntos e separados –, Keenan disse:

– Eu enganei você.

Ela se abaixou e passou as pontas dos dedos pelo solo escuro, deixando o calor entrar na terra, recusando-se a olhar para ele por um instante.

– Eu sei.

– Manipulei você – continuou ele.

Ela parou e olhou para cima.

– Não está ajudando muito, Keenan.

– Você confia em mim? – perguntou ele mais uma vez.

Aislinn se empertigou e o encarou.

– Confio.

– Quer ficar perto de mim? – Não se aproximou dela. Diferentemente da agressividade desde que voltara e quando ela o conheceu, ele agora estava quase reservado.

Ainda assim, ela teve que parar por vários instantes antes de responder:

– Quero.

– Por quê?

– Você é meu rei. Algo dentro de mim insiste que eu continue. Não posso nem ficar com raiva de você, quando sei que deveria. – Ela limpou a terra das mãos no jeans e se afastou mais. – Não importa... Quero saber o que você descobriu quando esteve fora. Agora não é hora para *isso*.

– Na verdade, é sim. – Keenan a observava com uma intensidade que a fez querer fugir. – O momento de esperar acabou.

– Você não pode estar dizendo... – Ela sacudiu a cabeça. – Você *acabou* de voltar.

Keenan ficou fora do alcance enquanto falava.

– Você vai se permitir me amar, Aislinn?

– Você é meu rei, mas... eu *amo* Seth.

– Preciso pertencer a uma pessoa que pertença apenas a mim. Fiz o que devia por séculos, mas há uma parte de mim que não é volúvel como o Verão pode ser – disse Keenan. – Preciso de tudo ou nada. Ou ficamos juntos de verdade, ou ficamos separados de verdade.

Ela sacudiu a cabeça.

– Está mesmo me pedindo para escolher *agora*?

– Estou. – Ele estendeu a mão, mas não a tocou. A mão ficou no ar, perto do rosto dela, mas ele não a encostou. – Preciso que você decida. Agora. A corte precisa ficar o mais forte possível.

– O que quer que você tenha descoberto... Fale comigo – implorou ela. – Talvez haja outro jeito, talvez...

– Aislinn – disse ele, sem emoção. – Preciso que você decida. Vamos embora juntos ou vou sozinho?

Ela sentiu lágrimas quentes descendo pelo rosto.

– Ontem, você me disse que eu tinha uma semana. Você me disse isso *ontem*.

– Sua resposta mudaria se esperássemos?

Aislinn odiou a compreensão na voz dele do mesmo modo que odiou quando Seth lhe ofereceu o mesmo. Ambos eram maravilhosos, bons, pessoas que qualquer garota teria sorte de conhecer – mas ela só amava um deles. Se pudesse salvar sua corte e manter Seth na sua vida, era isso que faria. Se Keenan não estivesse perto dela, não sentiria o impulso de estar com ele. Não tinha sentido isso – *muito* – nos últimos seis meses, não como sentira quando Seth estava longe.

– Você ia querer que mudasse? – perguntou ela.

– Quero ser amado, quero ser consumido pelo amor. – Keenan traçou o maxilar dela com um levíssimo toque dos dedos. – Amei Donia durante décadas, mas vivi para minha corte durante séculos. Preciso de mais do que um "eu acho" desta vez, Aislinn. Você me quer o suficiente para ser minha? Você se importa o suficiente para tentar me amar? Vamos ficar *verdadeiramente* juntos pela nossa corte? Confirme a mim como seu rei ou me deixe livre para tentar ficar com o ser encantado que eu amo.

– Eu quero você – admitiu Aislinn. – Não apenas pela nossa corte. Você é meu amigo e... eu me *importo* com você. Não consigo imaginar nunca mais vê-lo.

O Rei do Verão acariciou o rosto dela com o polegar.

– Você pode me oferecer sua fidelidade? Seu coração, seu corpo e seu companheirismo pela eternidade? Você quer a *minha* fidelidade? Ou você me ama, ou me dá um beijo de despedida, minha Rainha do Verão.

Ela sentiu lágrimas descendo pelo rosto. Ele a procurara por quase um milênio, mas ela não podia lhe dar aquilo de que ele precisava. Tinha dado força à corte deles, mas o amor que sentia pela Corte do Verão não era o tipo de amor que ele queria dela. Aislinn se inclinou com o carinho.

– Por que eu acho que o que vai acontecer em seguida será...

– Será? – provocou ele com suavidade.

– Algo para o qual não estou preparada – terminou ela.

Seus medos iniciais de governar a corte sem ele explodiram ao redor. Ele tinha sido rei dessa corte durante séculos, e ela só era um ser mágico por pouco mais de um ano. *Como podemos governar de regiões separadas? Dividir a corte? É possível fazer isso?* Ela mordeu o lábio.

– De que maneira isso vai fortalecer a corte? Não tenho certeza...

– Ash – interrompeu ele. Sem desviar o olhar do rosto dela, estendeu a outra mão e entrelaçou os dedos dos dois. – Diga que é minha de verdade ou me diga adeus.

– Você vai mesmo embora para sempre se eu disser não?

Sem dizer nada, ele fez que sim com a cabeça.

– Só posso ser sua. Você sempre...

O restante das palavras foi engolido quando o Rei do Verão se inclinou para a frente e selou os lábios dos dois. A luz do sol tomou a boca de Aislinn. Cobriu a pele dela e gotejou por ela como um milhão de mãos minúsculas. Seus olhos estavam abertos. O brilho ofuscante do Rei do Verão quando fazia pressão contra ela era lindo demais para se desviar o olhar.

Ele se afastou por um instante, e ela percebeu que os dois não estavam mais tocando o chão. O ar queimava, estalando com o lampejo de calor.

– Tem certeza? – perguntou ele.

– Tenho. – Ela não tinha pedido para se tornar um ser mágico, não queria o futuro que tinha pela frente, mas agora o apreciava. Estava *feliz*, feliz de ser um ser encantado, de ser a Rainha do Verão, mas não era a amada de Keenan. – Estaríamos cometendo um erro. Eu nunca serei *aquele* ser encantado para você... nem você para mim.

– Sinto muito – disse ele.

– Eu também.

E ele a beijou de novo.

A luz do sol que pulsava para dentro do corpo dela tornava impossível manter os olhos abertos por mais tempo. Ela sentiu que uma eternidade de êxtase lânguido penetrava em cada poro e, como na noite em que Keenan a curara, se sentiu consumida demais para contestar. Os braços dele eram as únicas coisas que a impediam de cair no chão, que agora estava muito abaixo deles.

Aislinn não tinha certeza de por quanto tempo eles tinham flutuado sobre o parque, se beijando. Só sabia que seu rei estava se despedindo com um beijo.

Por fim, Keenan se afastou.

– Pense no solo, Ash.

– No solo? – ecoou ela.

– Na terra. Pense na luz do sol caindo. – Eles caíram de repente, e Keenan disse: – *Devagar*. Caindo devagar, Ash.

Ela fez que sim, e os dois diminuíram a velocidade.

– Estou fazendo isso.

— Está — confirmou ele. — A luz do sol não fica presa à terra. Nem a Rainha do Verão.

Os pés dela tocaram o chão, e Keenan a soltou. Ela teria caído de joelhos, mas ele a apoiou. Com cuidado, ele a ajudou a se sentar no chão.

Quando a mão dela tocou no solo, trepadeiras brotaram e se entrelaçaram para formar um elaborado trono de flores. O trono a ergueu do chão, e ela olhou para ele.

— Keenan?

Ele se afastou.

— Tudo vai ficar bem, Ash. Tavish vai lhe dizer o que você precisa saber. Você consegue fazer isso. Lembre-se disso.

Ela piscou e olhou para o parque além dele. As árvores eram uma profusão de flores. As cercas vivas tinham crescido até a altura das árvores, criando uma barreira formidável. A primavera ainda não havia chegado por completo, mas a área do lado de fora do parque da Corte do Verão estava florescendo. Em todo o parque, seus seres encantados agora estavam esperando. Ela se sentiu conectada a cada um deles com mais intensidade do que nunca.

Exceto Keenan.

Levou o olhar até ele. Seu Rei do Verão não era... Verão. Estendeu a mão para ele.

— Keenan?

Ele pegou a mão dela e se ajoelhou. A luz do sol que costumava pulsar entre os dois quando se tocavam, que a afundara no prazer um instante antes, não estava mais lá.

Ele ergueu a cabeça para olhar para ela.

— Eu esperava ser bem-vindo na sua corte, mas não é aqui que pertenço agora.

Aislinn ficou sem palavras. O ser encantado que a refizera, que tinha sido sua outra metade na personificação do verão, não era mais iluminado pelo sol. No beijo de despedida, ele de alguma forma tinha dado a ela a luz do sol que era dele.

Sou a única regente do Verão.

– Eu teria desistido do ser encantado que eu amo, dedicado a eternidade a você, a eles. – Keenan olhou à esquerda dela, onde Tavish agora estava de pé, e depois olhou para ela. – Mas preciso do amor e da paixão que você não me oferece. Você também. A falta de paixão, de amor, de *felicidade* enfraqueceu a minha... a *sua* corte. A corte agora está mais forte do que esteve durante a minha vida.

– Mas... – Aislinn tentou se levantar, mas descobriu que as pernas ainda estavam fracas demais para sustentá-la. Lágrimas escorriam pelo rosto, e ela viu arco-íris surgirem no céu, combinando com o rastro de suas lágrimas. – Se você podia ir embora... Não entendo. Por que eu não poderia? Isso é o que *você* sempre foi.

Keenan implorou por compreensão com sua expressão.

– Nasci de duas cortes, Aislinn. Havia uma escolha para mim. Uma que eu não podia fazer antes, mas agora a Corte do Verão está em mãos capazes.

– E você é o quê? – Apertou a mão dele, tentando fazê-lo se levantar, mas ele sacudiu a cabeça.

– Libere-me – pediu ele. – Como a única regente da Corte do Verão, me dê seu primeiro comando.

As lágrimas encobriam sua visão, e arco-íris reluziram em todo o céu.

– Keenan... você será sempre bem-vindo na minha corte se precisar de conforto ou de um lar. Você continua sendo amigo da minha corte... sob nossa proteção, se precisar. – Depois, com uma voz trêmula, acrescentou: – Você está livre.

Ele se levantou e saiu em silêncio do parque. Quando passou, o rowan se ajoelhou. As Garotas do Verão fizeram uma reverência única; suas trepadeiras se tornaram como tinta sólida sobre a pele quando elas se levantaram, não mais dependendo do antigo rei. A maldição que as unia tinha terminado.

Elas estão livres.

Capítulo 28

Depois da morte de Evan, Donia se sentiu entorpecida. Evan tinha cuidado dela desde que ela se tornara um ser mágico. Tinha sido seu guarda e amigo durante décadas. Para alguns, era apenas um piscar de olhos. *Para ele, era um instante.* Para Donia, era a totalidade de sua segunda vida. Sentia raiva, tristeza, mágoa, mas manteve essas emoções submersas sob o peso da neve e do gelo dentro de si. *Não posso lamentar, ainda não.*

A Hound Chela tinha deixado Donia e o corpo de Evan na casa da Rainha do Inverno, depois fez Donia prometer que não atravessaria a linha de guardas e Hounds estacionados do lado de fora – não que eles sozinhos fossem suficientes para conter Bananach.

Restavam o rei de luto, a rainha que só era ser mágica havia um ano, o Rei do Verão ou eu.

Donia pensou em Beira, a última Rainha do Inverno, com uma dor inesperada. Beira era diabólica de várias maneiras, mas era forte o suficiente, cruel o suficiente e habilidosa o suficiente para lutar contra Bananach. *E estava morta.* Donia suspirou. A morte de Beira tinha salvado vidas – *inclusive a minha* –, mas eliminara o mais poderoso dos regentes deste lado do véu.

Um véu que agora está fechado.

Com uma solenidade usada para esconder a tristeza interior, Donia encarou a terra; depois, com um sopro, levantou toda a neve da árvore ao lado de seu ponto favorito do jardim do inverno. As Irmãs Scrimshaw, o povo do Espinheiro, as criaturas lupinas e uma miríade de outros seres encantados da Corte do Inverno se acumulavam no jardim. Vários guardas carregavam Evan até o ponto que ela limpara.

Em silêncio, colocaram a casca vazia no solo molhado.

Quando terminaram, Donia puxou a umidade restante do solo sobre o qual ele repousava, e o corpo de Evan afundou na terra. Lágrimas desceram pelo rosto dela enquanto o solo o aceitava e, enquanto ela chorava, a neve caía do céu.

– Adeus, meu amigo.

Ela fez uma reverência com a cabeça, e seus seres encantados começaram a partir. Quase todos tinham ido embora quando três do povo do Espinheiro pararam. Um deles perguntou:

– Você prefere ficar sozinha ou acompanhada para o seu luto?

– Sozinha. – Ergueu o olhar até eles. – A menos que o protocolo exija...

Roçando suavemente as mãos sobre os braços e ombros dela, eles a deixaram sozinha no jardim do inverno, onde seu amigo, guarda e conselheiro agora estava enterrado. Assim que foram embora, ela separou os lábios e soltou o grito de dor e raiva que segurava dentro de si. O céu se abriu num rasgão, e uma tempestade de inverno assolou ao redor. O vento fustigou seu rosto; o gelo golpeou o rosto virado para cima; e a neve a envolveu num abraço muito necessário.

A Rainha do Inverno se ajoelhou na terra congelada e desejou que houvesse outras coisas que pudesse fazer para evitar a morte do ser encantado que a protegera em seus anos como Garota do Inverno, que a ajudara a se adaptar para ser Rainha do Inverno.

Quero que ela morra. Parou. É isso que Niall sente. O que Gabriel sente.

Não havia dúvida na mente de Donia de que as ações de Bananach tinham sido planejadas: ela queria que eles sentissem dor e raiva.

Por quê?

Donia forçou as emoções a voltarem para baixo da pressão calmante da neve que carregava dentro de si e entrou em casa. Era um ser encantado de luto, mas também era uma rainha em conflito. Não permitiria que suas emoções a impedissem de ser uma boa rainha. Evan poderia não estar mais lá para aconselhá-la, mas a tinha aconselhado com frequência suficiente para que ela soubesse o que ele diria: entenda as motivações de Bananach, estude seus padrões.

Dentro de casa, Donia se sentou diante da grande lareira de pedra em uma das salas pouco usadas e começou a escrever o que sabia. A atividade teve o benefício adicional de distraí-la.

Estava folheando as pilhas de cartas e documentos de Evan, esperando obter mais informações para acrescentar ao quebra-cabeça do comportamento de Bananach quando um de seus seres encantados entrou na sala.

– Donia? Minha Rainha?

Ela ergueu o olhar para Cwenhild, a Irmã Scrimshaw que esperava no vão da porta.

– Novidades?

– Uma visita. – Cwenhild franziu a testa. – Ele está esperando.

Donia fez sinal para ela continuar.

– Quem?

– Ele... o ser encantado... o... – A Irmã Scrimshaw balançou a cabeça. – Sinto muito, minha Rainha. Ele está no jardim. Posso trazê-lo... se você... não pensei.

– Não – disse ela com firmeza. – Encontro a paz no meu jardim. Isso não mudou.

Cwenhild assentiu, e Donia foi até o jardim. Ao chegar lá, entendeu a incapacidade de Cwenhild responder à pergunta. O ser encantado que esperava por ela não podia mais ser chamado pelo título segundo o qual era conhecido. Keenan estava sentado no centro do jardim, aguardando em paz no banco favorito dela – e sua luz do sol tinha desaparecido.

A neve no jardim não derretia quando caía perto dele. Em vez disso, acumulava-se na pele não mais iluminada pelo sol. O cobre do cabelo não tinha mudado, mas os brilhos de luz do sol foram substituídos por uma camada de geada.

– Eu nunca me senti em paz aqui, você sabe.

– O que aconteceu? – Ela o encarou. A luz do sol que ele usara como arma, como uma extensão de si mesmo, como parte de seu ser, tinha desaparecido. Ainda era um ser mágico, mas não estava repleto de luz.

Deslizou para o lado e deu um tapinha no espaço livre no banco.

– Pode se sentar comigo?

– O que você *fez*? – O ar frio dos lábios dela não virou vapor quando o tocou.

Keenan sorriu, hesitante.

– Mudei.

– Estou *vendo*. – Sem querer, ela levantou a mão como se quisesse tocar o brilho da geada na pele dele. Abaixou a mão, quase se sentindo culpada.

E ele suspirou.

– Dei minha luz do sol para a Rainha do Verão. Não sou mais daquela corte.

– Isso é... *sério*?

Ele fez que sim com a cabeça.

– Vim para cá assim que fiquei... livre.

Por um instante, ela olhou para ele, o ser encantado que roubara sua mortalidade, por quem estaria disposta a morrer, com quem ainda sonhava – e não conseguiu evitar se maravilhar com ele. Apesar de todas as coisas que achava que sabia sobre o mundo, isso era novo. *Ele* era novo.

Mas ainda era o ser encantado que Donia conhecia e, enquanto estavam sentados ali, ela percebeu que precisava contar a ele sobre a perda que a deixara tão triste.

– Keenan?

Ele olhou para ela, que disse suavemente:

– Evan... se foi.

– Foi como?

– Bananach o matou...

– *Quando?* – Os olhos não mais verde-verão se arregalaram. Um azul gelado os enchia, lembrando a ela o outro lado de sua herança.

O lado que o torna capaz de se sentar no jardim do inverno de um jeito tão confortável.

– Quando saí do loft – admitiu ela. – Bananach estava me esperando. Os Hounds vieram; meus guardas também. Incluindo Evan, perdemos mais de dez seres encantados.

Com o máximo de calma que conseguiu, contou a ele tudo o que sabia, tudo o que tinha acontecido. Não chorou no ombro dele, embora a tentação estivesse presente.

– Ela levou Irial, Evan e... – Keenan exalou uma nuvem de gelo, mas não pareceu perceber.

Ele pertence à minha corte. Ele é o último filho da Rainha do Inverno.

Donia ficou sem palavras com a revelação e com a aparente desatenção dele a isso. No entanto, ele nunca fora tão alheio quanto parecia; era apenas habilidoso para disfarçar as coisas que preferia não compartilhar.

Durante vários instantes, eles ficaram sentados em silêncio, depois ele olhou para ela com os olhos agora azul-inverno e disse:

– Não tenho direito... de estar aqui, nem de tocar em você. Eu sei disso.

– Você não tem o direito de me tocar – concordou ela, mas queria que ele exigisse o direito de fazer exatamente isso. *Ele me magoou. Deixou-me na mão. Prometeu coisas que não poderia cumprir.*

– Quero abraçar você, não apenas porque está sofrendo, mas porque agora eu *posso* – admitiu ele. – Posso?

Estendeu-lhe o braço, e ela deslizou para perto. Com cuidado, pousou a cabeça no ombro dele. Aquilo parecia certo, o modo como ela se sentia ao lado dele, preenchendo-a com uma sensação de completude que jamais conhecera.

Ficaram sentados ali por vários minutos, em silêncio, até ele dizer:

— Sinto muito pela sua perda.

— E eu pela sua. — Donia levantou a cabeça e olhou para ele. — Ele foi o seu ser encantado primeiro.

— Fiquei aliviado por ele ter vindo para cá quando você se tornou rainha. — Keenan mantinha o braço ao redor dela. Seus dedos ainda estavam sobre o ombro dela, segurando-a como se tivesse medo de que fugisse. — Eu sabia que ele a manteria em segurança de um jeito que eu não fiz.

Ela não conseguiu se impedir: estendeu a mão e passou os dedos pelo cabelo de Keenan. Parecia diferente, não afiado a ponto de machucar, mas macio. Não houve dor, nem vapor, nem confronto — por isso Donia continuou a traçar os dedos pelo corpo modificado.

Ele fechou os olhos. Ficou perfeitamente imóvel enquanto ela acariciava seu rosto e traçava o maxilar com os dedos. Em várias décadas, ela só tivera um Solstício de Inverno, mais de um ano antes, quando pôde tocá-lo sem provocar dor em nenhum dos dois.

— Você não é um rei agora. O que você é?

Os lábios dele se curvaram num sorriso, e ele abriu os olhos para encará-la.

— Não tenho a menor ideia. Não ofereci lealdade a ninguém. *Ainda.* Eu faria isso. Ofereceria qualquer coisa que eu tivesse à rainha certa.

— Ah — sussurrou ela.

– Não pertenço à Corte do Verão, não mais, nunca mais. – Passou os dedos pela neve que tinha se acumulado no banco do outro lado dele. – Quando eu era criança, conseguia exalar gelo no ar, depois o derretia no hálito seguinte.

Ele sabia. Não estava alheio, mas também não estava escondendo. *Pelo menos não de mim*. Keenan carregava a herança da mãe, enterrada sob a luz do sol durante séculos.

– Não contei a ninguém. Minha mãe sabia, mas também não contou a ninguém.

– Você é da minha corte – disse Donia, as palavras parecendo uma pergunta e uma declaração. – Você é herdeiro do trono que é meu.

– Não. Não quero seu trono, Don; só quero *você*. – Keenan encarou o jardim coberto de neve. – Minha mãe me disse que só amou uma vez. Ela teria feito qualquer coisa por ele, mas ele a traiu. Ela não se recuperou.

Donia se afastou dele. No meio de tudo o que estava acontecendo, à beira da guerra, com seres encantados desertando e seres encantados morrendo, Keenan estava sentado em seu jardim contando sobre a infância dele.

– Não entendo o que está acontecendo – disse ela.

Vários instantes se passaram, e ele disse:

– Vou ver Niall. Preciso ajudá-lo se for possível. Levantou-se e se virou para encarar Donia. – Depois disso, eu voltarei. Sou um ser encantado solitário agora, forte o suficiente para ser... o que você estiver disposta a me deixar ser. Você sabe o que sou. Tanto o verão quanto o inverno viveram dentro de mim quando eu era criança. Escolhi um deles porque meu pai foi assassinado e a corte dele precisava de mim, mas saí da Corte do Verão. Depois que Niall estiver bem de novo, vou jurar lealdade a você ou permanecer solitário. Serei seu subordinado, seu servo, solitário, mas não da sua corte. Tudo o que for necessário para eu ter a chance de ser seu, de verdade e para sempre... é isso que eu quero.

Ele se inclinou e pressionou os lábios nos dela. Depois disse:

– Sou filho da minha mãe em algumas coisas, Donia. Eu teria tentado ser fiel à minha rainha se precisasse, mas ela sabia, e você também, que ela nunca foi a primeira para mim. Sei que não mereço você. Nunca mereci, mas quero encontrar um jeito de ser digno de você.

– Keenan, eu não...

– Deixe-me dizer uma coisa. – Ele se ajoelhou na neve que se acumulava ao redor do banco. – Quando eu disse que queria tentar, estava dizendo a verdade. Quando fui embora, foi pela minha corte anterior; e, quando tentei fazer outro ser encantado me amar, foi por aquela corte. Passei a vida inteira tentando fazer a Corte do Verão retomar a força que tinha. Em todos esses anos, em *séculos*, só desejei estar livre do dever por um motivo. Você.

– E se...

– Por favor? – implorou ele. – A única coisa que se colocava entre nós era uma corte que não é mais preocupação minha. Diga que juramento você quer que eu faça, que promessa. Qualquer coisa.

Donia pensou na época em que ele olhara para ela com essa mesma esperança bruta – e na época em que *ela* sentira essa esperança. Tinham estado nesse momento tantas vezes. *Desta vez é diferente.* Ela sentia isso, sabia disso assim como sabia que não teriam dado certo antes.

Ela inspirou e exalou devagar, depois falou:
– Se você me decepcionar, eu mato você. Juro, Keenan. Se me decepcionar, arranco o seu coração com as minhas mãos.
– Se eu decepcionar você, eu mesmo o arranco *para* você. – Ele a encarou. – Deixe-me amá-la, por favor? Diga que ainda há uma chance, Don.
Ela não conseguia respirar e contornar a dor no peito.
– Diga que sou a única.
– Você é a única. Eu amo você – jurou ele. – Amo você há anos e, se pudesse, a teria transformado em minha rainha. Você sabe...
Ela se inclinou e o beijou, interrompendo suas palavras, e caiu no solo coberto de neve e nos braços dele. Não era o solstício, mas não importava mais. Ele estava ali, no jardim dela, na vida dela.
Meu.
Agora e para sempre.

Capítulo 29

Depois que o ex-rei saiu, Aislinn continuou no parque, cercada pelos seus seres encantados, e pensou na intensidade que sentia. Se achava que ser corregente era cansativo, ter a outra metade do Verão preenchendo-a era de derreter a alma.

Não consigo imaginar se tudo isso tivesse acontecido ao mesmo tempo. Como foi que Donia fez? E Niall?

Ao pensar nos outros regentes recentes, ela se empertigou. Eles *tinham* conseguido; assumiram o controle de suas cortes, as conduziram, as protegeram. Sem dúvida, eles haviam tido dificuldades que ela não conhecia, mas tinham conseguido.

Eu também vou conseguir.

Ela endireitou os ombros e olhou para a corte. *Vamos começar do início. Você fez isso com metade da força e enquanto ele estava fora. Você consegue fazer isso.* A Rainha do Verão sorriu para seus seres encantados.

Tavish veio ficar ao lado do trono. Várias das Garotas do Verão deram um passo à frente. Alguns dos rowans assumiram a posição de guardas; outros se moveram pela multidão. Três glaistigs que estavam ligadas à corte por juramento de lealdade temporária se dividiram em outras posições – uma para cada lado do trono onde ela estava sentada e a terceira para a parte mais distante do parque. Aobheall tinha saído da fonte e estava de pé entre as Garotas do Verão e os rowans.

Sua corte esperava que ela os liderasse.

– Estou imaginando que todas as Garotas do Verão estão livres para deixar a... *minha* corte. – Deixou o olhar passar por elas. – Mas eu gostaria que todas vocês ficassem.

A maioria fez que sim com a cabeça e sorriu; poucas pareceram inseguras.

– Não precisam decidir hoje – acrescentou Aislinn. Depois pensou nas duas garotas que tinham sido fundamentais para ajudá-la a entender o que era necessário para liderar a corte. – Siobhan? Eliza?

– Minha Rainha – disseram as duas em uníssono.

– Eu gostaria que vocês se unissem a Tavish como conselheiras da minha corte – disse ela.

Eliza engoliu em seco, em silêncio, mas Siobhan sorriu.

– As Garotas do Verão são coisas tolas e giratórias, minha Rainha – disse Siobhan com leveza. Seus olhos se arregalaram em uma falsa tentativa de parecer ingênua.

Aislinn riu.

– Se quisesse que eu acreditasse que vocês eram *apenas* isso, não devia ter me aconselhado quando Seth estava desaparecido. Vocês todas podem permanecer exatamente como eram antes. Espero que ainda se alegrem e brinquem. *Toda* a minha corte fará isso... Mas, primeiro, vamos consultar a Corte do Inverno e a Corte Sombria e descobrir como conter Bananach.

A Rainha do Verão voltou a atenção para Tavish.

– Você será o único comandante dos guardas, além de me aconselhar com... – Olhou para Siobhan, que fez que sim, e para Eliza, que sacudiu a cabeça. – Minha nova conselheira, Siobhan.

Depois de um breve olhar orgulhoso, Tavish fez uma reverência.

– É uma honra.

Três assuntos resolvidos. Ela tinha uma guarda, uma nova conselheira e tinha dado boas-vindas às Garotas do Verão. Agora, precisava lidar com uma situação que se tornara inaceitável. Aislinn voltou o olhar para Quinn.

– Você precisa responder umas perguntas.

Quinn tinha ficado parado em silêncio enquanto ela escolhia seu substituto. Não tinha se aproximado quando ela começou a tratar dos assuntos nem tinha funcionado como guarda. Em vez disso, ficou à margem do grupo de seres encantados reunidos.

– Minha rainha?

– Você me questionou. – Ela avançou em direção a ele, percebendo que faixas de flores brotavam onde ela pisava, e fez uma anotação mental para descobrir como *desligar isso*.

Quinn a observou se aproximar sem recuar.

Ponto por isso. Ela parou. *Ou não. Será coragem ou desdém?*

– Você não me trata com o respeito que se deve a uma rainha – disse ela com suavidade.

Quinn travou o olhar com o dela.

– Sirvo à minha corte.

– A pergunta é se você serve à *minha* corte – contrapôs ela. Como ele não respondeu, ela pressionou:

– Você serve à Corte do Verão?

Enquanto Quinn a encarava, Aislinn sentiu o coração da Corte do Verão queimando na pele. Colocou a mão no ombro dele. Ao toque dela, a camisa dele queimou e a pele fritou.

Diminua isso, alertou a si mesma. Sua expressão não demonstrava nada, mas um toque de culpa passou pelo seu peito. *Eu não queria...* Ela se endureceu. *São seres encantados, e eu sou a rainha deles. Se me virem fraquejar, isso fará mais mal do que bem.* Forçou Quinn a se ajoelhar.

– A que corte você serve, Quinn?

– Sou conselheiro da...

– Não – disse Aislinn, baixinho. – A que *corte* você serve? Você não está aqui para servir aos meus desejos, então me diga: aos desejos de quem você serve?

– Aos de Sorcha – admitiu ele. – A Rainha da Alta Corte enviou seus representantes e... ela queria saber da nossa corte.

– *Minha* corte – corrigiu Aislinn. – Se você estava espionando a *minha corte* para outro regente, esta não é a sua corte. Vá.

– Vá? – ecoou ele.

Aislinn lhe deu o sorriso cruel dos seres encantados que aprendera quando se tornou Rainha do Verão. *Quando Keenan me ensinou a fingir que eu não estava sobrecarregada.* O sorriso não vacilou, nem a voz quando disse:

– Ela quer você, vá servir à corte dela. Meus seres encantados não servem aos desejos de outros regentes sem meu consentimento.

– Mas... mas o véu está fechado. Não *posso* ir para o Mundo Encantado. – A expressão normal de autoconfiança de Quinn sumira quando olhou para ela. – Eu... lhe suplico: me dê seu perdão, por favor.

A Rainha do Verão encarou o ser encantado de joelhos. Ao redor, a corte estava em silêncio. *Perdão?* Não queria ser cruel, mas agora entendia o significado de liderar. Às vezes uma regente precisa fazer coisas que a deixariam sem sono. Não era sempre claro, mas o bem e o mal absolutos eram coisas dos contos de fadas infantis.

Com firmeza, disse a ele:

– Não confio em você, Quinn. Você colocou os interesses de outra corte à frente da *minha* corte ao mesmo tempo que dizia servir a mim. A segurança dos meus seres encantados é minha prioridade. Tem que ser.

– Mas... – Ele baixou a cabeça. – Não posso ir até ela, e lá fora... A *Guerra* está irritada. Por favor?

Aislinn suspirou.

– Conselheiros?

– Ele não pode ter permissão para continuar no loft nem nos andares superiores do prédio – disse Tavish.

– Nem participar das reuniões nem ter contato com nenhum ser mágico do verão – acrescentou Siobhan.

– Nem servir como guarda – disse Tavish.

– Meus conselheiros parecem estar deixando a opção do perdão sobre a mesa, Quinn. – A Rainha do Verão olhou para os conselheiros e sorriu. Depois olhou para Quinn. – Você levou informações para outra corte. Você não foi *meu* ser encantado de verdade. Você não é mais da Corte do Verão, mas, se se sentir solitário, pode ficar entre nós para sua segurança, até o momento em que encontrar uma nova corte, se meus conselheiros encontrarem um uso viável para você.

– Você é misericordiosa – disse Quinn com gratidão clara no rosto.

Aislinn pegou a garganta dele e deixou apenas um pouco de calor chegar ao toque – não o suficiente para ferir de verdade, mas o suficiente para sua impressão permanecer quando ela o soltasse.

– Se suas ações colocarem meus seres encantados em perigo, meu perdão chegará ao fim.

– Sim, m...

– E se suas ações continuarem... – Ela o apertou. – Você verá quanto dano uma regente do Verão totalmente capaz pode infligir. – Em seguida, Aislinn o soltou. – Tirem-no daqui.

Eliza se aproximou com dois rowans. A Garota do Verão disse baixinho:

– Gostaria de me unir aos guardas, minha Rainha.

– Não vejo por que não. – Deu um olhar de relance para Tavish. – Se o chefe da guarda aprovar.

– O treinamento começa depois que acompanharmos Quinn até uma cela confortável. – Tavish fez sinal para Eliza pegar o braço de Quinn e acrescentou: – Acho que temos um novo emprego para você, Quinn. O que acha de ser ajudante de treinamento?

O ex-conselheiro melindrado fez cara feia, depois disse:

– Se a Rainha do Verão quiser que eu faça isso, farei.

Aislinn fez que sim com a cabeça.

– Acho que algumas das Garotas do Verão podem precisar de regras básicas de defesa...

– E ataque, minha Rainha – interrompeu Siobhan.

– Treinamento de defesa *e* ataque. Quinn será um ótimo boneco para praticar suas habilidades. – Aislinn não se preocupou em disfarçar o sorriso.

Quinn rangeu os dentes.
– Como quiser.
E com isso Eliza e Tavish o levaram embora.
Aislinn sentou de novo no trono feito de trepadeiras e disse à corte:
– Quero comemorar, quero dançar com vocês, quero que a gente se perca em semanas de orgia, mas o ex-rei fez um sacrifício para nos dar a força para enfrentar o Frio e a Escuridão. Depois que encontrarmos um jeito de conter a Guerra, prometo que vamos comemorar como eu desejo agora.
Seus seres encantados sorriram e aplaudiram.
– O parque está em segurança. Bananach não consegue entrar sem meu consentimento. Ninguém consegue – garantiu Aislinn. – Vocês podem ficar no parque ou no prédio da Corte do Verão, mas, sem meu consentimento, ninguém pode ir a nenhum outro lugar. Dancem ou descansem, façam amor ou música, mas permaneçam no espaço em que estão em segurança.
Apesar das restrições que ela acabara de impor – ou talvez porque fossem seres encantados do verão –, os seres encantados pareceram perfeitamente contentes com o comando. *Eles estão*. Ela sentiu as tramas da conexão com cada um deles e sabia que não estavam fingindo cooperar. Eles confiavam nela e em seu julgamento.
Por favor, não me deixe decepcioná-los.

Capítulo 30

– Não estou cuidando da corte. – Niall ajeitou o lençol com que cobriu Irial. – Está melhor hoje, mas não consigo me lembrar de todos os minutos.

Na cama, em frente a ele, o corpo de Irial estava imóvel. Os dois estavam sozinhos. Um Hound guardava a porta, mas, assim como os outros guardas, estava proibido de entrar no quarto. Além de Niall e Gabriel, ninguém tinha ido lá desde que Irial morrera. O corpo não tinha mudado. Parecia que Irial apenas dormia, mas, quando Niall tocava seu braço, a carne estava fria.

– Não tenho certeza se estou feliz por você não estar aqui para ver minha queda na loucura. Ainda sonho com você. Na primeira vez em que o deixei, eu sonhei com você: lembranças de coisas. – Niall riu com amargura. – Aparentemente, não estou muito melhor nessa coisa de perder você desta vez. Quem imaginaria?

Lágrimas negras pingaram no cadáver quando Niall beijou a testa de Irial.

– Volto para casa mais tarde.

O Rei Sombrio saiu da casa e foi até o armazém. Os seres encantados observaram-no se aproximar com um grau de medo que parecia surreal. *Eles veem minha loucura.* Têm medo de mim. Porque Irial está morto. Niall tentou sorrir de um jeito encorajador para eles, mas a emoção que vinha de muitos ainda era de medo.

– Vão. Hoje à noite, quero ficar sozinho com o traidor. – Olhou para cada um dos guardas que permaneciam do lado de fora do armazém. – Avisem a todos. Como seu rei, ordeno que busquem prazer com quaisquer seres encantados que desejarem. Alimentem-se. Preciso que todos estejam com o máximo de força.

Dentro do armazém, Niall repetiu a ordem, e a alegria se espalhou pelos seres encantados da Corte Sombria. Enquanto o Rei Sombrio olhava para os seres encantados que comemoravam, uma voz em suas lembranças veio à tona:

Não sou depravado; não permito atos imperdoáveis.

Niall parou no meio do armazém, levantou a voz e acrescentou:

– Tenham prazer *apenas* com quem estiver de acordo, mas se alegrem com brigas, se alegrem com a sensualidade enquanto sofrem pelo rei morto.

Depois que eles saíram, Niall andou até a gaiola suspensa no meio do cômodo e encarou o traidor.

Seth matou Irial.

O Rei Sombrio andou de um lado para outro. Parou em frente a uma das fogueiras que queimavam no armazém. Não ajudou muito para afastar o frio que parecia tê-lo tomado desde que Irial morrera. Com raiva, agitou a lenha queimada com um atiçador de fogo, mas o frio não diminuiu.

– Você poderia ter salvado Iri. – Niall jogou o atiçador no chão e olhou para Seth. – Poderia ter me poupado dessa loucura que me ameaça.

Quando Niall olhou para a gaiola acima, Seth se perguntou se a amizade dos dois seria sua morte.
– Somos amigos, Niall. Solte-me – disse Seth baixinho.
Infelizmente, Niall era mais Rei Sombrio do que amigo do ser encantado naquele momento. Murmurando para si mesmo, andou pelo armazém vazio, parou e olhou para Seth.
Ele está sofrendo. Está desequilibrado.
– Eu me tornei tão louco quanto Bananach? – perguntou Niall.
Dentro da prisão, Seth preferiu não responder a essa pergunta específica. Então Niall chutou a barra de ferro que segurava a corrente da gaiola, que despencou no chão.
– Diga, Visionário. Sou um louco?
Seth se ajeitou no chão, onde caíra quando a gaiola despencou.
– Enjaular seus amigos não está no topo da lista de sanidade.
– Não enjaulo meus amigos. – Niall pegou o atiçador de fogo do chão e o apontou para Seth. – Você me enganou, se infiltrou na minha corte...
– Tudo bem, *agora* você parece maluco. – Seth se alongou e olhou ao redor da sala mal-iluminada. – Que horas são, afinal? Podíamos sair. Tomar o café da manhã ou jantar. Depois você poderia tirar o cochilo de que está precisando muito. O que me diz?
– Você matou Irial.

— Não — falou Seth bem devagar. — Bananach fez isso. Eu lutei *com você*. Você se lembra disso, Niall. Eu sei que se lembra.

— Assassino. — Niall enfiou o atiçador bem fundo no fogo. — A Corte Sombria não tolera traição. Eu não tolero.

— Não será uma corte se você não sair desse buraco, Niall. — Seth ficou de pé. — Onde está Gabe? Onde estão todos? Bananach está reunindo forças, Niall. Você precisa *fazer* alguma coisa.

— Estou prestes a fazer — disse Niall.

— Se vai fazer o que parece, isso está no topo da lista de loucura. — Seth observou a ponta do atiçador esquentar. — Posso perdoar muitas coisas, Niall, mas você está começando a chegar na lista dos imperdoáveis.

O Rei Sombrio sacudiu a cabeça.

— Já os vi cegarem mortais com Visão.

— Não mortal.

Niall levantou o atiçador e andou em direção à gaiola.

— Não entendi, mas Sorcha segue os modos antigos. Talvez ela saiba das coisas. Ela sabe, Seth? Ela sabe de coisas que eu não sei?

— Ela vê o futuro; então, sim. — Seth se afastou dele. — Você precisa saber que isso é uma péssima ideia. Você me ofereceu a proteção da sua corte.

— Ofereci. — Niall encarou a ponta de ferro quente. Em seguida, ergueu o olhar para Seth enquanto envolvia o metal com a própria mão.

— Pare! — Seth correu para a frente, com o braço estendido através das grades da gaiola, mas não conseguiu alcançar Niall.

Niall não respondeu. O chiado e o aroma de carne queimada eram os únicos sinais de que o Rei Sombrio estava, de fato, machucando a si mesmo.

– Pare! – repetiu Seth.

– Ótimo. – De repente, Niall soltou a ponta incandescente do atiçador e a empurrou em direção ao rosto de Seth.

Com a velocidade de ser encantado pela qual era extremamente grato, Seth se moveu – mas não rápido o suficiente. Uma dor abrasadora o jogou para trás quando o atiçador esfolou seu rosto. O olho estava intacto, mas uma queimadura na têmpora o deixou em agonia.

– Droga, Niall. – Seth afastou a dor que ameaçava fazê-lo vomitar. – Você não pode fazer essas merdas.

A voz do Rei Sombrio estava abafada quando perguntou:

– Por quê?

– Porque... – A voz atrás dos dois fez Niall e Seth se virarem. De pé nas sombras do cômodo estava a única pessoa no mundo que poderia conseguir argumentar com o Rei Sombrio desde a morte de Irial. A mortal magra demais e com voz macia andou em direção a eles. Seus passos eram ecos agudos no piso de cimento.

– Você não é essa pessoa – disse Leslie.

Niall deixou o atiçador cair no chão do armazém.

Ela continuou entrando no cômodo; sua postura e expressão diziam que ela estava perfeitamente tranquila com a cena diante de si.

Leslie parou na frente da gaiola.

– Niall? Você não quer se machucar de verdade... nem a ele, não é?

Niall não parecia mais o inimigo que estava prestes a se tornar apenas instantes atrás. Parecia um ser encantado que precisava de coisas que ninguém ali poderia lhe dar.

— Seth *vê* coisas. Ele sabia e... sabia que Irial...

— Eu soube do que aconteceu. — Leslie se aproximou de Niall com a mão estendida. — Ash me ligou. Donia me ligou... Você mandou me chamar. Lembra, Niall? Você enviou Hounds.

Niall encarou Leslie com algo entre pavor e esperança.

— Eu não queria contar a você.

— Estou aqui. — Leslie olhou por sobre o ombro para onde um Hound estava parado no vão da porta aberta. — Estou aqui com a *minha* corte. Estou aqui com *você*... porque você precisava de mim. *Eles* precisam que eu esteja aqui com você.

O Hound não disse nada mesmo quando seu rei o observou, mesmo quando viu o atiçador de fogo e Seth enjaulado. Seth não pensou nem por um instante que o Hound o libertaria, por isso não ficou surpreso quando ele simplesmente fez um sinal para ele com a cabeça antes de se virar e sair.

Leslie pegou a mão sem ferimentos de Niall.

— Irial não ia querer que você sofresse. Você *sabe* disso.

— Ele morreu, Leslie. Ele *foi embora*. Estou tão cansado, e ele se foi.

— Eu sei. Isso significa que você precisa cuidar da corte e de si mesmo agora. — Leslie tocou o rosto dele com a outra mão. — Venha descansar comigo.

— Seth *sabia*, e ele...

— Seth não é minha preocupação neste momento... nem sua. — Leslie se esticou e beijou Niall com carinho. — Você está sofrendo. *Eu* estou sofrendo. Quer ficar aqui e torturar Seth ou me abraçar para eu poder chorar?

– Não quero que você chore. – Niall a puxou para seus braços. – Não consegui salvá-lo. Eu tentei, Leslie. Tentei e... fracassei.

– Venha. – A voz dela estava abafada pelo abraço forte. – Venha descansar comigo, Niall?

– Não posso. Se eu dormir, vou sonhar com Irial – confessou Niall. – Não quero dormir.

Leslie se inclinou e olhou para ele.

– Fico com você. Eu o acordo, se for necessário. Apenas me leve para casa. Por favor?

Ele hesitou.

– Eu... lá dentro... eu estava perturbado.

Leslie acariciou o rosto dele.

– Você está sofrendo, e Irial está morto. Você honestamente acha que eu me importo com outra coisa além disso?

Com um braço ao redor de Leslie, Niall agarrou a corrente com a mão machucada e a puxou com força. A gaiola de Seth subiu. Quando estava lá em cima, perto das vigas de novo, Niall amarrou a corrente na barra.

Depois, sem mais uma palavra, ele e Leslie saíram para as sombras do armazém e deixaram Seth sozinho no escuro.

Infelizmente, não ficou sozinho por muito tempo. Poucas horas depois, foi acordado por um grasnado de risada.

Bananach caminhava pelo armazém vazio. Atrás dela, um desfile de seres encantados, conhecidos e desconhecidos de Seth.

De ruim a pior. Seth observou a criatura-corvo maluca entrar no domínio do Rei Sombrio com sangue suficiente sobre si para ele saber que alguém estava morto ou gravemente ferido. *Pergunto ou espero?* Não conhecia Bananach o suficiente para saber qual era o melhor caminho.

Seus passos eram constantes enquanto atravessava o armazém até o trono do Rei Sombrio.

A própria criatura-corvo olhou para Seth no alto enquanto ele se levantava e agarrava as grades da gaiola.

– Ora, ora, um carneirinho. Que surpresa agradável. – Ela abriu as asas totalmente e se ergueu para flutuar em frente a ele. Ao fazer isso, Seth pôde ver que uma das asas estava muito rasgada. A lógica dizia que ela não deveria conseguir se erguer com esse ferimento, mas não pensou que a dor seria um impedimento para Bananach.

– Vejam, meus amores: o velho rei me deixou um presente de coroação.

Seth se perguntou se ela conseguia saborear as emoções do mesmo jeito que Niall. *Será que ela sabe que estou apavorado?* Esperava que não. Manteve a voz sob controle e disse:

– O Rei Sombrio...

– Se foi. – Ela caiu no chão em frente ao trono.

Será que ela matou Niall? Entre o sangue e as palavras dela, Seth não tinha certeza. Tentou ver as tramas de Niall, mas só viu escuridão. *Isso* não prova nada.

Os seres encantados reunidos ficaram em silêncio enquanto Bananach ficava parada na frente do trono vazio. As respirações de todos pareceram uma arfada quando ela subiu na plataforma e tocou o braço da cadeira.

Ela se virou, o olhar deslizando pelos seres encantados que a observavam, depois se sentou no trono do Rei Sombrio. Por um longo instante, fechou os olhos e ficou em silêncio. Depois abriu os olhos de repente.

– Sou a Rainha Sombria. Este é meu trono, minha corte, e você... – Lançou um olhar desconcertante. – É meu prisioneiro.

Os olhos de Seth se arregalaram.

– Você não pode simplesmente *se declarar* rainha. Existem regras, processos e...

– Isso é para os subordinados, e eu, meu querido carneirinho, *passei da fase* de ser subordinada de alguém. Quando uma regente é destinada a isso, ela pode fazer assim, e eu estou destinada a ser rainha. Eu *sou* a Rainha Sombria. – Ela levantou a voz: – Subordinados? Venham.

O cômodo começou a se encher com mais seres encantados. Alguns que deveriam pertencer às cortes do Verão e do Inverno se uniram aos Ly Ergs, alguns seres mágicos com espinhos e solitários que Seth tinha visto pela cidade. Todos entraram no armazém abalando as estruturas. Com sorrisos alucinados e mãos ensanguentadas, eles expressaram sua alegria.

Bananach estava sentada no lugar do regente e gesticulou com realeza.

– Venham, meus errantes, e me ofereçam sua lealdade.

Para desespero de Seth, eles assim fizeram. Um após o outro se ajoelhou diante dela e fez uma reverência. Retiraram seus juramentos a Niall e chamaram Bananach de "minha senhora" e fizeram juramentos de lealdade.

Pelo menos ele está vivo...

Seth tinha visto Niall lutar contra Bananach duas vezes e duvidava de que alguém mais tivesse habilidade para isso – especialmente se Bananach controlasse a Corte Sombria –, mas o Rei Sombrio desequilibrado não estava em forma para lutar contra ninguém e ganhar.

Não quero me opor a Niall.

Nenhum outro ser encantado da Alta Corte continuava neste lado do véu.

Quando um regente é destinado a isso, ele pode fazer isso. Seth pensou nas palavras que Bananach usara para explicar sua capacidade de se tornar rainha. *Ou ela está errada, e não importa; ou está certa, e isso vai funcionar.*

Quando as hordas de Bananach terminaram de oferecer suas promessas à rainha-corvo, eles a observaram com uma adoração enlevada.

– Eu *sou* o... equilíbrio do Rei Sombrio – disse Seth o mais rápido possível. – Sou o ser encantado que vai equilibrar Niall. Sou filho da Ordem; sou feito da Rainha da Alta Corte; sou seu *irmão*, Niall.

Sentiu-se ridículo, mas continuou repetindo as palavras várias vezes enquanto olhava para baixo, para os seres encantados que estavam diante da Rainha Sombria autoproclamada.

– Eu equilibro você, Niall... que haja ordem na sua escuridão – sussurrou Seth.

Bananach se levantou e deu dois passos para longe do seu trono.

– Eu sou a Ordem deste lado do véu. – Seth se levantou e agarrou as grades da gaiola. – Eu sou a Ordem para a sua Escuridão.

A criatura-corvo deixou o olhar passear pelos seres mágicos reunidos. Olhou rapidamente para Seth no alto.

– Os outros regentes não me deram a palavra de que eu precisava; rejeitaram minha fome de guerra; mas *eu* sou uma regente agora. – Bananach levantou a voz e disse as palavras que as outras cortes se recusaram a dizer: – A Rainha Sombria, *sua rainha,* fala de Guerra. Eles vão nos reverenciar ou serão esmagados sob nossos pés.

Capítulo 31

Quando Donia acordou, olhou para cima e viu pontas de gelo e arcos de neve. Por um instante se perguntou se tinha dormido ao relento, mas havia lençóis enrolados nas suas pernas. *Minha casa. Minha cama.* Suspirou feliz. Um paraíso invernal enchia o quarto a ponto de ela quase duvidar de que estava dentro de uma casa. Olhou para o céu cristalino sobre a cabeça e depois para o ser encantado dormindo a seu lado.

Quero ficar exatamente aqui para sempre.

Diferentemente das vezes que tinha tocado Keenan desde que ela se tornara um ser encantado, desta vez a pele dele não estava marcada. O gelo dela não o feriu como fazia quando ele era Rei do Verão. Ela se apoiou sobre um dos braços e, com o outro, deslizou os dedos com cuidado pelo cabelo dele e depois pelo ombro nu. Nenhum vapor saiu da pele dele, como acontecera quando eles passaram o solstício juntos; nenhuma mancha se formou como quando ela o tocara outras vezes. Depois de décadas desejando isso, acreditando que nunca poderia acontecer de verdade, eles estavam juntos.

– Se eu fingir que estou dormindo, você vai continuar a me tocar? – Manteve os olhos fechados, mas estendeu a mão e deslizou os nós dos dedos no braço nu de Donia.

Como ela não respondeu, ele a olhou.

– Don?

– Fale de novo.

Com o mesmo sorriso travesso que roubara seu fôlego quando o conhecera, ele a puxou para seus braços e a rolou para baixo de si. Ficou por cima dela, fitou seus olhos e lembrou a ela:

– Amo você, Donia.

A neve caiu sobre ele vinda de algum lugar acima da cama quando levou os lábios aos dela e disse:

– E vou passar a eternidade amando você. Todos os dias.

– E todas as noites – acrescentou ela com um sorriso.

– Hummm... e todas as manhãs? – perguntou ele.

Para essa pergunta, não havia palavras que fizessem justiça como as ações, então Donia respondeu com carícias e beijos.

Mais tarde, quando fomes de outros tipos os fizeram deixar os prazeres da cama – e do chão coberto de neve –, Donia não conseguia parar de sorrir. Eles andaram pela casa de mãos dadas.

Seus seres encantados olhavam com aprovação, para a surpresa dela.

– Quero que fique aqui – soltou ela de repente.

Keenan parou.

– Agora?

– Não. – Donia se virou para encará-lo. – Fique aqui, more aqui, *continue* aqui.

O olhar de alegria no rosto dele a fez perceber que as coisas que ela achava sedutoras quando ele estava cheio da luz do sol eram apenas uma fração do que ele era agora que só tinha o Inverno dentro de si. Os olhos dele brilhavam com o resplendor de uma geada perfeita; suas feições pareciam, de alguma forma, mais definidas quando ela olhava para ele.

E agora eu não preciso resistir.

Com um suspiro satisfeito, ela o puxou para si e o beijou. Quando ela deu um passo para trás, os lábios dele se separaram e os olhos se arregalaram de surpresa.

– Diga sim – exigiu ela.

– Sou seu, Donia. – Recostou a testa na dela. – Não precisa me oferecer nada que não esteja preparada...

– Está falando sério? – Ela riu. – Esperei por você a maior parte da minha vida.

– Você é uma rainha. Aceito qualquer coisa que você...

Ela o beijou de novo e perguntou:

– Quer morar aqui?

– Quero.

– Então não seja tolo, Keenan. Quero você aqui.

– Depois que Niall se mostrar estável e nós soubermos que Bananach não vai se apresentar à noite e nos matar na cama... – Ele fez uma careta. – Não sei o que vamos fazer com ela.

Donia entrelaçou os dedos nos dele.

– Você não é rei. Não é sua função agora.

– Ah. – Ele parou e fez que sim. – Vou lutar... ou do que você precisa?

– Você ia até Niall – lembrou ela. – Mudou de ideia?

– Não – disse ele com muito cuidado –, mas quero... Eu não sabia que Evan tinha morrido e não quero... Não que você seja incapaz de se defender, mas... – Passou a mão pelo cabelo dela.

Com gentileza, Donia sugeriu:

– Você é um ser encantado solitário, Keenan. Não é meu subordinado. Não é subordinado de ninguém. Pode fazer o que quiser.

Ele fez que sim com a cabeça.

– O que vai fazer? O que você *quer* fazer? – instigou ela.

– Vou tentar ajudar Niall. Ele está fora de si, e tenho uma teoria sobre o que está errado – disse a ela. – Depois vou pedir para você se casar comigo.

Ela deu um passo atrás, com os joelhos subitamente fracos.

– Seres encantados não... Isso não é exatamente *assim*.

– Já sonhei com tudo. A cerimônia, os votos. – Olhou para ela com uma intensidade que a fez se sentar de repente. – Pensei muito em tudo. Os votos de seres encantados são inquebráveis. Se eu disser tudo direitinho, você vai *saber* que eu pertenço a você. Só a você. Para sempre.

Ela piscou várias vezes e, com o máximo de casualidade que conseguiu, beliscou o pulso. *Estou acordada. Keenan está aqui na minha casa dizendo que quer um voto de ser encantado e um casamento.* Essa era a parte em que ela deveria dizer algo animador; tinha certeza disso. Em vez disso, ficou encarando-o em silêncio.

Ele se ajoelhou, como um homem mortal, sobre um dos joelhos diante dela.

– Seres encantados não fazem votos de fidelidade com frequência, mas nós podemos. *Nós* podemos.

– Sim.

Mas ele entendeu mal e continuou:

– Quando eu voltar, vou comprar um anel. Primeiro, vou ajudar Niall. Algo está errado com ele, e vou tentar descobrir como fazê-lo voltar a ser como era.

Surpresa demais com a imprevisibilidade daquela manhã, ela fez que sim e repetiu:

– Sim.

– Podemos fazer qualquer coisa, Don. Vamos derrotar Bananach, ajudar Niall... Tudo é possível agora. *Você* me faz acreditar no impossível. Sempre fez. – Ele se levantou e a beijou até ela não ter muita certeza se estava acordada ou sonhando, depois disse: – Vou voltar. Vamos conter Bananach e depois teremos a eternidade.

E partiu antes que ela conseguisse pensar com clareza suficiente para explicar que o sim significava: *Sim, eu me caso com você.*

Capítulo 32

Desta vez, Keenan procurou o Rei Sombrio na casa dele. Era um lugar que nunca pensara em visitar por conta própria, e não tinha certeza se teria permissão para entrar. No entanto, os seres mágicos da Corte Sombria que ele vira sugeriam que Niall estaria em casa. Evidentemente, eles também sugeriam – com diferentes graus de humor e medo – que Keenan precisava estar preparado para sangrar, se quisesse entrar na casa do Rei Sombrio.

Keenan chegou quando um ser mágico com espinhos estava saindo, então evitou a estupidez de passar pela gárgula na porta. Dentro da casa, as evidências da ira de Niall estavam por toda parte. Vidros espalhados e móveis quebrados se misturavam a pedaços de metal retorcidos. Manchas escuras deixavam claro que os danos não eram apenas coisas inanimadas.

O antigo Rei do Verão caminhou pelos escombros até ficar de pé no vão da porta do quarto onde Niall estava sentado.

– Acho que você não foi chamado, reizinho. – O corpo que era de Niall olhou para ele. – Nem acho que você seja forte o suficiente para enfrentar a ira do Rei Sombrio.

– Conheço Niall, e *você* não é ele. – Com cuidado, Keenan olhou para um rosto que conhecia tão bem quanto o próprio. – Diga que você é mesmo Niall ou diga o que fez com ele.

– Teoria interessante – disse o impostor.

Keenan se aproximou do corpo que se parecia com seu amigo, mas não era ele.

– Quem é você?

– Sou o Rei Sombrio. – Inclinou-se para trás e encarou Keenan. – E você devia ser mais esperto para não me questionar. Já se esqueceu do que o Rei Sombrio pode fazer? Perdeu essa aula?

O ser encantado abriu o maço de cigarros sobre a mesa e tirou uma daquelas coisas nocivas. Os movimentos decididamente *não eram* de Niall. Niall era muitas coisas, mas não era tão facilmente arrogante.

Nem indiferente. Nem deliberado.

– Irial? – perguntou Keenan, testando sua teoria.

O Rei Sombrio se inclinou para trás e lançou um sorriso cínico a Keenan.

– A Guerra matou Irial.

– Você não parece estar *morto*. – Keenan sacudiu a cabeça. – É por isso que ele está agindo de modo tão... desprezível? Você tomou o corpo dele e...

Irial bufou:

– Não. Ele está sofrendo. Acredite se quiser, reizinho; ele está sofrendo com a minha morte.

– Mas você está aqui.

– Você é observador, reizinho. – Irial apontou para Keenan com o cigarro apagado. – Nos sonhos dele e quando consigo sair nas horas em que ele está acordado, tentei explicar que estou aqui de verdade, mas ele está lutando. Ele se recusa a dormir direito desde a minha morte, e eu não consegui falar com ninguém para revelar minha presença entre os vivos até alguém descobrir.

– Por quê?

Irial lançou um olhar decididamente cômico para Keenan.

– Porque ele está *sofrendo*...

– Não, *por que* você não conseguiu falar com ninguém que estava aqui? – perguntou Keenan com o máximo de paciência possível.

– Existem regras, reizinho. Dei muitas pistas, mas esqueci como alguns de você podem ser *lentos*. Contei a você quando esteve no armazém – disse Irial.

Apenas Irial encontraria um caminho para contornar a morte. O antigo Rei do Verão sentiu um respeito rancoroso pelo rei morto.

Quando Keenan fez um sinal para Irial continuar, o Rei Sombrio morto que habitava o corpo de Niall acrescentou:

– É como mentir: existem tabus inquestionáveis. As sombras, mesmo aquelas de nós que não estão totalmente desprendidas, não podem contar aos vivos sobre nossas experiências pós-morte nem sobre presenças, a menos que os vivos nos chamem pelo nome. Só posso falar livremente na cabeça de Niall, e ele tem sido obstinado.

– Mas você consegue falar com ele nos sonhos porque... – Keenan esfregou as têmporas. – Como pode estar morto, mas estar aqui?

O corpo que era de Niall deu um sorriso zombador que era puramente Irial.

– Antes de eu morrer, nossos sonhos foram costurados juntos. Eu estava morrendo e vi uma chance. – Irial deu de ombros numa falsa modéstia. – E a peguei. Infelizmente, Niall meio que convenceu a si mesmo de que, se está sonhando comigo agora, talvez os sonhos que compartilhávamos depois de eu ser esfaqueado, mas antes de morrer, também não eram reais.

Keenan não conseguia imaginar o que os dois Reis Sombrios tinham sonhado que Niall desejava que fosse verdade – nem *queria* imaginar esses sonhos. Poderia aceitar o perdão de Niall em relação a Irial algum dia, mas a verdade era que Keenan detestava Irial. O antigo Rei Sombrio tinha amarrado os poderes de Keenan, tinha ferido Niall, e agora estava possuindo Niall. Nada disso provocava emoções *positivas*.

– Pode ir embora? – perguntou Keenan.

– Se Niall quisesse que eu fosse, sim. – Irial bateu com o cigarro ainda apagado na mesa. – Mas primeiro ele precisa aceitar que estou *aqui*, antes de decidir se quer ou não me mandar embora.

– Você pode assumir o corpo dele quando deseja? – Keenan fez um gesto sem jeito.

– Só quando ele abre mão do controle. – Irial ergueu o cigarro e o acendeu. Depois de uma longa tragada, exalou uma névoa de fumaça na direção de Keenan. – Estou surpreso por você ter notado. Mesmo com as pistas, achei que não ia captar. Estou feliz que tenha feito isso, mas surpreso que *você* tivesse sido quem percebeu.

– Ele é meu amigo – disse Keenan simplesmente.

Irial se levantou e foi em direção a Keenan. Quando estavam cara a cara, Irial disse:

– Eu odiava sua mãe, você sabe, mas o sofrimento dela foi ótimo quando seu pai morreu. Obrigou-a a fazer coisas terríveis.

– Ele morreu porque ela o matou.

– Sim, bem. – Irial fez um gesto de desprezo. – Isso é verdade. Mesmo assim. Ela estava sofrendo e sentia medo.

Keenan queria bater nele, mas não era Irial de verdade: o corpo de Niall sentiria os golpes.

– Aonde quer chegar?

– Não me arrependo totalmente de ter amarrado você. Fiz o que tinha que fazer pela minha corte, mas eu respeitava Miach o suficiente para sentir tristeza por ter que machucar o filho dele. A tristeza de Beira gerou problemas. Foi por isso que Bananach manipulou seus pais. Ela está nos manipulando como fez com eles. – Irial soprou fumaça na direção de Keenan outra vez. – A tristeza de Niall seria mais fatal se não fossem as ações que eu tomei. Ele está desequilibrado e sofrendo. Precisa de amigos. Aliados. *Você* precisa ajudá-lo.

– Eu sei. – Keenan abanou a fumaça do próprio rosto. – E vou dizer a ele que você... está aqui, supondo que ele vai me ouvir. Acredito que é isso que você quer.

– Sim. – Irial sorriu, e ver o conhecido meio-sorriso do antigo Rei Sombrio no rosto de Niall foi desconcertante. – Você sabe, claro, que ele não o perdoou. Ele guarda rancor, então você vai precisar convencê-lo. Ahhhh. Eu poderia lhe contar algo agradável que ninguém mais saberia. Um simples detalhe para convencê-lo de que nossos sonhos eram reais. O que você acha?

– Vá embora, Irial.

O desconforto de Keenan foi recebido com uma risada, depois Irial disse:

– Se tiver certeza... Eu daria um ou dois passos atrás se fosse você. Por outro lado, nunca gostei de você, então...

Keenan revirou os olhos, mas recuou do mesmo jeito quando Niall voltou ao próprio corpo.

A confusão tremulava no rosto de Niall.

– Você não pode simplesmente entrar na minha casa. – Empurrou Keenan contra a parede e depois parou.

Olhou nos olhos de Keenan.

– O que você fez? Você está... diferente.

– Desisti do meu trono.

A raiva de Niall desapareceu com o choque, mas ele continuava pressionando Keenan contra a parede com uma das mãos.

– Por quê?

– A Corte do Verão precisava de um regente mais forte. – Keenan contou os motivos nos dedos. – Eu precisava estar com o ser encantado que eu amo; a Rainha do Verão precisava estar com quem ela ama; e *você* precisa de um conselheiro temporário.

– Um temporário... *você*... – Niall olhou de Keenan para a própria mão. Soltou Keenan e franziu a testa, aparentemente confuso com a visão do cigarro aceso entre os dedos. – Por que eu aceitaria *você*?

Keenan manteve a voz sob controle.

– Você estava lá para me proteger, Niall. Deixe-me estar aqui. As cortes *todas* precisam ser fortalecidas. Bananach vai destruir todos nós se não fizermos alguma coisa. Irial quer que você saiba...

– Não! – Niall jogou Keenan contra a parede pela segunda vez. – Irial...

– Está dentro do seu corpo de alguma forma. Acabei de falar com ele. Você. Ele no seu corpo. Ele quer que você saiba que ele ainda está aqui. – Keenan se manteve perfeitamente imóvel. – Você se lembra de me ver chegar?

– Não, na verdade, não. – A voz de Niall mantinha um traço de esperança quando perguntou: – Irial está aqui?

– Está. Dentro de você.

– Não estou louco?

Keenan sacudiu a cabeça, depois olhou de maneira incisiva para o cigarro que agora queimava um buraco em sua camisa.

– *Isso* não posso garantir, Niall, mas você não está louco por achar que Irial está aqui... aí. Com você de alguma forma.

Em silêncio, Niall o soltou.

– Eu o ouço. Achei... achei que eu estava *dividido*.

– Você aprisionou Seth. Você feriu seus seres encantados. – Keenan sacudiu a cabeça de novo. – Não vou fingir que entendo o que está fazendo, mas o que quer que esteja acontecendo não é sua imaginação. Ele disse alguma coisa sobre sonhos costurados. Isso faz sentido?

Niall se virou de costas para Keenan, mas fez que sim com a cabeça.

– Ele também disse que os sonhos compartilhados são reais – acrescentou Keenan.

O Rei Sombrio ficou tenso com essa revelação. Sua tensão súbita alarmou Keenan, e a estranheza do momento se prolongou. Quando Niall por fim falou, disse:

– Não espero que você entenda.

— Ele machucou você — disse Keenan simplesmente. — Quando eu era criança, lembro como você ficava quando eu perguntava sobre suas cicatrizes. Ele deixava que machucassem você, não fazia *nada* para mantê-lo em segurança. Não entendo como pode perdoá-lo por falhar com você.

— Donia quase morreu por causa dos seus erros. — Niall virou-se para encará-lo. Sua expressão era indecifrável. — Você me usou como arma contra a Corte Sombria. Tem certeza de que quer discutir perdão?

— Tomei decisões que achei serem melhores para minha corte e meus subordinados, incluindo *você* na época. — Keenan não hesitou diante da censura que aparecia nos olhos de Niall conforme ele falava. — Os reis nem sempre têm liberdade para deixar as emoções superarem o dever.

— Exatamente — disse Niall.

Chegaram a um impasse. Keenan estava preso ao ódio por Irial, mas ficou aliviado por Niall falar com ele de um jeito civilizado.

Niall se afastou, e Keenan o seguiu pelas ruínas da casa do Rei Sombrio. A destruição era um tanto esperada: sabia que Niall não estava lidando bem com o luto. O *inesperado* foi a visão que o recebeu quando entraram no que parecia ter sido um escritório: no vão da porta estava a mortal que fora a fonte da ira de Niall contra Keenan.

— O que *ele* está fazendo aqui? — Leslie cruzou os braços.

O Rei Sombrio se virou de costas para Keenan.

— Les? Achei que você ainda estava dormindo.

A mortal atravessou a sala marchando com uma autoconfiança totalmente contrária ao espírito quebrado que ele tinha visto nela da última vez. Parou na frente de Niall, colocando-se entre os dois seres encantados, e apontou para Keenan.

– Não o perturbe.

Keenan ergueu as mãos, desarmado.

– Ele... – Ela olhou para Niall por sobre o ombro, e sua ferocidade desapareceu. – Ele vai ficar bem. Já está *muito melhor* hoje. Então você pode ir embora.

– Les?

Ela olhou para o Rei Sombrio.

– Você sabia? – perguntou ele. – Sobre Iri?

– Que ele morreu? – Leslie pegou o braço de Niall e o conduziu para longe de Keenan. – Você me disse, mas eu sabia quando cheguei aqui. – Olhou de relance para Keenan. – Já falamos sobre isso. Quando você acordou, Niall, estava melhor do que antes. Não estava pensando direito porque estava cansado, mas melhorou. Você está melhor, e eu vou ficar por alguns dias, ajudar você a ajeitar as... coisas de que ele cuidava.

– Ele não está morto – disse Niall. – Ele ainda está aqui. Keenan disse...

– Saia – rosnou Leslie para Keenan. Ela se afastou do Rei Sombrio mais rápido do que um mortal deveria ser capaz de se mover e avançou em direção a Keenan. – Ele está perturbado, e o que você fez ou disse piorou o estado dele...

– Irial está *dentro* de Niall – explicou Keenan.

– Saia! – Leslie agarrou a camisa de Keenan e começou a arrastá-lo em direção à porta. – Saia. Fique fora daqui. Deixe-nos em paz.

– Garota Sombria? Leslie, meu amor? – Irial/Niall agarrou a mão dela e a puxou para longe de Keenan. O Rei Sombrio continuou segurando-a quando virou seu rosto para si. – O reizinho está dizendo a verdade. Não pude lhe dizer na noite passada. Eu queria, mas existem regras.

– Iri? – Leslie olhou boquiaberta para o Rei Sombrio. – Sério?

– Estou aqui. – Ele a puxou para seus braços. – Estou aqui desde que morri. Todos os instantes.

– Iri... meus deuses, achei... Ele... – Leslie se recostou nele, e o que quer que tenha dito em seguida foi abafado contra o peito dele; o peito de Niall, na verdade.

– Far Docha ainda está na cidade por sua causa – anunciou Keenan. O detalhe perdido de repente ficou claro. O líder dos seres encantados da morte tinha ido a Huntsdale por causa da peculiaridade do estado de morte de Irial.

Quando Irial/Niall se virou, manteve um dos braços ao redor de Leslie, e, por um estranho instante, Keenan não teve certeza absoluta de qual dos dois estava de posse do corpo do Rei Sombrio.

– Sim.

Leslie olhou para Irial-Niall.

– Quem?

– A Morte – respondeu Keenan. Sentou-se na ponta de uma mesa relativamente limpa perto da lareira apagada. – Faço tudo que Niall necessitar, mas precisamos de um plano. Far Docha não pode ficar na cidade. Bananach já é problema suficiente.

– *Ela* – murmurou Leslie. – Ela precisa de uma morte terrível.

– Minha garota sedenta de sangue. – Irial sorriu para Leslie, e a escuridão orgulhosa no sorriso deixou bem claro que era o antigo Rei Sombrio no controle.

Leslie fez uma cara feia.

– Não estou com sede de sangue, mas... sério, ela *matou* você. Ela precisa morrer.

– Só que matá-la mataria *todos* os seres encantados, meu amor – destacou Irial. Olhou de relance para Keenan e acrescentou numa voz tranquila: – Esse é o problema. É o único motivo pelo qual nosso garoto não foi atrás dela. Talvez você possa assumir isso com o... o que ele é da sua ex-rainha mesmo?

– Ex-rainha? – Os olhos de Leslie se arregalaram. – Ash não é mais Rainha do Verão?

– Ela é – explicou Keenan. – Mas eu não sou mais o Rei do Verão.

Leslie recostou a cabeça no ombro do Rei Sombrio.

– Que tal começarmos do início?

Irial inclinou o queixo dela para poder encará-la.

– Daqui a um instante.

Sem olhar para Keenan, Irial fez um gesto de expulsão com uma das mãos.

E Keenan saiu para lhes dar privacidade. Só tinha deixado a Corte do Verão um dia antes, mas abraçar a natureza da Corte do Inverno significava que os relacionamentos complicados da Corte Sombria agora eram desconcertantes. Depois de séculos passando seu tempo livre perseguindo garota após garota, a ideia de eternidade com um único ser encantado era seu único desejo.

Antes que pudesse começar essa eternidade, Keenan precisava ajudar seu antigo conselheiro – o ser encantado morto que o ajudara a amarrar o Verão – a descobrir como anular Bananach e convencer Far Docha a ir embora.

Keenan suspirou.

Sem problemas.

Capítulo 33

A um quarteirão do armazém da Corte Sombria, Chela erguia a mão enluvada. Três mensageiros dos seres encantados e um Hound imediatamente atrás dela pararam. Chela disse aos mensageiros:

— Obedeçam a ele.

Os mensageiros fizeram que sim com a cabeça.

— Depois que eles se forem — disse ela ao Hound —, você vai lutar, mas, até os mensageiros irem embora, você espera.

A ideia de perder uma parte da batalha obviamente não era atraente para o Hound. Sua careta se aprofundou, mas ele fez que sim.

— Compensarei os minutos perdidos, Gabr... *Chela*.

— Sei que sim, Eachann. Gabriel ficará feliz quando voltar — disse Chela, e fez sua montaria, Alba, ir em frente. Ninguém poderia declarar seu companheiro como morto se ela ainda mantivesse um fiapo de esperança.

Alguns Hounds são idiotas, murmurou Alba em sua mente.

Em vez de responder, Chela instigou em voz alta:

— Mais rápido.

Em uma questão de segundos, Alba derrubou a porta do armazém com as patas da frente. Diferentemente da montaria de seu companheiro, a de Chela mudava de forma como algumas pessoas mudavam de roupa. Alba não era fútil, apenas sem jeito com as emoções. Ele preferia expressar os sentimentos através de sua forma. O fato de o Gabriel deles estar sumido significava que Alba estava leonino, feroz e pronto para caçar.

Eu também, Alba. Passou uma das mãos sobre o pelo curto da montaria, depois estendeu a voz para o restante da Caçada e acrescentou: *Nenhuma piedade se Gabriel estiver... morto.*

Nenhum dos Hounds respondeu, mas todos sabiam que o Gabriel deles estava morto ou gravemente ferido. Como sua imediata, Chela não seria capaz de se comunicar sem palavras com a matilha se ele estivesse em segurança. Mas ela mantinha a esperança. Ela e Gabriel podiam ter tido algumas dificuldades – incluindo a tendência dele de gerar crianças semimortais durante as épocas em que ficaram separados ao longo dos anos –, mas eram fiéis como Hounds poderiam ser.

Ele ainda não está morto, disse ela a Alba mais uma vez. *Se as palavras fossem mentiras, eu não poderia dizê-las.*

Sua montaria era gentil demais para lembrar a ela que a opinião não seguia a regra da verdade, mas ambos sabiam. Se Gabriel estivesse morto, ela faria o que fosse necessário. Morto ou não, ele tinha sido ferido o suficiente para ela estar agindo no lugar dele.

Elu vai sofrer, rosnou Alba. *Não vamos ceder.*

As cortes de seres encantados tinham deixado as coisas irem longe demais. A Caçada não tinha tanta paciência. Gabriel tinha perseguido Bananach. Isso lhes dizia onde Gabriel estava na questão de golpear a Guerra.

Vamos terminar a luta que nosso Gabriel começou, disse Chela a todos eles enquanto a seguiam para dentro do armazém da Corte Sombria.

Ficaram em silêncio quando viram a confirmação de um dos medos que os levaram até ali: Bananach estava sentada no trono do regente. A criatura-corvo bateu o bico em direção a eles conforme a Caçada continuava a trovejar para dentro da ampla sala. Estava empertigada, os tornozelos cruzados e as mãos penduradas sem cuidado sobre os braços do trono negro. Suas asas se encurvavam para a frente nos dois lados, por isso ela parecia cercada por um escudo gigante.

Ao redor dela, Ly Ergs e seres encantados desconhecidos aguardavam. Alguns seres encantados da Corte Sombria estavam na multidão, mas fizeram o máximo para se esconder atrás dos outros quando a Caçada entrou. Faíscas brilhavam nas sombras conforme unhas, cascos e garras atingiam o piso de cimento.

Continuem montados, ordenou Chela.

Onde está o Rei Sombrio?, perguntou um de seus Hounds.

Seth está enjaulado, relatou outro. À esquerda e acima do trono. Gaiola.

Seth está ferido?, indagou Chela.

Outro Hound respondeu: *Não sei dizer. Não está se mexendo. Mas acho que está vivo.*

Se estiver morto, é recente, disse o primeiro Hound.

Apesar do alvoroço de relatos que se uniram a esses na cabeça dela, a expressão visível de Chela era implacável. Ela encarou a Guerra, que aparentemente tinha dado um golpe.

Bem para o centro, Alba.

A montaria de Chela andou em direção à criatura-corvo.

– Gabriela! – cantarolou Bananach. – Veio demonstrar apoio à sua rainha?

Chela encarou Bananach diretamente.

– Sou Chela, companheira de Gabriel, segunda no comando desta Caçada.

– *Você* é Gabriela, e eu sou a Rainha Sombria... e esta... – Bananach abriu bem os braços. – É a minha corte.

– Não. Não existe uma *Rainha* Sombria – afirmou Chela.

Sob ela, Alba rosnou em concordância. Os seres encantados reunidos – o lote rebelde todo – se remexeram, nervosos, enquanto outras montarias e Hounds ecoaram o rosnado de Alba.

– Ainda assim, aqui estou eu. – Bananach parou como se estivesse confusa. – Não. Tenho certeza. Sou a rainha aqui, e a Caçada poderia ser útil. Como eu matei o último Gabriel, essa decisão seria sua, Gabriela.

Gabriel está morto. Meu companheiro. A mão de Chela apertou o punho da primeira espada que seu companheiro lhe dera. Arrancou-a da bainha com um deslizamento de metal sobre metal.

Saquem as armas, ordenou ela.

Quando a Caçada obedeceu, Chela levantou a voz e a espada:

– A Caçada, com Gabriel no comando ou comigo, ficará ao lado do Rei Sombrio. Se ficarem aqui com essa impostora – disse Chela sem olhar para os seres encantados reunidos, mas encarando Bananach com desprezo –, vocês serão declarados inimigos da Caçada.

– Está me desafiando, cachorrinha? – Bananach inclinou a cabeça para um lado e depois para outro, como se estudasse Chela.

– Você se declara rainha desta corte?

– Sim – respondeu Bananach.

– Então a Caçada a desafia. – Chela acrescentou em silêncio para a Caçada: *Ao meu comando... Preparar...* – Um alerta justo – disse em voz alta. – A Caçada veio aqui para dar apoio ao regente *de direito* da Corte Sombria. Se ficarem contra nós, serão nossos inimigos.

Ela se concentrou em cada um deles, marcando seus rostos e aromas na mente.

Conheçam-nos. Lembrem-se deles, disse ela à Caçada. *Eles se uniram àquela que matou nosso Gabriel, que matou a filha dele, que matou Irial. Sem perdão. Sem sobreviventes.*

A expressão perplexa no rosto de Bananach era resoluta. Olhava apenas para Chela, mas falou aos traidores reunidos:

– Vocês juraram lealdade a mim, e eu falei de Guerra. Eles estão com nossos inimigos, e, como sua *rainha*, ordeno: matem todos.

Agora, rosnou Chela para sua Caçada.

Bananach se lançou sobre Chela em um borrão de penas e garras, e não houve mais palavras.

Hounds e seres encantados e montarias encheram o armazém da Corte Sombria com gritos e sangue. Corpos colidiam numa luta que havia demorado muito para começar.

Enviem todos os mensageiros para as cortes de seres encantados. É o fim.

CAPÍTULO 34

Keenan tinha acabado de ouvir Niall e Irial explicarem que, como o Mundo Encantado estava fechado, eles poderiam – *possivelmente* – matar Bananach. Todos sabiam que Bananach não ia parar. No entanto, matá-la com base na palavra do novo visionário... era meio arriscado.

– Não tenho certeza se *podemos* matá-la. Ela é forte – observou Irial. – Ela me matou e feriu Devlin como se ele não fosse treinado. Temos nós, os Hounds, e aqueles que conseguirmos reunir das outras cortes.

– Podemos contê-la? – perguntou Keenan.

Antes que alguém pudesse responder, um dos seres mágicos com espinhos entrou sem ser anunciado no cômodo coberto de escombros.

– Meu Rei! – Ele meio que empurrava, meio que arrastava outro ser encantado à sua frente. – A Guerra começou.

Antes que pudessem argumentar, o ser encantado que tinha sido empurrado para dentro da sala disse:

– A Caçada começou a batalha, Vossas Majestades. – Olhou de Niall para Keenan e de novo para Niall. – A mulher da Caçada nos enviou a cada uma das três cortes. A luta... Bananach está sentada no seu trono e se declarou Rainha Sombria.

– Ela *o quê*? – perguntou Niall; *ou, talvez, Irial.*

Keenan reprimiu um calafrio ao perceber a escuridão naquela voz. Tinha visto Niall com raiva, entendia as profundezas terríveis de que ambos os reis eram capazes separadamente e agora se perguntava o que significaria ter os dois temperamentos no mesmo corpo.

– Temos nossa resposta. – Niall/Irial se levantou. O Rei Sombrio pegou a mão de Leslie, e a escuridão terrível sumiu.
– Você vai ficar aqui? Se as coisas...

– Ficarei aqui. Não para sempre, mas por alguns dias, até tudo se resolver. – A garota mortal abraçou o Rei Sombrio. – Acabe com ela.

Com algo parecido com admiração na expressão, o Rei Sombrio – não importava qual deles – olhou para Leslie e a beijou rapidamente.

Virou-se para Keenan.

– Você vai lutar? Ou agora que não tem luz do sol... você consegue?

Em vez de responder, Keenan deixou o inverno encher seus olhos enquanto fitava o Rei Sombrio.

– Não sou habilidoso com *este* elemento, mas não sou exatamente indefeso.

Irial – porque aquele tom seco claramente não era de Niall – disse:

– Bem, Beira não ficaria... chocada?

– Não. – Keenan balançou a cabeça. – Ela sabia o tempo todo o que eu podia fazer. Eu *escolhi* ser Verão, e ela sabia disso todos os dias da minha vida.

O Rei Sombrio sorriu.

— Seu pai teria ficado orgulhoso.

Keenan parou e admitiu:

— Espero que sim... Niall?

— Não... Esse foi Irial. — Niall sacudiu a cabeça. — Agora eu o ouço quando ele fala. Ouço-o falando na minha cabeça apenas para mim, e o ouço quando fala com você... *através* de mim.

Keenan encarou Niall.

— Consegue lutar desse jeito?

— Consigo. Eu me sinto melhor agora do que desde que ele morreu. — Niall franziu a testa. — Não sei se foi o sono ou saber que ele ainda está comigo ou... — As palavras de Niall diminuíram quando ele colocou de lado os pensamentos dos quais estava tentando extrair um sentido. Olhou para Keenan. — Donia sabe da sua capacidade para o Inverno?

— Ela era o único ser vivo que *de fato* sabia até agora. — Keenan olhou ao redor do cômodo. A mortal, os Reis Sombrios, o mensageiro e todos os seres mágicos de espinho os encaravam, e o antigo Rei do Verão se sentiu uma atração do circo. — Temos um plano?

— Armas — disse Niall. — Vamos lutar contra a Guerra. *Agora.*

Seres encantados da Corte Sombria entraram no cômodo agrupados, como se estivessem muito preocupados com a declaração do rei de que eles iam lutar contra a Guerra. Um deles jogou uma alabarda para — ou possivelmente *em* — Keenan. Não eram nem um pouco parecidos com os seres encantados que o rodearam a vida toda. Vários deles pararam para sorrir para a garota mortal; Leslie estava calmamente sentada no meio deles como se não fossem nojentos.

Nenhum dos seres mágicos com espinhos a tocou, mas quase todos os seres encantados que atravessaram o solado da porta sorriram ao vê-la, e muitos dos seres encantados não-dolorosos-ao-toque alisavam o rosto ou o braço dela quando passavam. O tempo todo Leslie não disse nada.

O mensageiro pareceu bem menos à vontade.

O mensageiro...

Keenan passou a alabarda para um ser mágico com espinhos e agarrou o mensageiro.

– Vá até a água, até o rio, e diga a eles que a *bestia* está matando. Diga a eles que Innis prometeu me ajudar. Vá.

O Rei Sombrio levantou uma espada de lâmina larga.

– Você não estava apenas de mau humor, afinal.

Um grupo de três seres encantados entrou com os braços repletos de armas – muitas manchadas de sangue – e as jogaram no chão. Outros seres encantados escolheram as armas. O fluxo de seres encantados armados começou a ir em direção à rua. Estavam gargalhando e gracejando.

O mensageiro fugiu, e Keenan deu de ombros.

– Ter aliados me pareceu uma coisa sábia.

– Somos aliados agora, reizinho?

– Não sou um *rei*, mas vou lutar com a Corte Sombria e qualquer um que se oponha a Bananach. – Keenan olhou diretamente para o Rei Sombrio e pegou várias facas de jogar na pilha de armas. – E não por causa de uma *ameaça* feita por qualquer um de vocês.

– Você é filho do seu pai – observou Irial.

Keenan olhou de volta para o ser encantado que o amarrara, que agora possuía o rei ao qual ele se oferecera para aconselhar.

– Nunca vou gostar de você, mas meu pai viu algo valioso em você, e Niall também. O Verão, sem dúvida, estará lá, e eu sei que o Inverno também.

– Então vamos sair para não sermos os últimos a chegar à festa.

– Minha Rainha! – A voz de Tavish soou pelo loft.

Aislinn sentiu e percebeu o pânico no conselheiro aparentemente imperturbável. Colocou depressa um vestido de verão sobre a cabeça, mas estava descalça quando correu até a sala principal do loft. O surto de Verão total dentro de si tornava difícil ficar parada. Então, no mínimo, a explosão de velocidade até chegar ao conselheiro foi refrescante.

– O que houve?

– Um mensageiro chegou, minha Rainha. – Tavish se movia em direção a ela enquanto falava e parou a seu lado antes de continuar: – A guerra começou.

O mensageiro se encolheu e virou o rosto para longe do brilho de luz que tomou o ambiente. *Novos poderes; não é o melhor momento para mergulhar em batalhas.* Aislinn suspirou, e redemoinhos de vento arrancaram livros das prateleiras. Com esforço, falou em tom suave:

– Onde? Quem está lutando?

– No armazém da Corte Sombria, minha lady. – O ser encantado com olhos de corça se moveu para o lado quando um pedaço rasgado de cortina flutuou até o chão ao lado dela. – A Caçada começou a lutar quando Bananach se declarou Rainha Sombria... e Gabriela me pediu para avisá-la que a Guerra está com Seth.

– Ela está com Seth – repetiu Aislinn, com uma imobilidade que era o oposto polar de suas emoções. – Está com ele *como*? Onde?

– Em uma gaiola. – O ser encantado deu um passo atrás ao falar. – Gabriela...

– Gabriela? – interrompeu Tavish.

– A Hound que era Chela. O Gabriel morreu, então ela é a Gabriela. – O ser encantado estremeceu quando a chuva tomou o cômodo. – Não sou culpada, Rainha do Verão.

– Não estou com raiva de você – murmurou Aislinn. Cada pedacinho de autocontrole que tinha estava sendo usado para manter os ânimos sob controle.

Então não é mesmo hora para fazer isso.

Tavish aconselhou:

– A chuva está ótima, minha Rainha, mas a luz do sol aqui dentro está ficando perigosa para qualquer um de fora da nossa corte.

– Ah. – Aislinn se concentrou especificamente em diminuir a luz e o calor. Inalou o calor com um hálito firme e depois encarou o conselheiro com a luz do sol ainda pulsando na língua. Com cuidado, disse: – Então vamos levá-la para o local onde será perigosa para a pessoa certa.

Tavish assentiu.

– A Guarda do Verão estará pronta em quinze minutos.

– Ótimo, mas partirei em cinco, com ou sem os guardas. – Aislinn saiu a passos largos.

A Rainha do Verão voltou a seu quarto para vestir botas e jeans. Ter os pés esmagados por seres encantados descontrolados era um ferimento evitável, e o vestido de verão molhado estava longe de ser ideal para seus movimentos. *Ou para lutar.*

Arrancou as roupas e enfiou o jeans. *Não consigo lutar porcaria nenhuma.* Tinha feito lições com Tavish, treinado com a guarda depois que Donia a esfaqueou. *Não é o mesmo que ter séculos de experiência.* Os puxadores da gaveta se transformaram em cinzas nas mãos dela. *Nem qualquer experiência com o verão todo dentro de mim.* Cinzas caíam de suas mãos.

Siobhan entrou.

– Deixe-me ajudar.

– Madeira idiota. – Aislinn limpou a mão na calça jeans.

A nova conselheira do Verão abriu a gaveta queimada.

Aislinn piscou, e lágrimas súbitas de frustração e preocupação caíram.

– Como vou fazer isso? Ainda não consigo controlar essa coisa.

– Não precisa mantê-lo sob controle em uma luta, Aislinn. – Siobhan estendeu a mão para pegar a lâmina guardada entre as camisetas e imediatamente afastou a mão quando percebeu que a lâmina era de aço.

– Entendi. *Nisso* eu posso tocar. – Aislinn colocou a mão no punho. – Quero que fique aqui. – Depois gritou por sobre o ombro: – Dois minutos!

– Eu sei lutar. – Siobhan olhou furiosa para a rainha. – Já estive...

– Não duvido. – Aislinn puxou o cabelo para trás para fazer uma trança rapidamente. – Preciso que alguém cuide das coisas aqui se nós não... Se alguém passar por nós, há seres encantados aqui que não foram feitos para lutar. Você está no comando até eu voltar.

Siobhan fez uma reverência.

– Não vou deixá-la na mão.

- Espero que não chegue a esse ponto, mas... - Aislinn sacudiu a cabeça, depois olhou para a amiga e conselheira. Respirou fundo e fez que sim. - Eu consigo fazer isso.

- Consegue. - Siobhan apertou a mão livre de Aislinn. - Você é a Rainha do Verão. O primeiro ser encantado a conter o peso total do Verão em mais de novecentos anos. Confie nos seus instintos.

Aislinn riu.

- Meu instinto diz que eu quero incinerar Bananach. O Verão deve ser alegre. Ameaçar meus seres encantados? Dar início a conflitos com os meus amigos? Ferir *Seth*? Não estimula muita alegria.

- Ele vai ficar bem. - Siobhan a encarou.

- Como pode dizer isso? Você não sabe...

- Nem você - disse Siobhan com firmeza. - E, se ele não ficar bem, vamos lidar com isso, mas, neste momento, seu amado precisa de resgate.

Aislinn se inclinou e beijou o rosto de Siobhan.

- Eu sabia que você seria uma conselheira incrível.

Em seguida, a Rainha do Verão andou a passos largos pelo loft, gritando:

- O tempo acabou.

Alguns de seus seres encantados ainda estavam prendendo armas ao corpo, mas Tavish estava na porta.

- Os que ainda não estão prontos vão nos seguir em pouco tempo.

Assumidamente aliviada por ele estar a seu lado, Aislinn fez que sim, e, juntos, ela e o conselheiro conduziram a Guarda do Verão em direção ao armazém da Corte Sombria.

Capítulo 35

Enquanto os seres encantados restantes da Corte Sombria se reuniam, o Rei Sombrio se virou para Keenan.

– Seth. Ele ainda está no armazém. Se a Rainha do Verão souber...

– Ash vai nos encontrar lá e, a menos que alguém diga o contrário, ela vai pensar que foi Bananach que o... enjaulou – disse Keenan.

O Rei Sombrio fez que sim com a cabeça.

– Ele estava vivo quando saí de lá.

– Vamos esperar que ainda esteja quando chegarmos lá – murmurou Keenan. – E quando Ash chegar também.

– Sorcha estava pronta para matar todos nós para protegê-lo – disse Niall/Irial de modo quase distraído quando caminhou até um painel na parede e o abriu. – Eu não tinha a intenção de que ele morresse... senão o teria dado a Far Docha.

– Sou o único que ainda não atravessou o caminho do Homem Sombrio? – perguntou Keenan.

O Rei Sombrio andou até a mortal no sofá. Ajoelhou-se diante dela e lhe ofereceu um revólver e um pente adicional.

— Balas de aço sólido. Não podemos usá-las, mas *você* ainda é mortal o suficiente para usá-las. Use se ela entrar aqui. Acho que estará mais segura aqui do que em qualquer outro lugar, mas...

Leslie fez que sim com a cabeça.

— Se eu... *nós* morrermos... — O Rei Sombrio vacilou. — Não hesite em pedir ajuda a eles. Seth, Keenan, Ash, quem quer que esteja vivo. Qualquer coisa que você precisar para sobreviver... Espero que não precise lidar com isso, Garota Sombria. Este mundo, este...

— Se Bananach vencer, ela vai me matar. — Leslie passou os dedos pelo rosto cheio de cicatrizes de Niall e acrescentou: — Amo você.

— E nós amamos você. — O Rei Sombrio a beijou suavemente, depois olhou ao redor para os seres encantados reunidos. — Seth diz que podemos matar Bananach. Vamos descobrir se ele está certo.

— E se não estiver? — perguntou Keenan.

— Morremos pelas mãos dela ou como consequência de matá-la. — O Rei Sombrio deu de ombros. — Prefiro morrer numa luta.

O antigo Rei do Verão ergueu uma pequena espada.

— É uma pena não podermos usar esses revólveres. Entraríamos, atiraríamos nela e acabaríamos com tudo.

Niall riu.

— Você deixou de ser rei há o quê... um dia?

Olhou para Keenan, que deu de ombros.

— Mais ou menos isso.

— Um dia sendo solitário e já quer burlar a Lei do Mundo Encantado. — Niall fez um gesto para os seres encantados restantes irem na frente e colocou o braço sobre os ombros de Keenan. – Você pode estar qualificado para aconselhar a Corte Sombria, afinal.

– Supondo que não estejamos prestes a sermos massacrados – acrescentou Keenan.

– Claro. – Niall seguiu seus seres encantados até a rua. – Alguns de nós vão viver... ou vamos todos morrer. De qualquer jeito, não acho uma boa ideia se preocupar com isso.

Os seres encantados da Corte Sombria riram, e Keenan sacudiu a cabeça. Não tinha mais certeza de quem era, o que era ou se havia um amanhã, mas, agora que Niall e Irial estavam se alternando no corpo do Rei Sombrio, Niall parecia quase são – ou pelo menos o mais são possível quando estavam a caminho de lutar contra a Guerra –, e os seres encantados ao lado de quem lutaria eram os mais cruéis das cortes.

Exceto o Inverno. Don também estará lá. Outros mensageiros tinham ido até o Verão e o Inverno. *Não separadas, mas trabalhando juntas.* Parecia que isso deveria ser importante, mas um Rei Sombrio destronado, uma Rainha do Verão destreinada e um antigo Rei do Verão não eram o grupo ideal mesmo que estivessem juntos.

E isso nos deixa Donia...

Com os pensamentos voltados para sua amada, ele correu por Huntsdale na companhia dos membros da Corte Sombria que não tinham se unido a Bananach, do Rei Sombrio que estava possuído pelo Rei Sombrio morto, e alguns seres encantados solitários que se juntaram ao grupo.

À distância de meio quarteirão da luta, tiveram que parar de correr. Mesmo a essa distância, o rugido da briga em que estavam prestes a entrar fazia muitos mortais de passagem olharem para o céu como se uma tempestade se aproximasse. *Agradeçam por não poderem ver*, pensou ele. Em seguida, exalou uma rajada de vento frio em direção a eles, esperando afastá-los ao máximo da luta que tinha se espalhado para a rua diante de si. Alguns dos mortais fugiram correndo.

O antigo Rei do Verão colocou uma das mãos no braço do antigo conselheiro.

– Não sou mais um regente. A declaração de regência de Bananach pode significar que sou inútil contra ela.

– Ela *não* é uma regente – resmungou Niall.

As tropas de Bananach se aproximaram deles como um enxame, as armas levantadas.

Os seres encantados de Niall lutaram contra aqueles que deviam ser dele. A Corte Sombria estava enfraquecida pelas maquinações de Bananach – *como o Verão estaria, se eu tivesse tentado ficar*.

Hounds e suas montarias já estavam lutando, mas seres encantados demais tinham sido chamados para ajudar Bananach. Keenan olhou ao redor para a quantidade espantosa de seres encantados.

De onde eles vieram?

A Guerra tinha recrutado solitários e seres encantados que deveriam pertencer a outras cortes. Ele viu criaturas lupinas e rowans e seres mágicos com espinhos lutando ao lado de Ly Ergs. Não tinha certeza de como conseguiam distinguir inimigos de aliados, mas um inimigo era claro: Bananach. Não havia dúvida nisso. Eles simplesmente tinham de pegá-la.

– Boa caçada! – gritou Niall quando se lançou no meio da briga.

Qualquer resposta que Keenan pudesse ter oferecido seria engolida pela cacofonia de violência. Os fiéis brigavam contra os que tentavam usurpar seu rei, e o resultado já era evidente: os mortos, de ambos os lados, se acumulavam no chão.

A Rainha do Verão e Tavish estavam a três quarteirões do armazém da Corte Sombria quando Aislinn encontrou a calma para dizer as palavras que não queria:

– Se ela o machucar ou... pior, eu a mato.

– Mesmo que não faça isso, ela precisa ser contida. – Tavish acompanhava o ritmo dela apesar da crescente velocidade em que ela andava.

O autocontrole de Aislinn não era perfeito como ela queria: a neve se derretia em enxurradas quando ela passava; as árvores explodiam em flores; e rios de lama rolavam para a rua.

Por fim, quando estavam quase no armazém, ela perguntou:

– Conselho?

Ele fez um gesto para ela parar por um instante. Quando a Guarda do Verão acelerou atrás deles, ele só disse:

– Confie nos seus instintos. Se não conseguirmos contê-la, veremos as nossas mortes de qualquer maneira.

Na frente deles, Aislinn viu seres mágicos da Corte Sombria lutando contra seres mágicos da Corte Sombria, e não teve certeza de com quem sua corte lutava e *contra* quem.

– Como sei contra quem lutar?

Tavish levantou a espada.

– Se eles vierem na sua direção, defenda-se.

– Certo. – Ela empurrou a luz do sol como uma lâmina no peito de um ser encantado correndo na direção deles. – Tínhamos um plano. Você é quem tem experiência com isso.

– O plano? Diminuir a tropa de Bananach, esperar que possamos anulá-la ou matá-la, não morrer e resgatar Seth. – Tavish deu uma rasteira nas pernas de um Ly Erg embaixo dele, depois abriu a garganta do ser encantado.

A visão dessa cena a fez parar.

– Ele está...

– Morto? Sim. – Tavish não parecia mais o conselheiro diplomático que ela conhecia. Qualquer semblante de civilidade tinha desaparecido quando ele cortou outro ser encantado sem hesitar. – Eles sabiam o risco que corriam por ficarem ao lado de Bananach. Assim como nossos seres encantados quando lutarem contra ela...

Ao ouvir esse lembrete – *meus seres encantados ou os seres encantados da maluca* –, a pontada de terror que Aislinn sentia foi substituída pela determinação. *Eu sou a Rainha do Verão. Esses são* meus *seres encantados.* Ela viu Keenan, encurralado por três Ly Ergs – e ele se defendia bem. *Meus seres encantados e meus amigos.*

Com um olhar concentrado, enviou uma luz do sol chiando para o peito de um dos Ly Ergs. O ser encantado caiu, e Keenan lhe lançou um sorriso antes de continuar a lutar com os outros dois. Quando Aislinn começou a atingir outro dos seres encantados que lutava contra Keenan, quatro seres encantados que antes eram da Corte Sombria atacaram ela e Tavish.

Vários outros guardas da Corte do Verão apareceram nos dois lados dela. Tavish ficou ligeiramente em frente a ela.

Até onde Aislinn conseguia ver, seres encantados estavam envolvidos em lutas até a morte, e, em algum lugar daquela confusão, Seth estava preso.

– Continue – disse ela a Tavish enquanto direcionava diversos outros raios de sol contra os seres encantados subversivos.

Tavish assentiu para um dos guardas, e, como um grupo, eles avançaram pelo centro do conflito enquanto o restante da guarda atacava os seres encantados que lutavam por Bananach. Lâminas de todo tipo brilhavam sob a luz do sol que irradiava de sua pele. Se fossem apenas seres encantados da Corte do Verão lutando ao lado dela, poderia ter deixado a força total de sua luz brilhar, mas alguns dos seres encantados da Corte Sombria estavam ali para se opor a Bananach. Uma explosão solar teria cegado e ferido aliados também.

Uma tempestade também não ajudaria apenas ao lado dela.

Um de cada vez, então.

Não sabia quantos seres encantados estavam entre ela e Seth, nem mesmo onde procurá-lo, mas ele estava ali.

Assim como meus seres encantados e meus amigos.

Aislinn, Tavish e os rowans avançaram devagar, e, enquanto faziam isso, ela mirava raios de sol e enviava trepadeiras para enroscar os inimigos. Não eram golpes fatais, mas matar ainda a deixava enjoada. Para se defender, ela faria isso. *Ou se Seth estivesse ferido.* Empalideceu quando um ser mágico com espinhos perfurou um ser encantado embrulhado em trepadeiras, mas continuou como estava. O perdão não era o caminho dos seres mágicos da Corte Sombria.

Também não será o meu se Seth estiver ferido... ou coisa pior.

Capítulo 36

A Corte do Inverno foi a última a chegar. À sua frente, Donia viu seres mágicos da Corte do Verão e da Corte Sombria. A confusão de seres encantados se estendia do armazém até a margem da rua e se espalhava pelo quarteirão ao redor. Diversos rowans e Garotas do Verão – *Garotas do Verão?* – lutavam contra o inimigo. Outros arrastavam mortais para longe da violência.

– Verão, *saia*! – Donia esperou a contagem até três para os seres encantados ficarem em segurança antes de expelir um sopro de gelo na rua, afastando os mortais com eficiência e rapidez. O gelo de seus pulmões não era grosso o suficiente para matar os seres encantados da Corte do Verão que não estivessem fora de alcance, mas fez alguns deles vacilarem.

– Inverno, *aqui*. – Soltou outra rajada, muito mais forte, de gelo para cobrir o chão. Conseguiu impedir os mortais de atravessarem a linha e entrarem na guerra de seres encantados que havia estourado.

Ao lado dela, vários dos mais dominantes entre os Espinheiros, as Irmãs Scrimshaw e as criaturas lupinas aguardavam suas decisões. Lançou um sorriso gelado para seus seres encantados.

– O Inverno não perdoa Bananach. Entrem no meio da luta, mas só se isso não tornar os limites porosos. Sem fugas.

Ao ouvirem suas palavras, todos os seres encantados ao lado dela, exceto Cwenhild, levaram as ordens às tropas. A Irmã Scrimshaw esperou. Sem qualquer cerimônia ou drama, Cwenhild tinha se oferecido para ocupar o cargo de chefe da guarda e conselheira.

Donia olhou para ela de um jeito questionador.

Ela deu de ombros e disse apenas:

– Eu protejo a minha rainha.

– Eu *vou* lutar.

Cwenhild deu de ombros de novo.

– Que assim seja.

Donia não tinha os anos de experiência em luta que os Reis Sombrios ou a Caçada tinham, mas tinha um poder que doía ao ser liberado. A mera quantidade de seres encantados lutando nas ruas do lado de fora do armazém do Rei Sombrio tornava impossível suas tropas entrarem, então Donia ficou com seus seres mágicos. Sentia a dor da perda atingi-la quando seus seres encantados caíam, sentia a fria satisfação de suas vitórias e estremecia com ambas as sensações.

Meus. Eles são meus e preciso protegê-los.

No meio da luta, Ankou e Far Docha caminhavam por entre os corpos; os seres encantados da morte estavam intocados pela violência. Nenhuma flecha perdida nem ponta de faca os feriu. As roupas estavam rasgadas, e a barra do tecido enrolado estava pesada de sangue, sujeira e gelo. Ela terminou seu negócio macabro, coletando os corpos, removendo-os da luta – e, pela primeira vez, Donia entendeu a necessidade do trabalho dos seres encantados da morte. Os caídos não mereciam ser deixados para serem pisoteados; os vivos não precisavam ver seus camaradas mortos no caminho. Ankou fazia um trabalho necessário no meio da batalha.

– Minha Rainha? – chamou Cwenhild.

– Nenhum dos seres encantados de Bananach deve passar por você. – Donia olhou para cima, consciente de que Far Docha e Ankou tinham parado no meio do caminho para olhar para ela. A surpresa de seus olhares a fez vacilar. Ver a Morte olhando para você com tanto interesse não era animador.

Meus seres encantados estão sangrando.

– Vou com você. Protejo minha rainha primeiro e sempre – insistiu Cwenhild.

– Não. – Donia afastou o olhar dos dois seres encantados da morte. – Você sabe como liderá-los em batalha. Essa é a minha ordem, Cwenhild. Eles precisam de um general, e preciso que você os lidere, e não que me proteja.

– Discordo – disse Cwenhild –, mas cumprirei sua ordem.

Conforme Donia se misturava com a briga, viu Keenan perto da porta do armazém. Ele ainda não tinha alcançado Bananach, mas estava obviamente tentando. Gelo e manchas congeladas de sangue se penduravam na pele dele como um pó de brilho prata e vermelho.

– O que está fazendo? – murmurou ela. Keenan não era mais um rei; não podia enfrentar Bananach se ela fosse de fato uma regente. Apenas regentes ou seres encantados igualmente poderosos poderiam matar regentes, e Keenan tinha renunciado à maior parte de seu poder.

A Rainha do Inverno tinha espadas de gelo nas mãos e, quando isso não era suficiente para ser ofensivo, ela exalava e prendia seres encantados em folhas de gelo. Apesar de ser rainha há apenas menos de dois anos, ela empunhava o Inverno como Garota do Inverno havia quase um século.

Donia batalhou até chegar a Keenan, depois lutou lado a lado com ele. Ao atingir o peito de um ser mágico com espinhos, disse a Keenan:

– Você esperou por mim. Que lindo.

– Eu *sou* um cavalheiro, às vezes. – A alegria nos olhos de Keenan lembrou a ela que, embora não fosse tão adepto da briga quanto era da sedução, ele ainda era muito mais experiente em brigas do que ela ou Aislinn.

Podemos fazer isso.

Donia se virou de modo a ficar de costas junto às costas de Keenan; ergueu uma parede de gelo no caminho dos seres encantados que avançavam em direção a eles, dividindo de fato a luta. Todos os que vinham por trás agora ficaram isolados. Seus seres encantados, junto com os seres encantados sombrios e do Verão, lidariam com o bando rebelde no lado de fora do armazém. Os Hounds, os rowans e os seres encantados da Corte Sombria ali dentro enfrentariam os seres encantados restantes deste lado da barreira.

Virou-se para encarar Keenan, e, por um breve instante, eles ficaram sozinhos com a parede de gelo atrás e o caos da violência à frente.

– Onde está Niall?

– Em algum lugar aí dentro. – Keenan apontou com o queixo para o armazém. – Está um pouco mais determinado.

– Nada a ver com as habilidades dele – provocou Donia.

— Talvez um pouco. — Keenan lhe lançou um olhar que era, por inteiro, o ser encantado travesso de quem acordara ao lado. — Vou me agarrar à resposta "esperando por você".

— Tem certeza de que quer fazer isso? — Donia olhou na direção dele.

A travessura nos olhos dele foi substituída pela determinação.

— Ash e Niall estão lá dentro. Bananach já matou Evan, Gabriel, Irial, possivelmente Seth, se ele ainda estava na gaiola...

— Seth estava *enjaulado* aqui? — Donia olhou na direção da briga. — Ash sabe disso?

Keenan sacudiu a cabeça.

— Isso não é algo que vou dizer a Ash. Não é *minha* tarefa agora.

A facilidade com que Keenan tinha deixado de ser da Corte do Verão fez Donia parar por um instante, mas a verdade era que Keenan era um ser encantado, sempre fora um ser encantado. Sua lealdade era à corte primeiro, e, neste momento, ele havia oferecido essa lealdade a Niall — e a ela. *Com essa rapidez. Ele é um subordinado... que protege.* Com cuidado, ela sugeriu:

— Você poderia ficar aqui fora...

— Don? — O olhar de Keenan foi contundente. — Não sou mais rei, mas estou longe de ser indefeso. Além do mais, tenho planos para o futuro agora... um plano que precisa de paz.

Ele entrou no armazém.

Ela queria ficar com raiva, mas, se ele não fosse o tipo de ser encantado que enfrentasse chances contrárias por repetidas vezes, eles nunca estariam onde estavam. Ela não seria um ser encantado; ele não teria encontrado Aislinn.

E não estaríamos juntos agora.

Mas ela era uma regente, e ele, não. Ela o contornou.

– Se você for morto, ficarei furiosa.

– Também amo você. Venha.

Juntos, começaram a forçar a passagem pela briga. O Inverno dentro da pele dele não era tão forte quanto o dela, mas ele empurrou o que tinha para dentro de um ser encantado que veio em direção a ele com um taco. Donia era contra a necessidade do que estavam fazendo, mas a visão de dois Hounds mortos, rowans mortos e mais seres encantados sombrios do que ela queria contar fortaleceu sua determinação.

À medida que eles se aproximavam, Donia viu Niall e Bananach lutando. Aislinn não estava à vista. *Tomara que esteja viva.* Chela – *agora Gabriela* – era uma visão de horror ao lutar com uma fúria que convinha ao Gabriel da Caçada. Amigos, seres encantados que ela conhecia pela maior parte da vida e aqueles a quem seus amigos tinham jurado liderar e proteger estavam no meio da violência.

Conforme forçavam a passagem, eles chegaram ao ser encantado que tinha criado Keenan e servido como seu conselheiro a vida toda de Keenan. Tavish limpou a espada na camisa de um Ly Erg caído.

– Bem, já era hora de você chegar aqui.

– Ash? Seth? – perguntou Keenan.

– Minha rainha está ali. – Tavish apontou para um monte de corpos com a espada. – Seth aparentemente está em uma gaiola do outro lado da parede de sombras que o Rei Sombrio criou para protegê-lo.

Um rugido do Rei Sombrio abalou o ambiente quando vários guardiões do abismo tomaram forma ao lado de Bananach.

Isso não é um bom sinal.

– Ela está ganhando – disse Tavish de maneira um tanto desnecessária. – Acho que não vamos conseguir contê-la.

Os guardiões do abismo olharam de Bananach para Niall, mas não fizeram nada além de pairar no espaço perto dos dois. Sua lealdade era para com o regente da Corte Sombria, mas estava comprometida pelas ações de Bananach.

Isso significa que ela é uma regente.

– Talvez pelo menos possamos prendê-la – começou Keenan. – Não é o ideal, mas... é melhor do que deixá-la solta no mundo.

– Boa ideia. – Donia apertou a mão de Keenan e enviou uma lança de gelo voando na direção da Guerra.

Bananach a golpeou no ar sem hesitar por um instante.

– Você está escolhendo o lado errado, Neve.

– Na verdade, não. – Donia fez uma folha de gelo se formar sob os pés da criatura-corvo. – Você não pode assumir o trono de outro governante.

– Mas eu fiz isso – grasnou Bananach. – Ele está fraco.

O Rei Sombrio não ia desperdiçar a respiração com palavras: ele lhe deu uma cabeçada.

Nem Keenan nem Tavish conseguiu enfrentar Bananach: os guardiões do abismo só apareciam para regentes da Corte Sombria.

E só um regente pode matar um regente.

Só restavam Niall e Aislinn.

E eu.

— Amo você – disse ela a Keenan, e depois saiu correndo para a frente e formou uma parede de gelo ao redor de si mesma e do pequeno espaço onde Bananach e Niall lutavam, prendendo os três em uma gaiola congelada. A Rainha do Inverno se concentrou em fazer a parede grossa o suficiente para que, mesmo que Bananach derrotasse os dois, a criatura-corvo não saísse em pouco tempo.

Niall olhou para cima e assentiu brevemente para ela.

Através do gelo, Donia via Keenan arranhando a barricada. Virou-se de costas para ele.

— Derrubem-na. – Bananach empurrou as sombras contra a parede. Nada aconteceu.

— Não funciona assim. – Niall socou o rosto de Bananach. Com a outra mão, levantou uma lâmina de obsidiana que tinha tirado de algum lugar do próprio corpo e a jogou em direção à garganta dela.

A Guerra se esquivou, e a lâmina passou de relance por sua clavícula. Um sulco vermelho ali mostrou que pelo menos tinha tocado na pele.

Enquanto Niall continuava a lutar contra Bananach, Donia se arrastou para perto.

Enviou gelo para envolver a criatura-corvo. Ele começava no chão e a cobria até a cintura, prendendo a parte inferior do corpo em uma geleira em miniatura, mas, entre a parede ao redor deles e o gelo usado na luta, a geleira não era tão forte quanto seria se Donia já não tivesse gastado tanta energia.

Niall continuou golpeando Bananach mesmo quando ela não conseguia se mover. O Rei Sombrio não estava de posse total dos poderes de sua corte, e a Guerra estava de posse de sua força total, *bem como* do restante da força da Corte Sombria. Ele precisava de todas as vantagens que conseguisse.

E não serei útil por muito tempo.

– Sua morte será inevitável se continuar a me irritar. – Bananach empurrou a neve e o gelo como se estivesse atravessando águas profundas. – Talvez *esse* trono também deva ser meu.

A Rainha do Inverno não via necessidade de se envolver em farpas verbais. Concentrou-se em reunir a força restante, puxando o frio mais profundo para a superfície de sua pele. Deixou o frio preenchê-la e observou a luta.

Niall se inclinou para impedir que Bananach atingisse Donia.

Aos poucos, Donia se esgueirou para trás de Niall, estendendo o gelo em uma lâmina grossa nas duas mãos.

– Péssima – alertou Bananach.

Donia a ignorou. *Uma chance.* Quando ela estava ao alcance, Donia levantou as mãos.

Bem quando estava pronta para pedir a Niall para sair da frente, ele foi empurrado para o lado. Em um movimento quase simultâneo, Bananach estendeu uma espada de sombras e a enfiou no abdome de Donia.

– Você se tornou uma chateação só, Neve.

Donia concentrou cada pedacinho restante de Inverno que conseguiu focar nas lâminas curtas de gelo sólido que se estendiam de suas mãos. Suas pernas cederam, e seu peso foi apoiado na espada que a Guerra enfiara em seu corpo. A Rainha do Inverno levantou as duas mãos e tentou enviá-las de volta para o pescoço de Bananach.

– Acho que não. – A criatura-corvo se inclinou para trás.

A Guerra sacou a espada e, ao fazer isso, transformou-a em um machado. Arrastou o braço para o lado. A arma feita de sombras ainda estava tomando forma quando Bananach a jogou no peito de Donia.

– Donia! – gritou Niall, e foi a última coisa que Donia ouviu antes de cair no chão ensanguentado.

Capítulo 37

– Não! – Keenan viu Donia através do gelo, observou-a cair e não pôde fazer nada. Por instinto, exalou na parede de gelo, mas tudo o que conseguiu foi aumentar a barreira que já era grossa. Golpeou a parede com uma espada. – Droga, Don!

Ele gritou:

– Aislinn! Preciso de ajuda aqui! Por favor! Luz do sol!

Arrastou as mãos na parede em um esforço fútil de conseguir chegar até Donia e tentou pensar em algo que pudesse usar. Gelo não era útil contra gelo; espadas e facas não conseguiriam escavar uma parede sólida em tempo hábil para ajudá-la.

– Ash! Por favor! – Olhou ao redor, tentando encontrar a Rainha do Verão. – Ash! Donia caiu! Preciso da sua luz do sol. Preciso *entrar lá. Por favor!*

Ao lado dele, Tavish colocou a mão em seu ombro.

– Niall está com ela.

– Ela está morrendo – reclamou Keenan. – *Aislinn!*

Uma rajada de luz do sol abriu um buraco na parede, e Keenan o atravessou com dificuldade. Tavish não o seguiu;

ficou para trás, protegendo o outro lado da abertura que a Rainha do Verão tinha queimado na parede.

Keenan olhou para Niall, que estava preso na luta contra Bananach, depois pegou Donia nos braços e se levantou.

– Vá! – gritou Niall.

Keenan retornou pela abertura na parede de gelo e levou o corpo imóvel de Donia consigo. Os seres mágicos do Inverno estavam agrupados nas lutas remanescentes no armazém.

– Feche o buraco – recomendou Tavish. – Não conseguirei segurá-la, se ela sair.

Cwenhild correu em direção a eles. Quando os alcançou, orientou:

– Congele as feridas dela e tire-a daqui.

O pânico que crescia dentro de Keenan tornava difícil falar. Tudo o que conseguiu foi:

– Ela está...

– Não está morta ainda. – O tom de Cwenhild era uniforme, mas sua expressão estava preocupada. – Ela é minha rainha. Eu sentiria se ela morresse.

Keenan olhou para Donia.

– Onde está Far Docha?

– Lá fora. – Cwenhild apontou com a mão de luva vermelha.

Não é uma luva. É sangue.

– Keenan! O buraco...

– Não posso. Sinto muito. Não tenho o suficiente para fazer as duas coisas. – Keenan aninhou a Rainha do Inverno inconsciente e sangrando nos braços e exalou sobre suas feridas. O gelo que ele herdara da mãe parecia o maior presente de sua vida naquele momento.

Tavish ficou na frente dele.

— Se Bananach sair...

— Se Don morrer, eu não me importo — interrompeu Keenan.

— A corte...

— Leve-me até Far Docha — pediu Keenan a Cwenhild ao contornar o antigo conselheiro. — Não me importa quem você vai matar para fazer isso. Agora!

A líder da Guarda do Inverno não hesitou. Levantou o braço em algum tipo de sinal, e seres mágicos do Inverno os cercaram. Conforme eles andavam, Keenan se concentrou no Inverno dentro de si. Exalou de novo sobre as feridas de Donia que sangravam muito, fechando-as com gelo do melhor jeito que podia.

Em apenas poucos minutos — *que pareceram longos demais* —, eles estavam na porta do armazém. A parede de gelo que Donia tinha erguido agora estava no caminho de Keenan. Precisava conseguir ajuda para ela e não tinha luz do sol para derreter a parede.

Um grito de frustração saiu de seus lábios — e foi como um sopro de gelo.

Com esperança e com medo, ele se recostou na parede e tentou sugar o gelo para dentro como antes puxava o calor para dentro do corpo para tentar resistir ao frio. Tentou ignorar a ideia de seu corpo se enchendo de gelo, de parar de funcionar conforme aquele frio entrava nele como fizera tantas vezes, quando a última Rainha do Inverno estava com raiva ou querendo puni-lo.

Por Donia. Mesmo que seja assim...

Puxou o frio para dentro da pele, mas não era mais um regente. A parede se suavizou diante dele, mas não desapareceu. Uma parte da parede não era gelo agora, mas sim neve derretida, e Keenan empurrou essa parte.

No pedaço mais distante da parede praticamente ainda intacta, os seres mágicos do inverno estavam fortes o suficiente para exterminar os seres encantados de Bananach que continuavam na rua. Um ser encantado cadavérico parou na frente dele e franziu a testa.

Keenan recuou e agarrou Donia com força quando percebeu quem era o ser encantado.

– Não.

– Você não precisa trazê-los até mim. Posso coletá-los sem ajuda de ninguém... – Ankou parou e farejou Donia. – Ela ainda não está morta.

O olhar que Cwenhild lançou para o ser encantado da morte teria apavorado qualquer um, mas a Morte não se abalou. Simplesmente se afastou e continuou a reunir corpos.

Far Docha, no entanto, não estava à vista.

Ele pode ajudar. Ele vai ajudar. Tem que ajudar.

– Encontre o Homem Sombrio – disse Keenan ao ser mágico do Inverno, depois caiu de joelhos na rua.

Aislinn tinha ouvido as palavras de Keenan para a Irmã Scrimshaw e para Tavish e, no limite de sua visão, o tinha visto carregar o corpo de Donia, desmaiada, para fora. *Agora só restam Niall e eu.* Não tinha ideia se Niall ainda resistia nem de qual era a situação. Viu uma parede de sombras mais distante no ambiente e desejou que Niall a tivesse erguido.

E que Seth esteja em segurança atrás dela.

Olhou de relance na direção da parede de gelo; do outro lado, a luta continuava. Niall e Bananach estavam se agredindo. Do lado dela do buraco no gelo, o líder da Guarda do

Verão esperava. Um Hound com uma lâmina desembainhada corria em direção a seu guarda.

– Tavish! – Aislinn concentrou mais luz do sol na mão, mas depois lembrou que, nesta situação, a Caçada estava ao lado deles. Desceu a mão levantada bem no instante em que Tavish olhou na direção dela.

– Minha Rainha? – Ele foi até ela.

Ao redor, vários outros Hounds apareceram e derrubaram Ly Ergs. A Caçada – que estivera escassa apenas alguns instantes antes – parecia estar em toda parte ao mesmo tempo. A maré tinha virado contra os seres encantados de Bananach.

– O que está acontecendo? – perguntou Aislinn quando Tavish chegou a seu lado.

– Aquilo. – Ele apontou.

A Rainha do Verão seguiu o gesto de seu guarda até a visão inesperada diante deles. Seres mágicos de um tipo que ela nunca vira estavam flutuando para dentro do armazém. A água formava um rastro no caminho deles conforme pegavam seres encantados em seus braços e partiam. Os recém-chegados enrolaram corpos amorfos ao redor dos seres encantados de Bananach e depois voltaram pelo caminho por onde vieram.

Um ser encantado estava no vão da porta; suas mãos estavam levantadas, como se conduzisse uma sinfonia. O corpo do ser encantado parecia uma gota de água cintilando no ar, como se fosse terminar de cair dali a um instante.

– O que é aquilo? – perguntou ela.

A criatura em forma de gota d'água voltou sua atenção para ela e disse:

– Aliado. Dele.

– Seu? – perguntou Aislinn a Tavish.

O guarda sacudiu a cabeça.

– Juramento ao rei da terra – disse o ser encantado, depois continuou a conduzir os outros seres mágicos da água.

– Ah. – Aislinn balançou a cabeça. Entre os Hounds, os rowans, a Corte Sombria e, agora, os seres mágicos da água, a luta tinha mudado para favorecer as cortes unidas. Infelizmente, isso não desfez o fato de que Donia estava caída ou de que o ser encantado que atingira a Rainha do Inverno ainda estava resistindo.

Os Hounds que tinham empurrado a briga para fora do armazém agora retornavam – em parte, parecia, por causa da redução do número dos oponentes. Os seres mágicos da água não lutavam: apenas pegavam os prisioneiros e saíam.

Áreas menores de luta resistiam, mas as forças que se opunham aos seres mágicos de Bananach obviamente iam prevalecer.

Isso nos deixa Bananach.

– Posso ajudar Niall ou deixar a parede de pé – disse Aislinn suavemente. – Algum conselho?

– Ele não está ganhando, e quem poderia selar a parede parece incapaz de fazer isso – disse Tavish. – Se puder ajudá-lo, faça isso. Estamos ficando sem opções.

A Rainha do Verão exalou, e o gelo derreteu.

O fluxo de água desabou pelo armazém. Os seres mágicos da água a puxaram para si, levantando a até uma parte do cômodo que estava inundado. O efeito era como um aquário gigante e sem paredes. *E isso é impossível.* Os seres encantados que ela tinha visto se misturaram à água. Alguns dos seres encantados da terra tentaram nadar no rio vertical, mas foi inútil.

Em seguida, a própria água – e a totalidade dos que estavam contidos nela – saiu em disparada do armazém.

Aislinn foi deixada em um armazém bem menos lotado. Hounds e rowans formaram uma linha de defesa atrás de Aislinn, e, na frente dela, Niall e Bananach continuavam lutando.

– Ash – disse Niall. O Rei Sombrio estava sangrando em mais lugares do que Aislinn conseguia contar, mas tinha atravessado os seres encantados e ficado diante da Guerra enquanto o restante mal conseguia chegar ao lado dele.

Ou caíram quando nos aproximamos.

A Rainha do Verão respirou para se acalmar.

Eu ofereceria o perdão, se pudesse.

O Verão não foi feito para matar.

Mas, mesmo enquanto lembrava a si mesma dessas coisas, sabia que o Verão *era* mortal. Enchentes e incêndios, tempestades e enchentes, deslizamentos de lama e corpos ressecados – tudo isso também era domínio do Verão.

Já passamos do ponto do perdão.

A Rainha do Verão concentrou o calor que tinha irradiado de seu corpo e o enviou como um único raio na direção de Bananach. A criatura-corvo não conseguiu afastar a luz do sol, embora tivesse levantado um escudo feito de sombras. Parte da luz do sol foi absorvida pelas sombras, mas o suficiente ultrapassou para queimar sua carne e suas penas.

Bananach olhou de relance para Aislinn e estalou a boca-bico em uma ameaça silenciosa.

Enquanto ela estava virada, Niall a golpeou com uma *sgian dubh* curta. Sangue fresco pingava do braço de Bananach. As penas grudavam no ferimento.

– Suas forças foram derrotadas – disse Aislinn.
– Nem todas – gralhou a Guerra. – *Eu* não. A Neve está acabada. – Atingiu Niall na cabeça com o escudo de sombras. – Está vacilando mais a cada instante.
– Eu não estou vacilando – falou Aislinn com suavidade. – Tenho energia de sobra.

O escárnio nos olhos de Bananach antes seria ameaçador – *tinha sido ameaçador* –, mas Aislinn não era uma mortal, não era uma rainha insegura, não era nada que pudesse ser ameaçado. Era a Rainha do Verão, a primeira regente dos seres encantados em quase um milênio a estar de posse total da força que agora implorava para escapar de seu corpo.

– Niall, escudo. Agora.

E, sem esperar um instante, exalou a luz do sol; empurrou-a de sua pele; enviou-a para a frente como uma explosão solar, que incendiou Bananach.

Naquele instante entre o alerta e a ação de Aislinn, o Rei Sombrio tinha puxado seus guardiões do abismo para si. Eles se enrolaram para formar uma parede sólida de sombras, protegendo-o da luz do sol de Aislinn.

Ela estava vagamente ciente da presença dele, dos seres encantados que observavam atrás dela, dos gritos de dor de Bananach. *Luz do sol. Queime a doença.* A Rainha do Verão foi em direção ao ser encantado em chamas. A luz do sol seguia à frente de seus passos, uma fogueira de floresta em chamas contida em apenas alguns centímetros. *Purifique. Proteja.* Aislinn olhou de relance para Niall. Lembrou-se dele golpeando-a, ameaçando-a. *Amigo ou não?*

O Verão não tinha palavras para fazer essas perguntas. Ela o encarou, tentando lembrar se devia queimá-lo também.

— Ash? — disse ele. Estava surrado, mancando, mas conseguiu ficar entre ela e o ser encantado que berrava. — Eu termino isso.

A Rainha do Verão sacudiu a cabeça.

— Ela machucou Donia. Ela matou Evan... Irial... Gabriel, Tish e matou os *meus* seres mágicos.

O Rei Sombrio assentiu. Seus guardiões sombrios estavam observando, mas imóveis. Seus corpos estavam iluminados pelas chamas.

Bananach sacudiu o fogo, deixando cair o fogo e a maior parte de suas asas em um tremor terrível.

— Saia. — Niall levantou uma espada.

— Não. — Aislinn deixou trepadeiras aparecerem em suas mãos. *Terra. As trepadeiras precisam de terra.* Assim, Aislinn atraiu a terra para si em um grande puxão, ouviu o rugido dela se aproximando e a observou se enrolar nos dois lados de si própria e cobrir Bananach.

O corpo da criatura-corvo estava afundando sob o peso da lama que agora fervia, emaranhada nas miniaturas de rosas brancas que brotavam da terra.

— Ela não pode matar agora — anunciou Aislinn.

O Rei Sombrio entrou na lama e enfiou na terra, até o punho, uma espada larga feita de sombras.

— O sangue alimenta a mágica — disse uma voz seca como casca de milho.

Aislinn se virou e viu Far Docha assistindo.

— A Morte alimenta o solo — acrescentou ele.

Na frente deles, Niall estava sentado na lama. Apesar do corpo surrado e marcado, o Rei Sombrio estava sorrindo. Olhou para ela e disse:

– Seth estava certo.

O Homem Sombrio fez que sim com a cabeça.

– Estava.

Perplexa, Aislinn olhou de um para o outro.

Com uma das mãos, Niall ainda agarrava a espada larga; com a outra, limpava o sangue e o suor do rosto.

– Seth disse que conseguiríamos matá-la sem que todos nós morrêssemos. Eu não tinha certeza se ele estava certo.

Far Docha deu um risinho.

– Onde está ele? – O equilíbrio de Aislinn vacilou. – Procurei durante a... durante... Ele está? Onde ele está?

– Fiz uma barreira para manter Seth em segurança quando cheguei aqui – disse Niall. – Ele está seguro, Ash. Bananach não conseguiu alcançá-lo.

Um olhar estranho passou entre Niall e Far Docha, mas Aislinn não estava interessada em perguntar por quê. Mais tarde, talvez, mas, neste momento, tinha dois assuntos mais urgentes para resolver. Assentiu para Niall e chamou o ser encantado da morte, que já tinha se virado.

– Far Docha?

Ele parou. Sua expressão não era mais decifrável do que quando ela o conhecera, mas achou que uma centelha de tristeza atravessou seu rosto.

– Você me ofereceu uma troca quando nos conhecemos – lembrou a ele. – Sei o que eu quero.

– O que vai me pedir?

– Tudo que Keenan e Donia precisarem – respondeu ela. – Se for preciso, fico lhe devendo um favor. Não uma morte, mas eu ficaria em dívida para com você se fosse preciso.

Far Docha a encarou, mas não disse nada. Em vez disso, assentiu e saiu.

Capítulo 38

Se tivesse que fazer tudo de novo, o Homem Sombrio achava que não teria mudado nada. Havia tristeza pela morte de tantos seres mágicos, mas não era a primeira vez que eles eram tão destrutivos. No passado, suas disputas tinham sangrado para o mundo mortal. Não desperdiçavam sua imortalidade com frequência, mas ainda faziam escolhas tolas – ou ousadas – de tempos em tempos. As perdas lembravam a eles que não eram imunes a alguns ferimentos.

Ferimentos brutais.

Ferimentos feitos pelo aço.

Ferimentos feitos por seres encantados.

Observou a irmã recolher os corpos, viu as sombras se reunindo no ar ao redor dele e balançou a cabeça. Não era agradável ter um fluxo súbito de sombras com que lidar.

Não busco subordinados.

Ankou parou, franziu a testa para ele e fez um gesto como um amplo arco ao redor de si. Ele continuava invisível aos olhos dos seres encantados – assim como as sombras – e observava o antigo Rei do Verão sofrer.

A Corte do Inverno seria dele se Donia morresse. Era a ordem natural. O filho do Inverno assumiria a corte da mãe. Ele sofreria, ficaria amargo, e um dia seu sofrimento viraria algo maligno.

Isso seria enfadonho.

– Espero que você faça escolhas melhores do que seus pais, Keenan – disse Far Docha.

O Homem Sombrio tinha oferecido toda a ajuda que podia sem ser solicitado. Podia ajudar a Rainha do Inverno ferida por causa de sua dívida com a Rainha do Verão, mas ainda havia regras naturais. *Alguns sacrifícios devem ser feitos por vontade própria.* Passou pelos guardas e, assim que se aproximou do ser encantado que sofria, se fez visível de novo.

Quando a Morte parou sobre eles, Keenan não teve certeza se era para levar Donia ou não, mas não ia abrir mão dela.

Agora não. Nunca.

– Far Docha. – Keenan baixou a cabeça com o máximo de reverência que conseguiu com Donia aninhada nos braços. – Preciso da sua ajuda.

A expressão do Homem Sombrio era completamente indecifrável.

– O que você tem a oferecer?

– Quero dar a ela o meu Inverno – disse Keenan. – Minha vida, se ela precisar.

Far Docha riu.

– Perdão – implorou Keenan. – Dou tudo o que eu tiver se você salvá-la.

– E se Bananach escapasse por causa das suas escolhas? O que seria da corte a que você serviu? Da corte dela? –

Passou a mão sobre o ombro ensanguentado de Donia. – De Niall? De Aislinn? O que seria de todos que...

– Não me importo. Só Donia importa – insistiu Keenan.

– E se eu lhe oferecer a escolha entre a vida dela e a vida de todos?

– A dela – respondeu Keenan, sem hesitar.

O Homem Sombrio gesticulou no ar ao lado dele, e um altar de pedra, coberto com peles grossas, apareceu.

– Sua vida imortal ou a dela?

– Pegue a minha; pegue tudo o que quiser. – Keenan olhou de relance para o altar.

Far Docha apontou para o altar coberto de peles.

– Não quero machucá-la.

Com cuidado, Keenan colocou Donia no altar.

– Do que você precisa?

– Você oferece por vontade própria seu Inverno e sua vida mortal em troca da dela? – perguntou Far Docha. – Se disser sim...

– Sim.

– Talvez devesse ouvir os termos.

Keenan sacudiu a cabeça.

– Não importa.

O Homem Sombrio deu de ombros e, em menos de um instante, Keenan desmaiou no chão. Sentiu como se tudo dentro de si estivesse sendo arrancado. Ao reprimir um grito de dor, um suspiro escapou e, com ele, um sopro de ar gelado se estendeu até Donia.

– Deveria ter ouvido os termos – murmurou Far Docha. Cutucou Keenan com o pé coberto por uma bota. – Grite.

Keenan assim o fez. Liberou o som da dor dentro de si, e o ar gelado que estava se estendendo até Donia ficou mais grosso a cada respiração. Conforme o Inverno com o qual nascera era violentamente arrancado de seu corpo, ele fluía para Donia.

Observou enquanto o ar a curava, costurava as lágrimas na carne dela e a deixava inteira outra vez. Ele a viu se sentar, ainda coberta de sangue, mas sem ferimentos. O pavor no rosto dela ao vê-lo no chão, gritando, quase foi suficiente para fazê-lo fechar os olhos, mas, se as coisas fossem acabar assim, ele queria vê-la pelo tempo que conseguisse.

Ela se esforçou para descer do altar, mas não conseguiu. Seus lábios formaram uma palavra que ele não ouviu, mas sabia que era o nome dele. Ela voltou o olhar furioso para Far Docha e rosnou alguma coisa para ele.

Keenan não ouviu nada. Sentiu o peso cair sobre si, um peso diferente de tudo o que conhecia, e não conseguiu abrir a boca para emitir qualquer som. Seus olhos começaram a se fechar, mas ele a viu pular do altar.

Em seguida, ela desapareceu. Todo mundo que estava na rua empalideceu, até ele ficar subitamente sozinho.

Então isso é morrer.

Não era tão ruim quanto esperava. O antigo Rei do Verão fechou os olhos e se deitou na rua.

Capítulo 39

A parede de sombras na frente dele foi rasgada, e Seth pôde ver os resquícios da batalha no solo por um instante. Depois, o ambiente ficou de um claro ofuscante sob o brilho do ser encantado que andava a passos largos passando pelas brigas restantes sem guardas, sem soldados, sem nada além da própria luz do sol para se proteger. *Ash.* Seth esperou sua salvadora chegar até a gaiola – que agora estava a uns doze metros do chão.

Aislinn estendeu as mãos e agarrou as grades. O metal brilhou com a mesma clareza que o atiçador de fogo e se partiu. Ela dobrou as duas grades para si.

Abaixo, no chão, os seres encantados de Bananach tentavam escapar dos guardas da Corte do Verão e dos seres encantados da Corte Sombria. Um ser encantado da Corte Sombria empalou um dos Ly Ergs de Bananach com uma estrela matutina. O prego na arma parecida com um bastão perfurou o ser encantado, e ele gritou. Sua trama desapareceu da existência. Após tantas tramas terem terminado, Seth se sentiu fisicamente enjoado com a consciência das perdas.

Vidas estavam chegando ao fim por causa de mentiras e maquinações; Bananach, sedenta de poder, tinha condenado tanto seus seguidores quanto seus oponentes. *Mortes que não precisavam acontecer.* A Guerra sempre era desprezível, mas uma guerra sem motivo além da ganância era imperdoável.

Seth não queria que Aislinn visse o pânico em seus olhos; não sabia que palavras usar para descrever o que vira, como ele fora inútil. *Como estivera apavorado por ela.* Agora ela estava aqui, viva e aparentemente para salvá-lo. *Com sangue no jeans.*

A Rainha do Verão silenciosa estendeu as mãos para ele, e Seth saiu para o ar que parecia vazio, confiando que ela sabia o que estava fazendo. Até este momento, pelo que ele sabia, sua namorada não podia andar no ar, mas ela obviamente estava fazendo isso.

E me segurando enquanto faz isso.

De repente, ele se sentiu um personagem de desenho animado que dá um passo para fora de um penhasco, como se olhar para baixo fosse fazê-lo desabar. Apesar disso, olhou para os pés e viu o que pareciam raios de sol sob cada um. Os raios de sol se abaixaram lentamente, e ele e Aislinn estavam de pé no chão do armazém.

Seth viu Tavish do lado de fora da porta. O conselheiro da Corte do Verão segurava uma lasca fina de aço que pareceria inofensiva para a maioria dos mortais, mas era fatal para os seres encantados.

Tavish disse a Aislinn:

– Vou deixar alguns guardas aqui com os deles para ajudar a cuidar de Niall e... dos outros. Você devia ir embora. Nós arrumamos o resto.

Conforme Tavish falava, Seth percebia que havia palavras que o conselheiro da Corte do Verão estava evitando de propósito e desejou poder ver as tramas que, naquele momento, estavam invisíveis para ele.

Aislinn olhou para Tavish.

– E Donia?

– Ela vai sobreviver. Ela partiu... *com* Keenan. – Tavish pareceu deprimido por um instante. – Os guardas dela levaram os dois daqui.

Seth não sabia dizer o que Tavish estava escondendo, mas não queria perguntar naquele momento. O sofrimento que Tavish estava escondendo de Aislinn teria que esperar.

– Ela machucou você. – Aislinn viu a queimadura na lateral do rosto de Seth e olhou diretamente nos olhos dele. – Você... está bem, apesar disso?

Seth olhou de relance para Tavish, que baixou a cabeça com um grau estranho de respeito e se afastou para lhes permitir um pouco de privacidade.

– Parece que minha cabeça vai explodir com as coisas que eu... vi – começou ele, mas a tentação de dizer a ela o que tinha visto e ainda poderia ver competia com o desejo de fazer exatamente o que ela pedira quando ele voltou do Mundo Encantado: deixar o mundo esperar. – Quero lhe dizer... preciso lhe dizer, mas... depois.

Ela fez que sim.

De mãos dadas, Aislinn e Seth caminharam pelo armazém; ela não parecia registrar o fato de que trepadeiras envolviam os combatentes conforme ela passava por eles. Atrás dela, os seres encantados dominados que tinham lutado com as forças de Bananach eram mortos por rowans e Hounds.

Logo do lado de fora do armazém, Far Docha estava com Niall. Ankou andava por ali, recolhendo os mortos e colocando-os em uma longa carruagem preta estacionada na rua. Cantava suavemente para si mesma enquanto levantava os corpos nos braços.

Far Docha assentiu para eles quando se aproximaram, depois seu olhar se voltou para Niall, que acenou com o dedo como se pendurasse alguma coisa e apontou-o para ele.

– Fora. Agora.

A sombra de Irial tomou forma e saiu do corpo de Niall. Aislinn arfou.

O Rei Sombrio morto ignorou a todos, exceto o Rei Sombrio vivo. Virou-se para encarar Niall.

– Você está mais teimoso do que nunca.

– Mas não estou louco – disse Niall.

– Verdade. – Irial levantou uma das mãos como se pudesse tocar o rosto surrado de Niall. – Você defendeu nossa corte de maneira admirável. Eu sabia que você estava destinado a ser o Rei Sombrio.

Niall sacudiu a cabeça, mas agora estava sorrindo.

– Você nunca está satisfeito, não é? Você estava *certo*, Irial. Eles são meus. A corte é minha. – Niall levantou as mãos ensanguentadas. – Vou matar ou morrer por eles.

– E eles por você – disse Irial.

– Já basta de mortes por hoje. – As palavras de Far Docha atraíram todos os olhares para ele. No meio dos seres encantados marcados e cansados, apenas a Morte parecia intocada. Cruzou os braços e olhou para todos.

– Em toda a eternidade, isso nunca aconteceu. – O Homem Sombrio parou e fez um gesto em direção ao armazém. – Ela era a primeira de dois. Diziam que não podia ser morta sem condenar todos nós. Deve haver equilíbrio. – O olhar do Homem Sombrio se voltou rapidamente para Aislinn. – Você tem o direito.

Aislinn apertou a mão de Seth.

– Não.

– E você? – A atenção de Far Docha se voltou para Seth. – Quer assumir o cargo vago de Discórdia? Pela herança de sua mãe, você tem o direito de assumir isso. Sua Visão já está funcionando; você viaja entre os mundos. Caminha por entre as quatro cortes e como um solitário. A menos que esteja planejando manter seu novo cargo...

Seth olhou para Niall.

– Suponho que as consequências de *não* ser quem eu sou não seriam boas.

Far Docha deu de ombros, mas não fez comentários.

– Eu passo. – Seth podia não conseguir ver o próprio futuro, mas via, e suspeitava que Far Docha também via, os futuros cada vez mais prováveis de vários dos seres encantados ao redor. Irial e Niall ainda tinham escolhas a fazer. Seth tinha quase certeza de quais seriam essas escolhas, mas as decisões ainda deviam ser manifestadas.

Sempre há escolhas.

Far Docha continuou como se nada estivesse certo.

– Niall? Sua espada acabou com ela.

– Não. Eu sou o Rei Sombrio. – Niall encarou Irial ao falar. Não lutei pelo meu trono, sangrei pela corte, apenas para deixar tudo de lado. – Então, com visível esforço, Niall afastou o olhar de Irial e perguntou a Far Docha: – O cargo precisa ser ocupado, certo?

Far Docha suspirou.

— Precisa, e por mais que me doa oferecer isso a alguém que *evitou* a morte... Irial?

A sombra do rei morto nem olhou de relance para a Morte — nem para os outros. Como se não houvesse mais ninguém com eles, perguntou a Niall:

— Tem certeza? Eu poderia ficar...

— Morto? — bufou Niall. — Uma eternidade com você na minha cabeça não é exatamente ideal para nenhum de nós.

Ao ouvir isso, Irial olhou de relance para Far Docha.

— Existem outras opções?

— Você pode continuar como está agora, desconectado do rei vivo; pode retomar a possessão; ou pode assumir o cargo vago. — Far Docha fez uma careta para Irial. — Se não fizer isso, preciso achar outro para ocupá-lo. Haverá equilíbrio. A Discórdia é...

— Tudo bem. — Irial acenou com a mão como se afastasse as palavras. — Se eu estiver desconectado, eles vão me ver?

— Não, a menos que eu esteja por perto ou eles também estejam mortos — respondeu Far Docha.

— Então: possessão, ausência ou Guerra. — Irial se virou de costas para todos outra vez. — Niall? Posso ficar, ajudar a cuidar da corte, aconselhar você; estar preso a você significa que nossos sonhos são reais.

— Não quero que você seja uma sombra — disse Niall. — A Guerra pertence à Corte Sombria, e... É isso que eu quero.

— Guerra não — corrigiu Far Docha. — Ela era a Discórdia, assim como sua irmã gêmea é a Ordem. Bananach se esqueceu do que era. A meta da Discórdia não é apenas a violência. Para fazer seu trabalho, você também será capaz de atravessar o véu para o Mundo Encantado. Vou resolver esse problema: o véu ficará aberto para você... se você for a Discórdia.

– Discórdia. – Irial deu um sorriso para todos. – Tenho certeza de que posso provocar algum descontentamento.

O Homem Sombrio bufou, mas não disse nada.

Enquanto estavam todos de pé ali, Irial ficou sério. Estendeu a mão sem substância, que flutuou sobre o antebraço do Rei Sombrio.

– Você não pode confiar em mim depois disso. Não como confia agora.

– Eu não conf... – As palavras que Niall tentou dizer se tornaram impronunciáveis. – Não quero que você morra, Iri. Posso encontrar um novo conselheiro... Diga sim a ele para que possamos começar a colocar as coisas em ordem.

– A Discórdia geralmente não trabalha para colocar as coisas *em* ordem. – O sorriso de Irial retornou.

Far Docha sacudiu a cabeça.

– Ninguém jamais enganou a Morte. Então suponho que seja adequado você assumir o cargo para que não possa ser assassinado.

– Eu nunca segui muito bem as regras. – A forma sem substância de Irial se tornou sólida enquanto eles observavam. – Você precisa admitir que foi uma bela escapatória.

O olhar incrédulo que Far Docha lhe lançou deixou claro que ele não ia admitir nada disso, mas, conforme o Homem Sombrio virou de costas para Irial e Niall, ele piscou para Seth.

Enquanto Seth observava, as tramas se tornaram firmes e se estenderam para o futuro.

A Morte sorria ao caminhar em direção a Ankou; a tensão de Niall pareceu desaparecer quando Irial murmurou alguma coisa baixo demais para os outros ouvirem.

Aislinn recostou a cabeça no braço de Seth.

– Vamos sair daqui?

Ele tinha assuntos pendentes com Niall, mas entre a opção de lidar com Niall ou estar com Aislinn... não havia escolha. Apertou-a com o braço, mas, antes de darem dois passos, o conselheiro da Corte do Verão pigarreou.

– Posso falar com você por um instante, minha Rainha? – perguntou Tavish ao se unir a eles. – Posso cuidar de tudo aqui, mas preciso que você tome algumas decisões antes de partir.

A Rainha do Verão olhou para Seth.

– Você me dá um segundo?

Ele fez que sim.

Tavish conduziu Aislinn até alguns passos dali, e Seth ficou com Niall e Irial.

Com um sorriso, Irial se virou para Niall.

– Far Docha merece um pouco mais de discórdia na vida dele. Vejo você lá dentro?

Depois de um olhar agradecido para a figura de Irial, que se afastava, Niall se virou para encarar Seth. Ficaram em silêncio apenas durante o tempo necessário para garantir que ninguém estava ouvindo.

– Eu estava com raiva – disse Niall.

Seth cruzou os braços.

O Rei Sombrio passou a mão pelo rosto.

– Se Ash tivesse sido morta, você também não estaria bem.

– Isso é um *motivo*, não uma desculpa. – Seth fez um gesto em direção à queimadura na lateral do rosto. – Você ia queimar o meu *olho*, cara. Isso é muito além do imperdoável.

– Não queimei.

– Porque Leslie o impediu. – Seth se aproximou. – Você pensou em deixar Far Docha me matar.

– Não ofereci você a ele – disse Niall.

– No ano passado, você me disse que não queria que eu visse a parte feia da Corte Sombria, que não queria que a parte de ser um canalha... – Seth parou, ponderando as palavras, tentando equilibrar a dor e a lógica. – ... me afetasse... que eu não o veria do mesmo jeito se isso acontecesse.

A esperança na expressão de Niall estava em conflito com o estado surrado em que se encontrava.

– Você me disse que eu estava errado.

– Você estava *certo*. – Seth encarou Niall nos olhos. – Não vejo você do mesmo jeito.

– Sinto muito – disse Niall.

– Não sou idiota. Eu sabia o que você era. Objetivamente, eu entendia. Se você não fosse capaz de fazer escolhas terríveis, não seria um ser encantado. Se não fosse capaz de fazer essas coisas, não teria sido capaz de ser o Rei Sombrio.

– Coisas terríveis como manter segredos que levam a mortes e violência e caos? – bufou Niall.

– E enjaular seus amigos? E ser destronado pela Guerra porque você está desequilibrado e agindo como uma besta? – Seth agarrou o braço do Rei Sombrio. – Não vejo você do mesmo jeito, mas consigo viver com o que estou vendo. Você é meu *irmão*.

Niall puxou Seth para um abraço com um braço só.

– Se quer saber, estou feliz de você ainda ter os dois olhos.

Quando Seth se afastou, sacudiu a cabeça.

– Na próxima vez? Vire essa parte do canalha para outro lado.

– Ou o quê?

– Sério? – Seth sorriu. – Eu tive algum tempo para pensar enquanto estava na minha *gaiola*... A voz da razão é bem fraca deste lado do véu e, a menos que a minha mãe e a Corte Sombria decidam remover o véu, todos vocês podem precisar de um lembrete ocasional.

– Está se declarando rei, irmãozinho? Meio pretensioso, não é? – O tom de Niall era mais curioso do que qualquer outra coisa.

– Observei que você ficou mais equilibrado quando vim até você e, quando eu decidi fazer... o que fosse necessário para equilibrá-lo, eu senti. Senti *você*, Niall. Fiquei pendurado na gaiola onde você me colocou e observei Bananach entrar na sua corte e tomá-la de você e aceitei o inevitável. – Seth percebia que era correto fazer o que tinha que fazer, mas parte dele sofria com isso. – Sou herdeiro de Sorcha. Sou o único ser encantado no mundo mortal que *pode* ser o seu equilíbrio. Sou a Ordem para a sua Escuridão.

– Então você é o quê? O Rei da Ordem? – Niall o observou com um misto de orgulho e tristeza.

– Não. Não sou rei de nada. Suspeito que vou conseguir estrutura e pompa suficiente da corte no Mundo Encantado. – Seth revirou os olhos ao pensar em tentar ser um rei. – Mas sou seu equilíbrio.

Niall sorriu.

Seth continuou:

– Não seria nada mal se os seres mágicos solitários soubessem que há alguém com quem podem falar se algum de vocês enlouquecer de novo. Meus dois irmãos lideram a Corte Sombria e a Corte das Sombras. Minha mãe é a Rainha da Alta Corte. Minha... – Seth olhou de relance para onde Aislinn e Tavish estavam conversando. – Ash é a Rainha do Verão. Posso ver o futuro. Posso alternar entre os dois mundos. E posso argumentar com os seres encantados que amo, os seres encantados que são da família e os seres encantados que eu chamo de amigos.

A expressão no rosto de Niall se tornou totalmente indecifrável.

– Acha que está à altura dela? Nenhum conflito de interesses...

– Você vai compartilhar sua casa com a *Discórdia* – lembrou Seth. – Eu seria um tolo se acreditasse que ele não vai favorecer alguém.

O ser encantado em questão passou por Seth.

– Bem, visionário, por sorte a visão do *seu* futuro não o encorajaria a favorecer ninguém, sacrificar pessoas, jogar com as cortes... – Irial parou e pegou um maço de cigarros e um isqueiro do bolso de Niall. Tirou um cigarro, olhou de relance para Seth e falou devagar: – Digamos, como me deixar morrer em nome dos seus interesses.

Em silêncio, Niall pegou o cigarro da mão de Irial, acendeu e tragou.

Seth deu de ombros.

– Quem vai saber se eu não vi o resultado final? Você não é viciante para os mortais. *Nenhum* de vocês dois. Estão de volta ao conflito, onde gostam de estar. Bananach está morta... e Leslie está sentada na sua casa, onde vocês três esperam que ela acabe ficando.

Ao ver as expressões de surpresa deles, Seth parou.

– Evidentemente, há outros resultados que foram bem menos positivos para vocês, mas... muitas coisas funcionaram por causa da sua morte.

– Você pode se sair bem com essa coisa de equilibrar, garoto. – Irial balançou a cabeça, depois voltou sua atenção para Niall. – Nossa Garota das Sombras está esperando em casa.

– Leslie está esperando no nosso *lar* – corrigiu Niall.

E a Discórdia sorriu.

Seth também sorriu enquanto os observava se afastarem. As tramas que via para os dois seres encantados estavam bem entrelaçadas, e, em muitos dos futuros possíveis, ele via a trama não-tão-mortal, não-tão-mágica de Leslie enrolada com as deles. Ela não estava nem perto de pronta para ficar com a Corte Sombria, mas havia mais do que alguns possíveis futuros para ela que a colocavam num futuro feliz com os dois seres encantados que a amavam e se amavam entre si.

Enquanto olhava para os futuros entrelaçados, Seth sentiu uma onda de inveja. Não tinha certeza do que o futuro lhe reservava – se estava prestes a perder Aislinn, se tinha uma eternidade para tentar aceitar o relacionamento dela com outro ser encantado –, mas sabia que desperdiçara o tempo com Aislinn por causa dos próprios medos.

Não mais.

Andou até ela e, com um conforto que não sentia havia meses, pegou a mão de Aislinn. A luz do sol reluziu da pele dela. Podia não ser dele para sempre, mas, depois do que tinha acabado de acontecer, ela seria dele hoje à noite. Não importa se ele ia ficar ou ia embora, mas ia passar a noite nos braços dela.

Capítulo 40

Depois de remover de ambos os sinais da luta, a Rainha do Inverno deitou Keenan com cuidado na cama que os dois compartilhavam. Fez tudo o que pôde para mantê-lo em segurança, e nada funcionou.

Não é justo finalmente ter uma chance de passar a eternidade juntos e ela ser arrancada de mim. Olhou de relance para o corpo imóvel mais uma vez. *Talvez nunca estivéssemos destinados a ter a eternidade.* Passou mais de uma hora andando de um lado para outro, ansiosa. Agora, alternava entre chorar, acariciar o rosto de Keenan e conversar com ele.

– Você é um idiota – sussurrou, cheia de lágrimas.

Por fim, ele abriu os olhos e a encarou; nesse momento, ela acariciava o cabelo dele e chorava. Estava sentada na beira da cama, tentando com muito esforço não esbarrar nele nem deixar as lágrimas geladas caírem no peito e nos braços nus.

Por um instante, ele piscou para ela. Depois perguntou:

– Você também está morta?

– Não. – Ela se inclinou com o máximo de cuidado e roçou os lábios nos dele. *Como vou fazer isso?* Ela recuou e examinou os lábios dele em busca de feridas provocadas pelo frio.

– Don? – O rosto de Keenan se enrugou. – Não entendo. *Ele está aqui.* É isso que *importa.*

– Você está vivo.

– E você também. – Keenan se esforçou para se sentar. Franziu a testa por um instante. – Acho que abrir mão do meu Inverno me deixou mais fraco do que achei que deixaria. Eu me sinto... errado.

O gemido que Donia queria reprimir escapou.

– Don? – Tentou puxá-la para si, mas ela resistiu, e ele não conseguiu movê-la.

Apesar de sua determinação, lágrimas congeladas desceram pelo rosto dela e caíram nos lençóis.

– Sinto muito.

– Pelo quê? – indagou ele. A voz estava quase igual, mas parecia diferente o suficiente para que cada palavra dita lembrasse a ela de seu estado alterado.

– Eu ter me machucado. Isso. – Apontou para ele na cama.

Ele pegou a mão dela.

– Estou vivo... com *você*... na sua cama. Por que está pedindo desculpas?

– Você é mortal – soltou ela. *Que maravilha, Don.* Abriu a boca para continuar a falar, mas ele estava rindo.

Ela considerara muitas reações enquanto ele estava inconsciente na cama, mas a risada não era uma delas. Ele segurou a mão dela e riu até Donia ficar meio preocupada. Depois, sacudiu a cabeça.

– Bem, isso é novidade.

– Você não entende...

– Don? – Keenan a puxou para si, e ela se deixou ser puxada para o abraço.

Cuidado; nada de geada, nada de gelo.

– Estou aqui com você. Não me importo com mais nada. – Keenan a encarou com algo parecido com espanto em seus olhos azuis muito mortais. – Você está viva, e eu estou aqui com você.

– Mas...

– Eu a *amo* e estou aqui com você. – Deslizou a mão pelo rosto dela. – Nada mais me importa.

– Você vai *morrer* – protestou ela.

– Hoje não. – Cobriu a boca de Donia com a dele e a beijou com a mesma eficiência de quando era um ser encantado. Seus braços deslizaram ao redor dela, e ele a puxou para seu lado.

O medo de machucá-lo a deixava cautelosa, mas ele não hesitava. A mão dele estava nos botões de sua blusa. A mortalidade também não apagara sua destreza com a remoção de roupas.

Ele se reclinou para trás por um instante para tirar a blusa dela com o mesmo sorriso travesso e adorável que a deixara sem fôlego anos antes.

– Sabe – disse ele –, depois de séculos não consigo pensar em muitas coisas que eu quisesse tentar, mas não tentei.

– É? – Com cuidado, deslizou as mãos pelo peito dele.

– Hum-hum. – Os dedos de Keenan traçaram a clavícula dela e desceram pelo braço enquanto a outra mão abria a saia.

Donia levantou os quadris para ele tirá-la.

— O que... — começou ela, mas as palavras desapareceram quando ele se inclinou sobre ela e beijou seus quadris.

Alguns instantes depois, ele sussurrou na pele dela:

— Sabe o que eu nunca fiz?

Absorta, ela percebeu que, enquanto ele a distraía com uma das mãos, tinha usado a outra mão para tirar a calça do pijama que ela vestira nele. Com esforço, obrigou os olhos a ficarem abertos e olhou para ele.

— O que foi?

— Fazer amor como um mortal. — Sussurrou as palavras sobre o estômago dela. Entre beijos e carícias, perguntou:

— Acha que pode me ajudar? Ser minha primeira? Minha única? Minha até-que-a-morte-nos-separe?

— Keenan...

Ele subiu beijando seu estômago e seu peito, até estar estendido sobre ela.

— Vou amar você por todos os minutos de todos os dias da minha vida.

O carinho que tinham compartilhado antes; a paixão que tinham compartilhado antes; mas o desespero que ela sentia agora era novo. As palavras dele a deixaram de coração partido.

— Não quero que você morra — soluçou ela. — Acabamos...

— Estou aqui com você na sua cama, Donia. Nenhum de nós dois morreu hoje. — Beijou as lágrimas no rosto dela. — Faz amor comigo?

Como ela não respondeu, ele disse:

— A menos que queira esperar até depois do casamento...

Mais lágrimas deslizaram pelo canto dos olhos dela mesmo enquanto uma risadinha escapava de seus lábios. Ela estendeu as mãos e envolveu o rosto dele.

– Não.

Ele pareceu nervoso por um instante.

– Mas você *vai* se casar comigo, não vai, Donia?

– Vou – prometeu ela. – Mas não quero esperar até depois do casamento. Você já tem meu juramento. Já tinha anos atrás, quando lhe prometi a eternidade ao lado de um arbusto de espinheiro.

– E você tem o meu. Sou seu pelo tempo que eu viver. Só seu. Essa é a minha promessa. – Desceu os lábios até os dela, e os dois celebraram a vida, o momento, o tempo que tinham juntos.

Capítulo 41

Quando Aislinn e Seth chegaram às partes de Huntsdale intocadas pela violência do dia, os Guardas do Verão se afastaram. Olhavam para Aislinn com expectativa. Um deles, uma Garota do Verão que Seth nunca tinha visto sem estar exultante, assentiu para eles.

— Vamos cuidar do que ainda falta fazer aqui.

— Corra comigo, Seth. — Aislinn apertou a mão dele e, antes da próxima respiração, partiu.

Diferentemente de quando era mortal, Seth podia correr sem se segurar nela agora, mas se prenderia a ela para sempre, se pudesse. Então, segurou a mão dela com firmeza, e, juntos, aceleraram pelas ruas cobertas de neve de Huntsdale.

Quando cruzaram o limite da área do domínio do Verão, mais guardas rowans estavam esperando. Olharam para ela com uma nova intensidade, e Seth sabia que a pergunta que se colocava entre os dois estava prestes a ser respondida de qualquer maneira.

Os seres encantados estavam chegando ao parque ao redor deles. Quando passavam por Aislinn, muitos a tocavam, um leve roçar de dedos no braço ou no cabelo. Não falavam, mas suas expressões relaxaram ao vê-la.

Aislinn continuou segurando a mão dele, mas, com a mão livre, fez sinal para ele esperar.

– Você escondeu segredos de mim.
– Só um – disse Seth.
– Você vê o futuro.
– É. – Seth deu um sorriso amargo. – Mas não as partes que eu queria ver.

A Rainha do Verão olhou para o céu, e uma chuva quente começou a cair. Os seres encantados da Corte do Verão levantaram os braços e deixaram a chuva lavar a sujeira e o sangue da pele. Flores e grama cresciam em ondas vibrantes de cor pelo chão aos pés da Rainha do Verão. Suas roupas estavam grudadas no corpo, e o cabelo estava solto em cachos molhados.

Como uma deusa pagã.

Conforme os seres encantados começaram a dançar devagar, ela olhou não para Seth, mas para sua corte.

– Eu disse a vocês que nos divertiríamos depois que o perigo passasse. Estamos aqui, vivos, e os membros de suas famílias que caíram não iam querer lágrimas.

Uma rainha dos seres encantados.

– Como nos lembramos? – gritou Aislinn.

Os seres encantados ao redor deram as mãos, entrelaçaram braços e pernas e observaram a rainha. E responderam:

– Na alegria.
– Vivendo.
– Comemorando.

Aislinn suspirou, e o calor do Verão se estendeu pelo parque.

– Alegrem-se como o Verão deve fazer. – Ela sorriu, e arco-íris se formaram sobre os seres mágicos reunidos. – Afastem a tristeza vivendo.

Depois se virou para Seth e acrescentou:

– Comemore.

Depois dos terrores dos últimos dias, da luta com Bananach, do período no Mundo Encantado, de ser enjaulado pelo amigo, de ver – *e sentir* – a perda de tantos seres encantados, ele desejava a alegria que a Corte do Verão estava se permitindo. Seres encantados molhados pulavam ao redor dos dois, quase desvairados na orgia, como se sentissem prazer por eles mesmos e pelos familiares caídos.

– Vai ficar comigo hoje à noite? – perguntou ela.

E Seth pegou a mão dela de novo.

– Vou.

Vagamente, estava consciente de que os seres mágicos do Verão estavam comemorando, mas parecia distante. Tudo estava distante, exceto o ser encantado que segurava sua mão.

Minha razão. Meu tudo.

Parte dele queria que ela dissesse as palavras, mas o restante não se importava. Se tivesse que abrir mão dela amanhã, faria isso, mas hoje à noite ela era dele. Em silêncio, ele a seguiu para longe dos seres encantados, atravessou a rua e foi até o loft.

Aislinn abriu a porta do prédio.

– Seja bem-vindo ao meu lar, Seth.

Ele enrijeceu.

– Quanta formalidade.

– As coisas mudaram. – Ela sorriu de um jeito enigmático e entrou.

Ele estendeu a mão para pegar a mão de Aislinn de novo, mas, ao fazer isso, ela já estava no topo do primeiro lance da escada.

Ela se inclinou por sobre o parapeito e sorriu.

– Você está muito longe.

Trepadeiras correram pelo parapeito e explodiram em flores. Pétalas de lilás caíram do alto ao redor dele enquanto a encarava.

– Uma vez você me pediu para parar de correr a fim de poder me alcançar – disse ela. – Lembra?

– Você era mortal nessa época. – Ele começou a subir a escada, sem correr, mas pulando os degraus.

Ela o observou.

– Você também era.

– E agora? – Ele estava a apenas alguns degraus de distância.

Ela riu e correu para o segundo lance da escada.

Seth a seguiu, não tão rápido quanto ela, mas rápido o suficiente para ela não ter aberto a porta ainda. Colocou uma das mãos na porta e se inclinou para perto dela.

– Então eu devo persegui-la, Ash?

– Quando eu era mortal, você me disse que tinha esperado por mim. – Envolveu o pescoço dele com os braços. Trepadeiras desceram de seu cabelo e se enroscaram atrás dele. – Ultimamente, sou eu que tenho esperado.

– Perder você me destruiria. – Sussurrou as palavras no pescoço dela. Tinha pensado nela enquanto era prisioneiro de Niall, pensado que nunca a teria nos braços de novo. – Mas amo você. E hoje à noite preciso...

– Pergunte. Peça-me para escolher.

– Hoje à noite, não importa. Estou aqui, de qualquer maneira. – Seth não queria falar de seus medos; quando pensava que não a veria nunca mais, não conseguia lembrar por que tinha desperdiçado as noites que poderiam ter tido juntos.

– *Pergunte*, Seth – insistiu ela.

E ele não precisou fazer a pergunta. Viu a resposta dela nos olhos, sentiu pelo modo como se enroscava nele. *Aqui. Agora.* Cobriu a boca de Aislinn com os lábios e a beijou do mesmo modo que a beijara quando se apaixonaram pela primeira vez. Quando se afastou, ele perguntou:

– E o Rei do Verão?

– Não existe Rei do Verão. – Aislinn estendeu a mão para trás e abriu a porta. – Ele desistiu da corte.

– Ele... *desistiu*? – ecoou Seth. De todas as coisas que achava que ela poderia dizer, Keenan abrir mão da corte não estava em nenhum lugar da lista. – Ele... Como? Quando? Por quê?

– Quando eu disse que tinha feito minha escolha, ele foi embora. – Aislinn olhou para Seth. – Nós dois queríamos estar com aqueles que amamos.

Imaginara ouvir que ela era dele de verdade, sonhara com isso, mas, naquele momento, tudo o que pôde fazer foi beijá-la. Seth a levantou nos braços, saiu do corredor, atravessou o vão da porta e entrou no loft com ela.

Quando a colocou no chão, ela se afastou, saiu dos braços dele, saiu do alcance.

– A Corte do Verão fica mais forte quando o regente está feliz. Sabe o que me deixa feliz?

Quando ele tentou se aproximar, trepadeiras se enroscaram nas pernas dele. Seth olhou para baixo.

Aislinn esperou ele olhar para ela e disse:

– *Você* me faz feliz, Seth. Sempre. Só você. Pela eternidade.

Seth se libertou das trepadeiras que se enroscavam nos tornozelos enquanto Aislinn ria e corria para fora do quarto.

Perseguição de seres encantados.

Ele a pegou no corredor, e ela ficou por tempo suficiente para ele tirar seu fôlego num beijo antes de escapar de novo, fugindo dos braços dele como se fosse a luz do sol disparando.

– Você não me pega, Seth! – convidou ela.

Ele parou.

– Perseguição de seres encantados – disse ele e, depois, com um sorriso paquerador, virou-se para o outro lado, mas, antes de conseguir dar o segundo passo, ela estava atrás dele, com os braços ao redor de seu corpo e os lábios pressionados no pescoço.

– Parece que eu fui pego – murmurou ele.

A Rainha do Verão sussurrou:

– Eu também.

E os dois caíram juntos no canteiro de flores que agora cobriam o chão.

Epílogo

Um ano depois...

Ele se ajoelhou diante dela.

– É isso que você escolhe por vontade própria: aceitar o frio do inverno? – perguntou ela a ele, o ser encantado por quem se apaixonara tantos anos antes. Tinha sonhado que eles ficariam juntos para sempre, mas não desse jeito. Era tão estranho e lindo que ela não conseguia desviar o olhar.

– É o que eu quero – garantiu ele de novo.

– Você entende que se isso não funcionar...

Ele parou, olhando para ela com dor nos olhos.

– Ainda estarei aqui. Se não quiser arriscar... estarei aqui do mesmo jeito. Não precisamos fazer isso, se você não tiver certeza.

– Keenan...

– Mas estou disposto a arriscar se for o que *nós dois* quisermos – disse, baixinho. – Eu passaria a eternidade no Inverno com você, mesmo que isso signifique ser seu subordinado. – Parou antes de acrescentar: – Irial e Niall dizem que deve funcionar.

A Discórdia diz que é uma boa ideia. Isso é reconfortante.

Donia afastou seus medos.

– Mas se eles estiverem errados...

– É o que escolho por vontade própria – repetiu ele.

Ela andou até o arbusto de espinheiro que tinham plantado juntos no ano anterior. As folhas roçaram nos braços de Donia quando ela se abaixou e colocou a mão ali embaixo. Seus dedos envolveram o bastão da Rainha do Inverno. Era uma coisa lisa, gasta pelas incontáveis mãos que tinham segurado a madeira.

Por favor, que isso funcione.

Ela se levantou e deu-o a ele; Keenan envolveu o bastão com a mão.

Ele pegou o bastão da Rainha do Inverno – e ela manteve as esperanças. Por um instante, achou que eles estavam errados, quando o viu vacilar. Sentiu os brotos do Inverno deslizarem para dentro da pele dele, os fragmentos de gelo tomarem suas veias. O bastão era uma extensão dela, e ela sentiu a dor de novo quando o corpo de Keenan foi refeito.

Com lágrimas de gelo descendo pelo rosto, ela se ajoelhou ao lado dele e chamou seu nome:

– Keenan!

– Minha Rainha – sussurrou ele com reverência enquanto os olhos se enchiam de neve.

Diferentemente dela, ele tinha nascido do inverno, então não sentia a dor do frio. Na verdade, ele estava mais maravilhoso naquele momento do que jamais estivera.

– Meu *consorte* – sussurrou ela.

Pegou a mão livre dela. Faixas de gelo começaram a se enroscar nos braços dos dois, prendendo os pulsos.

– Você será minha para sempre, Donia?

– Sim. Você vai compartilhar minha vida? Minha corte? Minha eternidade?

– Até a morte, minha Rainha. – Keenan sussurrou as palavras com a boca encostada no rosto dela; o gelo se formou no cabelo de Donia.

Ela pressionou os lábios contra os dele, saboreando o frio que saía de sua pele.

E a Rainha do Inverno e seu consorte cobriram o jardim do inverno com uma neve branca.

Fim

Impresso na Gráfica JPA Ltda.,
Rio de Janeiro – RJ